短編アンソロジー

患者の事情

集英社文庫編集部 編

集英社文庫

目次

彼女の冷蔵庫　山本文緒　9
顔面崩壊　筒井康隆　35
パンツをはいたウルトラマン　椎名　誠　51
買物　北　杜夫　79
くだんのはは　小松左京　107
庖丁ざむらい　白石一郎　145
跛行の剣　隆　慶一郎　173
シリコン　久坂部　羊　207

特殊治療　藤田宜永　251
共犯者　遠藤周作　295
長い夜　馳　星周　321
病は気から　氷室冴子　369
怪物　三島由紀夫　383
薔薇連想　渡辺淳一　411
編者の事情について　山田裕樹　467
解説　香山二三郎　471

短編アンソロジー
患者の事情

彼女の冷蔵庫

山本文緒

未矢《みや》さんが両足首を骨折して入院しました、と留守番電話に伝言が入っていた。

会社帰りにスーパーで仕入れて来た食料を冷蔵庫に入れていた私は、思わず電話機を振り返る。

病院の電話番号は東京03の、とメッセージは続く。私は慌てて電話機に駆け寄った。終わってしまったメッセージをもう一度聞くためにテープを巻き戻す。

男性の事務的な声が、同じ台詞《せりふ》を繰り返した。

分かったことは、ただ二つ。未矢が両足首を骨折して入院したこと。そしてその病院の名前と電話番号。よろしくお願いしますと言ってテープは終わった。

よろしくと言われても。

ボールペンをメモの上に放り出し、私は頬を搔《か》いた。

どうせなら、いったい何故足首を両方骨折したのか、今はどういう状況なのかも入れておいてほしかった。これでは、まったく訳が分からないではないか。

正直なところ、面倒なことになったなと思った。

東京はここから遠い。日帰りで行ける距離にない。飛行機のチケットや、何日か仕事を休まなければならないことを考えて私は舌打ちした。

しかし、行かねばなるまい。

何があったのかは知らないが両足首を骨折したというのは、ほかならぬ私の娘なのだ。血は繋《つな》がっていないにしても。

私は翌朝一番の飛行機で東京に向かった。

昨日、病院に電話をしていったいどういうことなのか尋ねたのだが、看護婦らしき人が忙しそうに「今、娘さんは眠ってらっしゃいます。単純骨折ですので大丈夫です」と一方的に言って電話を切ってしまった。

夫に相談すると、案の定眉ひとつ動かさず、お前行ってきてくれと言った。

上京するのは久しぶりだが、心はまるで弾まなかった。

今朝、家族が入院したので何日か休みますと会社に電話を入れた。すると社員の女の子は「何日かって何日ですか？」と迷惑そうに言った。私がいないと、彼女が雑用を引き受けなければならないからだ。

私は確かに正社員でなくアルバイトだ。けれど、十歳以上年下の女の子に、どうしてそんな言い方をされなければならないのだろう。「お大事に」ぐらい言っても罰は当たらないのではないだろうか。

夫も夫だ。血の繋がった実の娘が入院したというのに、会社を休もうという発想は微《み》塵《じん》もないようだった。

私はいったい、誰の何なのだろう。

会社の雑用係？　夫の秘書？　そして、こういう時だけ母親になることも求められる。しかしそれは自分で望んだことだった。誰に強制されたわけでもない。私は口から溢《あふ》れ出そうな不満を飲み込んだ。

たどり着いたその病院は、結構大きな大学病院だった。

受付で病室を聞いて、私はそこに向かう。四人部屋の入口に貼ってあったプレートに未矢の名前を見つけて、病室のドアを開けた。

窓際のベッドに、彼女の横顔が見えた。ベッド脇にはスーツを着た中年の男性が立っていた。昨日、留守番電話にメッセージを入れた人だろうか。彼は私の方を振り向くと、ぎごちなく会釈をした。娘はちらりと私の顔を見ただけで黙ってうつむく。雰囲気が重苦しかった。

「お友達ですか？」

その男性は、どこか後ろめたいものがあるような聞き方をした。

「いえ。母親です」

男は私の台詞に目を見張る。

「私は後妻なので、彼女と歳《とし》が近いんです」

面倒なので私は簡潔に事実を述べた。彼は絶句した後、気まずそうに頷《うなず》いた。

義理の娘の未矢は二十五歳で、私は三十五歳。十歳しか私達は違わない。私はわりと若く見られる方なので、確かに「お友達」でも通るかもしれない。

しかし、それしか違わないと思っていたのは私の方だけだ。彼女の父親と結婚した時、「十歳しか違わないのだし、仲良くしましょうね」

と言った私を鼻で笑って彼女は言った。十も違うじゃないのと。

「大変だったみたいね。昨日電話したんだけど、病院の人に眠ってるって言われたの。まだ事情も知らないんだけど、どうしたの？」

私は未矢にそう話しかけた。しかし彼女は私の方を見もしない。ただ唇をぎゅっと結んでいる。顔を見たのは久しぶりだけれど、ずいぶん痩せて一段と垢抜《あかぬ》けて見えた。

「あの」

その中年男性が、廊下の方を目で示した。私は彼に続いて病室を出る。

「失礼ですけど、どちら様ですか？」

彼が口を開く前に、私はやや刺《とげ》のある聞き方をした。二十五歳の彼女に中年男性が見舞いに来ていて、雰囲気はどことなく訳ありだった。色恋沙汰なのかもしれないと私は疑った。

ところが彼は、私の言い方に気を悪くした様子で名刺を差し出した。

損害保険会社の名前と課長の肩書。そして名前。未矢は確か家具メーカーに勤めていたはずだから上司ではない。入院したので保険屋さんがやって来たのだろうか。

「お母様は、まだ事情はご存じないのですか？」

お母様ときたもんだ。私は苦笑いで肩をすくめる。

「昨日の夜聞いて、今慌てて駆けつけたところなんです」

「そうですか。えっと、私は未矢さんの上司でして」

なんだ、やっぱり上司なのか。

「未矢さんは私どもの会社に、昨日入社したばかりなんですよ」

「それはつまり、あの子は転職したということかしら」

「そうです。私どもが採用させて頂きました」

「それで、両足首骨折？」

冗談のつもりだったのだが、その男は心底困った顔をした。

「実はですね、昨日未矢さんが私の下に配属になりまして、課の女の子達を何人か連れてお昼を食べに行ったんですよ」

「はあ」

「歓迎会も兼ねていましたから、鰻屋《うなぎや》に行ったんです。そこが座敷で」

「はい」

「昼食ですからね、一時間ぐらいしか座ってないです」

「ええ」

「女の子ですし、入社したばかりの会社の上司と飯を食うとなれば、まあ正座しますよね。でも一時間ぐらいですよ。私は膝を崩していいですよって言いました」

私には彼が何を言いたいのかまったく分からなかった。ただ分かるのは、彼は必死に〝俺は悪くない〟と主張しているということだ。

「支払いをしようとして、私は先に座敷を出ました。お金を払っていたら、何だか座敷の方で慌てたような女の子達の声がして、戻って覗《のぞ》いてみたら未矢さんが女の子達に両腕を支えられてぐったりしてたんですね」

「はあ」

「最初は足が痺《しび》れたのかい、なんて笑ってたんですけど、彼女が本当に立てなくて、とても痛がっていることに気がつきましてね。まさかと思ったんですけど、タクシーに乗せて病院に連れて行ったら」

「足首が両方折れてた？」

　こっくりと彼は頷いた。私は笑おうかどうしようか迷った。奥歯に力を入れて、眉間を指で揉《も》む。

「あの……本当に、何と申し上げたらよろしいか」

　彼も謝ろうか怒ろうか笑おうか、どうしたらいいか分からない様子だ。

「いえ、事情は」

　分かりました、と言おうとして、私はとうとうそこでプッと吹き出してしまった。


　しかし事態は笑い事ではなかった。

　彼女は骨粗鬆《こつそしよう》症《しよう》という病気になっていたのだ。萎《しな》びた大根のように骨に鬆《す》が入ってしまう病気だ。昔よく腰の曲がったおばあさんを見かけたが、あれがこの病気である。しかし彼女はまだ二十五歳だ。

　これは確かに笑い事ではない。でもやっぱり馬鹿な話じゃないか。一時間正座してただけで、足首が折れるか。それも両方。

「二週間ぐらい入院して、それからしばらく自宅療養だって」

　未矢はぶすっとして、起こしたベッドにもたれ私の言葉を聞いていた。白い毛布がギプスを嵌《は》めた両足のあたりで盛り上がっている。

「東京のアパートに一人でいるわけにもいかないでしょう？　とりあえず治るまで家に帰ってらっしゃいよ」

私が来てから、彼女はまだ一言も言葉を発していない。私は小さく息を吐いた。

「とにかく、パジャマとか下着とか持って来てほしいものをメモに書いて。お部屋まで取りに行ってあげるから」

そう言ってペンと紙を渡すと、彼女は少し戸惑ったように私を見上げてからボールペンを動かした。そしてベッドの脇に掛けてあったハンドバッグを取って、中から部屋の鍵を出した。

「道順は？」

私が尋ねると、彼女は無言のままメモに最寄り駅から自分の部屋までの地図を書いた。

「じゃあ、行って来るわ。なるべく早く戻るから。何か食べたいものある？」

一言ぐらい何か言ったらどうかとむかむかした。でも相手は怪我人《けがにん》なのだと私は自分に言い聞かせる。

「……アイスクリーム」

すると、うつむいたままの彼女がぽつんと言った。

まるで子供のようなその声に、私は微笑《ほほえ》んだ。胸のむかむかなどそれでなくなってしまった。私は手を伸ばし、彼女の頭を軽くポンと叩《たた》いた。

都心から私鉄に乗って十五分、徒歩五分の所に彼女のマンションはあった。アパートだと思っていたら、いやに立派なマンションだったのだ。

こんなところ家賃がちゃんと払えているのかしら、それとも「パパ」でもいるのかしらと思いつつ彼女の部屋を開けて、私は肩をすくめた。

兎《うさぎ》も窒息しそうなほど狭いワンルームだった。パイプ製の洋服掛けにぎっちりワンピースやらスーツやらが掛かっている。その横にシングルベッド。それだけでもう、床はほとんど見えない。

ベッドの脇に置いた小さなテーブルの上には、鏡と化粧品とアクセサリーが所狭しと並べてあった。きちんと片づいているし、ベッドカバーもカーテンも淡いグリーンの品のよいものだ。けれどその部屋の印象は何か殺伐としたものがあった。

ミニキッチンは汚れひとつない。つまりまったく料理をしていないということだ。ふと思いついて冷蔵庫を開けてみる。中にはジュースとエビアンとコンビニエンス・ストアーの袋ごと冷凍食品が少し入っているだけだった。

病院から出る前に、医者に聞いた彼女の病状が頭を過《よぎ》る。

「ろくなものを食べてないんだろうねえ。ほら、どうです。骨がスカスカでしょう。これじゃ老人の骨ですよ。簡単に折れちゃうわけだ」

X線写真を指さしながら、医師は眉間に皺《しわ》を寄せた。

「生理も一年近くきてないそうですよ。かえって楽でいいって思ってたって言うから驚いちゃうなあ。エストロゲンっていう女性ホルモンがあるんですがね、卵巣の機能がうまくいかないと減っちゃうんですよ。このエストロゲンっていうのが骨の形成と吸収に深くかかわってましてね。これが分泌されないと、彼女みたいに骨にカルシウムがいかなくてスカスカになっちゃうんですよ」

スカスカ、と私は呟《つぶや》いた。彼女の冷蔵庫のようだ、それは。

私は狭い部屋にぎっちり詰め込まれた荷物と色とりどりの洋服に囲まれているうちに、何だか気分が悪くなってきた。

それは既視感に近い。私はここにいたことがある。こういう部屋で暮らしていた気がする。

実際には、私は一人暮らしをしたことがない。けれど独身の頃、実家の自分の部屋にはこんな空気が詰まっていたような気がした。

未矢が退院するまで、私がこの部屋に泊まって彼女の世話をすることになるのだろうか。そう思うと、不便な上に高くついても、ビジネスホテルにでも泊まった方がましに思えた。

さっさと病院に戻ろうと、私は彼女がメモに書いたものを捜しはじめた。すると、床に置いてあった留守番電話がちかちか瞬いていることに気がついた。

私はそのボタンを押してみた。

「未矢？　僕です。上原です。あのな、悪いけどやっぱりもう会わないでおこうよ。ずるずる続けてても仕方ないだろう。まだ若いんだから、独身の男を捜しなよ」

そっけない男の声がして、メッセージは切れた。


病院に戻ってみると、ベッドは空で未矢の姿はなかった。

検査にでも行ったのだろうかと思っていると、ドアが開いて車椅子に乗せられた彼女が帰って来た。押しているのは看護婦だ。

「お姉さんですか？」

愛想のいい看護婦は、私にそう聞いた。

「ええ、まあ」

未矢をベッドの上に戻すのを手伝いながら、私は曖昧に頷く。お姉さんでもお友達でも、もう何でもいいと思った。

「じゃあ、何かあったらナースコールを押してね。あんまり我慢しちゃ駄目よ」

そう言い置いて看護婦は病室を出て行った。私と未矢がそこに残される。

「検査だったの？」

「……お手洗い」

　不機嫌そうに彼女は言う。そうか、両方の足が折れていたのでは自分でトイレにも行けないのだと私は改めて思った。

「アイスクリーム買ってきたよ。ストロベリーとチョコレート、どっちがいい？」

　聞かれて彼女は「チョコレート」と呟いた。私が差し出したアイスクリームのカップを彼女が受け取る。その手首は小枝のように細かった。

　私と彼女は黙ったままアイスクリームを食べた。私はちらちらと彼女の横顔を見た。

　初めて会った時、未矢はまだ田舎の高校生だった。きっと今より十キロ以上体重があったはずだ。テニスラケットを持ち、紺の制服を着ていた。健康的に日に焼けて、ふっくらした頰には希望と夢がつまっているように見えた。

　あれから何年たっただろう。彼女は痩せてきれいになった。もう、田舎のやぼったい制服を着た女子高校生ではない。

　長い髪にはゆるくパーマがかけられ、顎は尖《とが》り、パジャマからのぞく鎖骨の下に女優のような窪《くぼ》みが見えた。

　極度の疲労やストレス、生活の乱れ、無謀なダイエットが月経不順を起こし、彼女の骨はぼろぼろになってしまったのだと医師は言った。

　ぱっと見ると、彼女は都会に暮らす二十五歳の美しい女だ。しかしそれは彼女の暮らす部屋のようだ。外見はきれいで人目をひくが、一番奥の冷蔵庫に大きな空虚を抱えている。

「お医者様から、症状を聞いたんだけど」

気は進まなかったが、このままずっと黙っているわけにもいかず私は口を開いた。

「このままじゃ、また些細《ささい》なことで骨折するって。生理もないんだってね。でも、ちゃんと治療すればよくなるっていうから、実家に帰って治しましょう」

アイスクリームのスプーンをくわえたまま、未矢は私の顔を見た。頬がこけ、目の下にはうっすらと隈《くま》ができている。

「実家?」

彼女は唇の端をあげて笑った。しかしそれは笑顔ではない。

「実家なんてないわ」

「あなたが生まれて育ったんだから、あなたの家よ」

未矢は黙って横を向く。

「帰らないわよ。転職したばっかりなんだもの。辞めたくないわ」

私は食べ終わったアイスクリームのカップをゴミ箱に入れた。そして迷う。私が今ここで言うべきことだろうか。

「残念だけど、あなたは解雇されるそうよ。さっき課長さんに聞いたの」

未矢がこちらを見た。大きな目がさらに見開かれる。

「よく考えてごらんなさい。入社したばかりの人間を、何ヵ月も休職扱いする会社があると思う?」

彼女が息を飲む。喉がゆっくり蠕動《ぜんどう》するのを私は痛々しい思いで見ていた。

「でも」

未矢は首を振った。

「ものすごい倍率だったのよ。採用してもらえて夢みたいだったのよ。部長さんが私のことをとても気に入ってくれたって」

私は視線を落とした。前の会社をどうして辞めたか私は知らない。けれど、中途半端な時期に寿退職でもなく辞めたのだから、円満退職でないことは確かだ。この不況の中、彼女は何社、会社を受けたのだろう。落とされて落ち込んで、あの狭いワンルームマンションで粗末な食事をして、ローンで買った洋服を着てバッグを持って、彼女は生活していたのだ。そこを脱出することを夢見て。

「帰って来なさいよ。体を治してから、またやり直せばいいでしょう」

未矢はうつむいている。睫《まつ》毛《げ》の先が震えていた。

「帰って来なさい」

「命令しないで」

絞り出すように彼女は言った。

「結婚するわ。そうよ、結婚する約束をしてるの。その人のところに行く」

私は何故か、とても残酷な気分になった。こんなことになっても、まだ負けを認めない彼女が苛立《いらだ》たしかった。

「上原って人のこと？　留守番電話が入ってたわ。もう会わないって。独身の男を捜せって」

私はそう宣告した。彼女は大きく瞬《まばた》きをする。

「外側ばっかり飾って、他人の夫を捕まえて、それで本当に幸せになれると思ってるの？」

未矢は握っていた銀のスプーンを振り上げた。あっと思った時には、それが私目掛けて投げつけられた。こめかみのあたりに、それが命中する。

「あんたに言われたくないわ！」

彼女はそう叫んで泣き崩れた。同室の患者達は目を丸くし、騒ぎを聞きつけた看護婦が小走りにやって来るのが見えた。

床に落ちたスプーンを私は拾った。そして彼女に問いかける。

「本当のお母さん、呼ぶ？」

肩を震わせて泣いていた彼女が、動きを止めるのが分かった。そしてゆっくり顔を上げる。赤い目と赤い鼻。涙で汚れたこけた頬。

未矢は静かに首を振り、目を閉じた。それは絶望の表情だった。

今度は私が泣きだしそうだった。あまりにも憐《あわ》れで。血の繋がっていない、十歳年下の娘が。


その夜、私はビジネスホテルの部屋から夫に電話を入れた。

私がホテルに部屋を取ったと言うと、どうして未矢の部屋に泊まらないのかと、夫は不思議そうに聞いた。ホテル代が勿体《もったい》ないじゃないかとも言った。男というのはなんて現実的で想像力がないのだろうと私は思った。しかしそれを口にする勇気が私にはない。

彼女が体だけでなく精神的にも弱っていることを告げ、実の母親を呼んだ方がいいんじゃないかと私は提案した。

「それが、どこにいるか分からないんだ」

夫は気まずそうに言った。

「え？」

「離婚してから一度も連絡がないんだ。俺はまあいいけど、未矢が会いたがって、前にあいつの実家を訪ねたらしいんだよな。そうしたら、俺だろうが娘だろうが連絡先を教えないでくれと頼まれてるって言われて、門前払いをくったそうだ」

私は絶句した。娘に会いたくない母親、というのが存在するなんて。

しかし、少し考えて私は唇を噛《か》む。あの人なら考えられないこともない。それに未矢の産みの親であるあの人を、そんなふうにした責任は私にもあるような気がする。

「とにかく今、未矢ちゃんには心から愛情を注いでくれる人が必要だと思うのよ。友達がお見舞いに来る様子もないし、どうも失恋したばかりみたいだし」

夫はそれでも仕事がどうのこうのと言い訳を口にした。私は頭にきて乱暴に電話を切った。

あんなに恋い焦がれて、奥さんから奪い取ってしまった程好きだった男なのに、いったいどうしてこんなことになってしまったのだろうと私は溜《た》め息《いき》をついた。

夫は私の上司だった。私はかつて、彼に夢中だった。背が高く、肩のあたりがガッチリしていて、仕立てのいいスーツがよく似合っていた。何があっても声を荒らげたりしない人なのに、不思議な威厳があった。大きな仕事が一段落つくと、私を含めた課の人間を飲みに連れて行ってくれて、そういう時は普段より陽気な彼を見ることができた。その年齢なりの白髪や目尻の皺も、私には魅力ある年輪に感じられた。

でも、その頃の私は自分の恋が叶《かな》うことがあるなんて思いもしなかった。彼にはきっと、彼に相応《ふさわ》しい幸福な家庭があるのだと思っていた。

しかし、私の願いは叶ってしまった。

彼の奥さんを初めて見たあの時のことを、私は忘れないだろう。急な発熱で出社できなくなった彼のために、自宅まで書類を受け取りに行ったのだ。初めてみる彼の自宅。そしてこれから玄関を開ける彼の妻を想像して、私は好奇心と胸の痛みで心臓が破裂しそうだった。

扉が開かれ出て来た人を見て、私はショックを受けた。二十代だった私はしばし呆然《ぼうぜん》とし、そしてすぐ「勝った」と思った。

半端なパーマの髪に、弛《ゆる》んだ顎と二の腕。スーパーで売っているようなトレーナーに、ウェストがゴムのスカートを穿《は》いていた。そして服装よりも何よりも、無気力な瞳は私を正面から見ようとしなかった。愛想笑いひとつせず、ご苦労様の一言も言わず、その女は投げるように書類の袋を私に差し出した。

その時、学校へ行こうとした未矢が家の中から現れた。輝くばかりの頰。母親の代わりに彼女がにっこり笑って頭を下げた。

どうして彼は、あの女を奥さんにしておくのだろう。結婚した頃は、あの人でも何か魅力があったのだろうか。

私はその日から、もう何もためらわなかった。積極的に彼を誘い、あっという間に私は彼の恋人になった。彼が「ずいぶん前からうちは冷えきっている。離婚するよ」と言ったのは、それから一年もたたないうちだった。

彼が渡したお金を受け取り、あの人は黙って家を出て行ったという。当時高校生だった娘を、引き取りたいとも言わずに。

私は今の未矢と同じだった。体をスリムに保ち、月に一度は美容院で髪を整え、若さが引き立つような服を買って着た。そして彼のそばを、無邪気を装ってひらひらと歩き回った。

そうして私は、妻の座を手に入れたのだ。

翌日、私が病院に行くと、また未矢がいなかった。しかし今日はベッドサイドに「屋上にいます」とメモが置いてあった。

エレベーターで屋上に上がると、入院患者の洗濯物が風に揺れているその向こうに、車椅子に乗った未矢の姿があった。横顔がぼんやりと街並みを見下ろしている。

声をかけると彼女はこちらを見た。そして微《かす》かに口の端を上げた。弱々しくはあったけれど、それは確かに笑顔だった。私は内心とても驚いていた。彼女が私に笑いかけてくれたのは、初めて会ったあの時だけだった。

「自力でここまで来たの？」

私は平静を装ってそう聞いた。

「まさか。看護婦さんに連れ来てもらったの。もう少ししたら、また迎えに来てくれるって」

「そう。具合はどう?」

「うん。そんなに悪くない」

私の質問に未矢はすらすらと答えた。まるですっかり老成してしまった人間のようではないか。いつものだんまりよりは何倍も感じがいいが、私は釈然としなかった。

「いやに素直じゃない。どうしたの?」

私は率直に聞いた。すると彼女はまた、哀《かな》しげな微笑みを浮かべる。

「何かもう、怒ったりカリカリしたりするのに疲れちゃって」

未矢は毛布を掛けた膝のあたりをそっとさすった。

「まだ、そんなに若いのに?」

「でも骨はもう老人だってお医者さんが言ってた」

そして口を閉ざし空を見上げた。私も一緒に空を見上げる。

「お母さんは」

ふいに彼女が口を開く。それが誰を指すのか、私は戸惑って瞬きをした。

「お母さんは、醜いから捨てられたのかな」

呟くように彼女は言った。お母さんとは、彼女を産んだあの無気力な目をした中年女のことだ。私はどう答えたらいいか分からなかった。

「お父さんが、お母さんよりあなたを選んだのは当然だろうなって私思ってた。だって、お母さんって私から見てもブスだったもん」

「未矢ちゃん？」

「私はね、子供の頃から年々お母さんが醜くなっていくのを見てきたの。お父さんに構われなくなって、娘の私はだんだん大きくなって自分のことで忙しくなって、仕事も趣味もなくて、毎日テレビの前で寝転がってお菓子なんか食べてるだけなの。どんどんお母さんの顔つきが変わってきた。お父さんのことも私のことも、全然見なくなって」

そこで言葉を切って、彼女は私を見た。涙を浮かべた両目に、生気が蘇《よみがえ》っていた。それが憎しみでも憤りでも、無気力よりはずっといい。

「そこに、あなたがやって来たのよ。初めて見た時、なんてきれいな女の人だろうって思った。足がすらっと長くて、スーツが似合ってた」

そこまで言って未矢は視線をそらした。私は彼女の言いたいことを理解した。醜かったり、弱かったり、役に立たないものは葬り去られる運命にある。その原因が何であろうとも。それが淘汰《とうた》というものだ。

彼女は決して淘汰されまいと決心したに違いない。ストッキングの中の足を手入れすること、役立たずの烙印《らくいん》を押されないために新聞や雑誌に目を通すこと、脂肪を蓄えないこと、同性にも異性にも魅力的に映るように振る舞うこと。

私もやってきたことだ。生半可なことではなかった。生き残るための戦いだ。

しかし私は本当に勝者だろうか。

あの戦いに、どんな意味があったのだろう。

美しく優しげに振る舞うことで、私は幸福を手に入れたつもりだった。愛する人と、幸福な日々を送るはずだった。けれど、愛したはずの仕事熱心な男は、相変わらず仕事熱心で妻や娘にはほとんど興味がない。そして私は「若さ」を失いつつある。それ以外に、私が夫の興味をひきつけるものを持っていないのに。私の中の冷蔵庫にも、ろくなものが入っていないのだ。

「あなたの世話になんか、なりたくない」

彼女はぽつんと言った。私はただ頷く。

「でも、あなたしか面倒をみてくれる人がいないの。どうせお父さんは来てもくれないんでしょう？」

私は黙って目で返事をする。彼女は自嘲気味にまた笑った。

「ねえ、どうしてそんなに親切にしてくれるの？　私がお父さんの娘だから？　お父さんにいい顔がしたいから？」

その質問に私も少し笑った。

「仕方ないから」

「ほらね、別に私が心配なわけじゃないんだわ」

「心配してるわよ」

「今仕方ないって言ったばっかりじゃない」

語尾が強く上がる。私は風でまとわりついた前髪を分けて息を吐いた。

「あのね、当たり前のことなの」

「え？」

「さっきから何だかんだ言ってるけど、私には当たり前のことなの。目の前で転んだ人がいれば、反射的に私は助け起こすわよ。それが知らない人でもね。あなただったらどう？」

未矢は何か言いたそうに口を開きかけた。しかし、言葉は出なかった。ただぎこちなく、右手で長い髪をかきあげた。

「不治の病にかかったわけでもないのに大袈裟《おおげさ》よ。骨なんか今からでも強くできるのよ。しばらく私が骨によさそうなお料理を作ってあげる」

彼女が私を見上げた。少しだけ不信の色が混じっている。

「治ったら喧嘩《けんか》しましょう」

私はそう言った。

未矢は、少しの間ただ黙って何かを考えていた。風が彼女の髪を揺らす。屋上の入口のドアから、迎えに来た看護婦の姿が見えた。

その時未矢が「うん」とひとつ言った。私は彼女を見下ろす。

「あなたも、お父さんと喧嘩してね」

彼女の車椅子を押しながら、私も小さく頷いた。

ふたりで買いだしに行こう。空の冷蔵庫に、新鮮な食べ物を詰め込もう。沢山食べて元気が出たら、もう一度戦えるかもしれないから。

顔面崩壊

筒井康隆

シャラク星に行かれるそうじゃな。気をつけなされ。あの星では時折この非常に奇妙なことが起る。奈落笑い、などという現象が起ったり、へたをすると奪骨換胎《だっこつかんたい》などという事態に陥ったりもする。あそこへやらされる人間はたいてい縁の下の力持ちなどとおだてられ使命感に満ちて就任するのが普通じゃが、役割としては実のところ縁の下のもぐらもちに過ぎんので、まあからだを大事に仕事はほどほどにして任期を終え、何ごともなく戻ってくるのが一番じゃよ。

いろいろと教えてあげたいことは多いのじゃが、とりあえずひとつだけ、いちばん気をつけねばならぬことを教えて進ぜよう。ご存じとは思うがあの星はひどく気圧が低い。登山はお好きかな。では高い山の頂きに立った時の状態は経験なさっておられよう。まぁ丁度あのようなものでな。馴《な》れてしまえばどうということはない。だがここで要心せねばならぬのはあの星で当然お前さまが主食になさることになるじゃろうドド豆の料理の仕方じゃ。あの星で栽培できるのはこのドド豆ぐらいのものでな。こいつはただでさえたいへん固い豆で、ましてあの星の気圧ではまともに煮ようとしてもなかなか煮えんわい。山頂で米を炊くようなもんじゃ。まわりは柔らかくなっても芯は固いままじゃ。そんなものを食べては下痢をしてしまう。シャラク星で下痢をした時の恐ろしさ、その危険性、これについてもいろいろと話はあるが、まあ省かにゃなるまいな。シャラク星でドド豆を煮る時は圧力釜を使って煮る。なに圧力釜はあっちの基地に備品として置いてあるからお前さまがわざわざ持って行く必要はない。それよりも問題はこの圧力釜の使いかたじゃ。一歩間違うとえらい目にあわにゃあならぬ。高温で、しかも水分の発散なしに煮ることができるので短時間ですみ、しかも燃料をさほど使わなくてよいという点は便利じゃが、そのかわり釜の中は高圧じゃから危険きわまりない。安全弁をよく調節せずに、蓋を固定してあるボルトをゆるめたりすれば、たちまち蓋がはじけとぶ。蓋だけではないぞ。中で煮えくりかえっていたドド豆が四方八方へいっせいにとび出す。爆発と思えばよろしい。熱くて柔らかい弾丸の一斉射撃を受けたようなものので、これを顔一面に浴びるとどういうことになるとお思いかな。

ドド豆というのは地球産の豆と同じで蛋白質《たんぱくしつ》や脂肪を主成分としておるから、これが芯まで柔らかくなるくらいに煮えた時というのはご存じのように摂氏百何十度という高温にまで達するわけで、これが猛烈な勢いではじけとんできたらせいぜい一ミリほどの厚さしかない薄い顔面の皮膚などひとたまりもなく破れてしまう。皮膚どころではなくその下の脂肪の多い皮下組織さえ通り抜け、ふつうは顔面筋肉と呼ばれておる表情筋の中にまでめり込みおるのじゃ。それというのもドド豆が地球でいうグリーン・ピースつまりえんどう豆のようにほぼ完全な球体で、しかもあれよりもやや小さいから、そのため散弾に近い効果でもって顔全体にくまなく拡《ひろ》がり、しかもそのひとつひとつがたいへん強く深く食いこむことになり、実にはなはだ厄介なことになってしまう。たとえば爆発の際、釜から約四十センチ離れたところに顔があったとすれば、だいたい二センチ平方に一粒の割合いで命中する。したがって顔全体でいえば直径約五ミリか六ミリの丸い穴が三十から四十、点点とあくことになるな。

で、どういう顔になるかというと、痘痕《あばた》とも違うし吹き出物でもなく、地球上にちょっと比較できるものがないので形容に困るのだが、とにかくたいへん気持の悪い顔になることは確かじゃ。しかし気持が良いとか悪いとかいうことを感じるのはもっとあとの話であって、その時は熱いものだからたいていの者はあっとかわっとか叫んで両手で顔面を覆う。ドド豆の一斉射撃を受けてしまってから顔を覆ってももう遅いのだが何しろ人間のやることであってそこまで考えている余裕はない。だがな、せめてこの時、力いっぱい顔面を押さえつけぬよう気をつけることじゃ。ドド豆が表情筋のさらに奥まで食いこむことになるし、特に眼瞼部《がんけんぶ》つまり閉じた瞼《まぶた》の上を押さえたりすると人間のここの部分は耳介、亀頭、陰嚢《いんのう》などと同じくいちばん皮膚の薄いところなので、煮え豆を眼球に押しあててすり潰し、失明してしまうことになる。まあ顔面を押さえつけないのが一番であろうがなにしろ反射的行動なので咄嗟《とっさ》には理性が働かぬ。ま仕方あるまいな。

さて顔面筋肉つまり表情筋の中にめり込んだドド豆をどうやって取り出すかが問題になるのだが、これはたとえばピンセットなどでひとつひとつつまみ出そうとしても、何しろ相手は芯まで煮えているのですぐにぐずぐずと崩れて粉になってしまうからたいへん始末が悪い。当分の間そっとして抛《ほう》っておかねばならぬ。いかに煮豆といえど長く抛っておけば干涸《ひから》びてかちかちになり、取り出しやすくなるからな。ただし全体を外気に当て、陽あたりのいい場所に抛っておくのとは違い、人間の肉体をば穿《うが》って食いこんでおるから、人体の湿度と体温のため固くなるのにはだいぶ日数がかかる。根気が必要だが、まあ地球と違いあの惑星にはほかに誰も居《お》らんので、ひと前に出るのにその顔では恥ずかしいということもなく、さほど治療を急ぐこともない。

ドド豆が顔にめり込んだ直後、早く冷やそうとして冷たい水を顔へぶっかけるという手もあるが、ご想像の通りこれにはとてつもない苦痛が伴う。ま、やれたらやってみなさい。ぎゃっと叫んでとびあがって、おそらく七転八倒じゃろう。うんといって悶絶《もんぜつ》してしまうかもしれん。また、勢いよく水の出ている蛇口の下へ顔を持っていったりすればその勢いでドド豆が潰れてしまう。何もせず、そっとしておくに越したことはないぞ。

といっても、顔をそのまま剥《む》き出しにしておいてはいかん。布か繃帯《ほうたい》でぐるぐる巻きにし、顔にあいた穴の中へ虫や微生物がとびこんでくるのを防がねばならぬ。この場合特に恐ろしいのはタイコタイコ原虫という原生動物で、こいつは人間その他高等動物の皮下脂肪が大好きという厄介な単細胞動物なのじゃ。ご存知とは思うが人間の皮膚は三つの層に分かれていてな。いちばん外側が表皮、その下が真皮、そのさらに下にこの皮下脂肪の層がある。タイコタイコ原虫がドド豆によって穿たれた穴の中へとびこんできたとしようか。おお。なんと穴の内壁には彼の大好物の皮下脂肪が、なかば焼け爛《ただ》れながらも輪のように丸く露出しておるではないか。タイコタイコ原虫は大喜びでこれを食いはじめおる。食うといっても原虫のこととて口はなく、皮下脂肪を少しずつ偽足《ぎそく》でかかえこみ、これを体の表面から吸収するわけだが、栄養をとるにつれて分裂をくり返し、新たにできた多くのタイコタイコ原虫同士が偽足をからみあわせて巨大な集合体となり、どんどん真皮の裏側、つまり真皮と筋肉の間へもぐり込んで行きおるのじゃわい。たとえ顔全体を布または繃帯で覆ったとしても、このタイコタイコ原虫の侵入はある程度覚悟しておかねばならぬ。なにしろこの原生動物はシャラク星の代表的な単細胞動物で、地球でいうならばミドリムシに相当するといわれるほど個体数が多く、勢いよく繁殖する。したがってどっちみちなにがしかは布や繃帯の隙間からもぐりこんで顔の穴に入りこみおるのじゃ。

このタイコタイコ原虫、ただ闇雲にもぐりこみ、食い進んで行きおるのではない。単細胞動物なりにいずれはどこかから這《は》い出さねばならんと考えておるらしく、皮下脂肪を食いながらもいちばん近くの穴めがけて突き進んで行きおる。なにしろ表皮と真皮とは両方合わせても顔の部分でせいぜい〇・四ミリから〇・八ミリぐらいの厚さしかないので、その下の部分に穴を穿たれたらその穴は皮膚の上から透けて見え、赤い条痕としてくっきりと顔面に浮かびあがる。その結果どういう顔になるかというと、顔に点点と散在する黒い穴のひとつひとつから周囲の黒い穴へかけて赤い筋が放射状に走るわけなので、つまりは顔全体に網の目のような赤い紋様が浮かびあがるのじゃ。

そうなってしまった時にはすでにこのタイコタイコ原虫、皮膚の下で猛烈に繁殖してしまっておるわけなので、もはや網の目だけにとどまらず今度はそれぞれの条痕の途中から支線をば枝わかれさせて穿ちはじめ、やがては顔いっぱい隙間なしに食い拡げて行きおる。つまり網の目が次第にこまかくなっていき、最後には顔全体がまっ赤になるわけで、この時期において感覚的にはどうかというと、ご想像の通り夜も眠れぬほどの痛《つう》痒感《ようかん》に悩まされることになる。

痒《かゆ》いからといってここで顔を掻《か》きむしったりすればどえらいことになるぞ。なにしろ皮下脂肪の層が完全になくなり、皮膚は表情筋から遊離してぺこぺこと浮いておるわけだし、さっき言ったような薄さしかないので、爪を立てたりすればたちまち皮膚はぺろりと捲《めく》れ、ぼろぼろになり、ばらばらと剝げ落ちてしまう。まあ皮膚そのものはすでに筋肉から浮いておるので、かえって剝がれてしまった方が早く新しい皮膚ができることになり、むしろその方がよいのかもしれんのだが、具合の悪いことは新しい皮膚ができるまでの間、表情筋が赤く露出したままであるという点なのじゃ。皮下脂肪はタイコタイコ原虫に食われてなくなっているので、新しい皮膚ができるまでにはずいぶん時間がかかる。それまでの間はその見っともない顔のままでおらねばならぬ。

どのような見っともない顔になるかというと、これはすべては表情筋が剝き出しになったが為《ため》に見っともない顔になるわけなので、どんな人間といえども皮膚を一枚剝げばこれと同じような顔になるのだが、ただまあふだんは見馴《みな》れないものであるが故に見っともないと感じるのじゃ。まず額はというと、ここには前頭筋という筋肉があり、この筋は額一面こまかく縦に入っておる。で、この前頭筋は皺眉筋《しゅうびきん》、鼻根筋といったものにつながり、眉間の方へ寄ってきておるため、常に眉間に皺《しわ》を寄せているように見え、この上なく不愉快な表情に映る。眼の周囲には眼輪筋というのがあり、細い筋が眼をぐるりと取り巻いておって、これがまるで顔全体をめがねざるという下等な猿の顔のように見せる不気味な効果をあたえておる。鼻の両側には鼻筋という帯状の筋肉が縦に下がっていて、これは口の両端を吊《つ》っているように見え、まことに醜怪なものじゃ。口のまわりは眼輪筋と同じような口輪筋という筋肉によってぐるりと取り巻かれていて、生蕃《せいばん》の口の周囲の刺青《いれずみ》のような奇怪至極のものに見える。口輪筋の両端からは頰へかけて口角挙筋、小頬骨筋《しょうきょうこつきん》、大頬骨筋などがななめにはねあがっていて、これは口の端っこを上に吊りあげる時の筋でな、口で言っただけではわかるまいがまことにいやらしい感じがする。

まあそういう具合で、露出した表情筋は顔全体に渦巻き、走り、流れ、隈《くま》どりをしておるからこれはもう一種異様な表情の顔面となり、鏡などを見たら本人自身がひきつけを起してひっくり返るという物凄《ものすご》さでな。この赤い表情筋のところどころからは、さらに顔面動脈や顔面静脈などの血管、耳下腺などの内外分泌器官、表情筋を支配している顔面神経などがあるものは白くあるものは茶色く、またあるものはピンク色とか紫色とか、そうしたさまざまな色彩でもってちょろりちょろりと顔をのぞかせていて、顔全体にお祭りめいた賑《にぎ》やかさをあたえておる。おまけにそれら表情筋には点点とドド豆によって穿たれた黒い穴があき、奥には白っぽくふやけたドド豆が居すわっておるので、尚《なお》さらもってまがまがしくもおぞましい顔になるという寸法じゃ。

そのまま何ごともなければ表情筋の外層部は皮膚組織の機能を果たそうとして赤黒く固まり、調節変化しはじめる。ところがあいにくそうはならぬ。タイコタイコ原虫こそいなくなるものの、シャラク星にはまだデロレン蠅《ばえ》という厄介な昆虫がいて、こいつが筋肉の襞《ひだ》の間だの、またはタイコタイコ原虫が食い残した脂肪細胞に生じておるマーガリン結晶だのに黄色い卵をぶちゅらぶちゅらと生みつけおる。いろんな塗り薬を顔面にこすりこんでおけば大丈夫と思うかもしれんが、筋肉の襞の一本一本にまでまんべんなくこすりこむことは不可能だし、デロレン蠅やその卵によくきく薬というのはまだ発明されておらんのでな。さてこのデロレン蠅の卵は生みつけられて四時間後に孵化《ふか》する。体長〇・一ミリにも満たぬ孵化したばかりのこの微細なデロレン蛆《うじ》は、筋肉の襞のさらに奥までもぐりこみ、顔面静脈めざして筋肉中を食い進んで行くのだが、この時どのような感覚が襲ってくるかというと、意外にもそれは非常に強烈な快感を伴った幻覚なのじゃよ。

この幻覚はどうやらデロレン蛆がでろれんでろれんと筋肉を食い進む途中、表情筋を支配しておる顔面神経にでろれんでろれんと接触するがため生じるものらしい。つまりデロレン蛆は末梢《まつしよう》神経に刺戟《しげき》をあたえ特殊な活動電流を起させる機能を持っておるらしいのだが、その辺のところの機微はまだよくわかっておらんようじゃ。

どういう幻覚が起るかというとそれは身も心も浮き立つ華やかなお祭りの幻想でな。突如として叢《むらが》り立つ赤や白さらには金銀だんだら綾錦《あやにしき》の幟《のぼり》や旗や吹きながし。と同時に大太鼓や小太鼓、笛や拍子木による狂躁的《きようそうてき》なエイト・ビートの音楽が地の底から湧きあがってきたかのようにまき起り、高鳴る。祭りだ。祭りだ。歌い、叫び、わめき、手を打ち、踊り、足踏み鳴らす群衆。そりゃあもう、だしぬけにその騒ぎのまっただ中へ抛り込まれたように感じるなまなましい幻覚じゃ。ここで興奮のあまり自分も踊り出すわけだが、さて幻覚の中で踊っているのか実際にからだを動かして踊っているのかとなると、これはあとから考えてもどちらだかわからぬ。それぐらい迫真的な幻覚でな。ま、手足のあちこちに怪我《けが》をしているところから考えれば、おそらくは実際に踊って手足をどこかへぶつけたのであろうが。しかも踊れば踊るほど全身に官能的な快感がつっ走り、しばしば射精もする。この場合はむろん、本当に射精しとるよ。で、そうした幻覚症状は四、五日続くのだが、のべつ続いておるわけではなくたまにはお祭りから解放されて正気に戻る時がある。この時に食事や何やかや、生命を維持するのに必要な日常のことをいそいで済ませておかんと衰弱して死ぬことになるぞ。またできるだけ正気でいる時間を長びかせようとするなら、この期間中には絶対に鏡をのぞきこまぬよう注意せねばならぬ。自分の顔を見るや否やたちまち、またしても幻覚に襲われるからじゃ。

このころ、顔の方はだいたいどういう具合のものになってきているかというと、以前にも増して凄《すさ》まじいものになっておってな。デロレン蛆に食い荒らされた筋肉がぼろぼろになっており、こちらでもだらり、あちらでもだらりと、繊維束が食いちぎられた部分を顎の下まで垂れ下がらせておる。血管や神経繊維も同じで、あるものは垂直に、あるものは弧を描いてぶら下がっておって、ところどころには今や肉眼で見えるまでに成長した黄色いデロレン蛆が群をなして蠢《うごめ》いておるわ。この顔面の賑やかに崩れた様子とその派手な色彩、さらには腐りかけた肉が発する不飽和脂肪酸の一種独特の臭気が、たちまちにしてお祭りを思い起させおるのじゃ。叢り立つ赤白金銀だんだら綾錦の幟や旗や吹きながし。大太鼓小太鼓笛拍子木の狂躁的なエイト・ビート。祭りだ。祭りだ。歌い、叫び、わめき、手を打ち、踊り、足踏み鳴らす群衆。そらきたというのでまた踊り出してしまう。

こうなってしまえばもうドド豆などわざわざほじくり出そうとする必要もなく、ドド豆ども、筋肉がぼろぼろになったため、めりこんでいた穴がなくなったことに気がついて、勝手にぱらりぱらりとこぼれ落ちて行きおるわ。幻覚がおさまった頃にはすでに筋肉そのものもあちこちで骨が露呈するほどにまで食われてしまっておってな。頬骨や鼻骨は剝き出しになっておって、顔の中央では鼻腔《びこう》がぽっかりと黒い穴をあけておる。唇もなくなっていて歯が丸見えになり、にたにた笑っておるわい。しかしまあ、それ以上筋肉がなくなって、顔面の骨が丸ごと剝き出しになるといったことはない。これはつまりデロレン蛆が、目標とするところの顔面静脈にたどりつき、血管をばでろれんでろれんと食い破ってもぐりこんで行ってしまいおったからなのじゃ。

デロレン蛆どもは自分がもぐり込んで行けそうな太さの顔面静脈あるいは眼角静脈を発見すると、さっそく血管に穴をあけ、その中に這いこんでいく。したがって顔のあちこちから出血することになるが、この出血量はたいしたことはない。ずたずたになった筋肉の繊維が常に血を含み、顔全体がじゅくじゅくしていて、時おりぽたり、ぽたりと血がしたたり落ちる程度でな。貧血を起す、といったようなことはなく、もし貧血を起したとすればそれは手前の顔を見て貧血を起したのじゃ。

顔面静脈にもぐりこんだデロレン蛆は、そのまま血液の流れに身をまかせ、血管の細い部分から次第に太い部分へと移動して行く。そのままどんどん進めばやがては内頸静脈《ないけい》にたどりつき、上大静脈へなだれこんでしまうことになるのだが、ここで急に、流れに身をまかせることをやめ、九十度方向転換し、流れにさからって舌静脈の方へ入っていきおる。なぜそういうことをするのかというと、わしはデロレン蛆ではないのでその気持まではわからんが、考えるに、顔面静脈の流れに乗っているうち、より細い血管が合流してきてだんだん血管が太くなり流れも強くなるので、デロレン蛆にしてみればそのままではどこまで運ばれてしまうやら、どこへたどりつくやらわからんわけだから、幼虫ながらもやや身の危険を感じ、不安になるのではないか、そこであわてて流れにさからい、脇道の舌静脈へもぐりこんで行きおるのではないかと、こう思うのだがどうじゃろ。というのはこのころになるとこのデロレン蛆、そろそろ蛹《さなぎ》にならねばならんので、その為には蛹になっている間落ちついていられる安全な場所を見つけねばならぬ。それには流れの強い太い血管よりは細い血管の方がよいわけなので、それでまあ比較的速やかに毛細血管にまでたどりつけそうな舌静脈へ入りこんで行きおるのではないかと、わしはそう思うのじゃ。

舌静脈を逆にたどったデロレン蛆は、もはや相当からだも大きくなっているので血管が細くなってくるとある場所から先へは進めなくなる。そこで舌根のあたりで舌静脈を内側から食い破り、上下縦横に横紋筋が走っている舌の中へと出てきて、さらに舌の先へ先へと筋肉の中を食い進むのだが、この時どう感じるかというと意外にも痛みは少ない。そしてあのお祭りの幻覚を見るのと同じような理由で味覚が混乱する。つまり甘いコーヒーを飲めばこれがカシミール・カレーの如《ごと》き辛さに感じられて思わずとびあがったり、熱いコンソメ・スープを飲むならばひどく酸っぱい冷やした果実酒のように感じられる。具合がいいのは生野菜を食べると上等のステーキ肉のような味がすることで、あそこには肉などないからこれをいい機会にたっぷりと味わっておけばよろしい。野菜はいくらでもあるし、ふだん野菜が嫌いでビタミンCが不足しとる人は多いから、そういう人にとっては栄養のバランスをとるためのまたとない機会かも知れんぞ。言っとくがドド豆だけは食ってはいかん。食うのはいいが噛《か》み砕いてはいかん。大便の味がする。と言ってわしもまだ大便は食ったことがないが、まあ、大便を思わせる味じゃからな。

行きどまりの舌の先で、デロレン蛆は蛹になってしまう。一匹や二匹ではなく二十四匹も三十四匹もがここへ寄り集まってきて蛹になるので、舌の先はふくれあがってしまう。指でつまんでみると中の蛹どもはみな石のように固くなってしまっておる。これを抛っておいてはならんぞ。蛹からかえったデロレン蠅が舌の先を食い破ってとび立とうとする時、行きがけの駄賃に舌の筋肉をたっぷり食い荒して行きおるからな。ではどうするかというと、こやつらが蛹でおる間に舌の先を切り捨ててしまうのじゃ。

それはもちろん痛い。しかし蛹どもがいる部分の舌端の組織はどうせ壊死《えし》してしまっているので切り捨ててしまっても生命に別条はない。まず蛹どものいる舌端を指で強くぐいとつかみ、できるだけ長く口から引っぱり出す。次に剃刀《かみそり》の刃を舌の先から二センチほど手前の、舌体の側面に当て、横にすうっと切断するのじゃ。

舌はもちろん短くなる。少し喋《しゃべ》りにくくはなるが、訓練さえすればほれ、わしのようにちゃんと人にわかることばで喋れるようになる。なんじゃと。ああそうか。つまりわしの顔がそれほどの災難に会ったようには見えぬと言いたいわけじゃな。それは今わしが人工顔面をかぶっておるからじゃ。取って見せようかの。ほらこの通り。近頃は扮装《ふんそう》用に開発されたこの人工顔面もえらく精巧になってきて表情まで変えることが。顔色が悪いようだが、気分でもすぐれんのかな。おや。どうなされた。これ。しっかりなされ。これ。しっかりなされい。

パンツをはいたウルトラマン

椎名　誠

久保木《くぼき》町の口上《くちがみ》医院には外科と皮膚科と眼科があるので好都合だと思ったのだが、医者の診断はあまり芳しいものではなかった。

「で、どうしたの？」

と、口上先生は、すこし尻上りの、うんざりした口調で言った。

「脱げなくなったっていうわけ？」

「ええ、まあ」

先生は診察室に入ってきたときからひどく不機嫌そうだったので、おれは力なく肩をおとしてみせた。

「実はぼくは……」

「言わなくても大体わかってる。あんた床滑《とこなめ》秘宝園あたりから来たんでしょ」

どさりとおれの前にすわった。やはりまだ怒ったような顔をしている。

「あそこの経営者にはこの前も言ったんだ。経費の節減もいいけれど、いつまでもそんな古いのを使ってると、そのうちゲルベゾルテ化してえらいことになるぞって、ね、そう言ってたんだよ」

先生は乱暴に自動回転椅子の上のおれの体を一回りさせ、頭のうしろの、丁度おれのつむじのあたりまで引き上げてあるジッパーの引き金を力まかせに降ろそうとした。そんなことはもうここにくるまでに何百回もやってみたのだからやるだけ無駄なのだ、と思ったが、このいかにもことのいきさつをよくわかっているような口上先生にやってもらうと案外うまくいくのかもしれない、と思った。

けれどやはりジッパーはピクリとも動かなかった。

「だめだな。もうゲゾ化がかなりすすんじゃってるよ」

「ゲゾ化?」

「だからゲルベゾルテ化だよ」

先生の声はいまいましげだった。

「はあ」と言っておれは頷《うなず》いたが、しかしそのゲルベゾルテ化というのが実のところなんだかよくわからない。聞くとたちまち怒られそうだったが、そのまま知らずにいるというのも気持の悪い話だ。

「あの、先生、そのゲルベゾルテ化というのはいったいどういうことなんです?」

おずおずと聞いてみた。

「あんたのとこの経営者は何も言わなかったの、そのことについては？」

口上先生は机の上のおれの診察票のようなものに何か書き込みながら、信じがたい、というような口調で言った。

「ええ、まあ……」

「犯罪もんだね、これは。ゲゾ化というのはね、そのあんたの着ている皮の内側にある、俗にいう《するべ肉》つまり皮膜連繋穴《ひまくれんけいあな》あき結束筋《けっそくきん》が慢性疲労か熱溶解か何かでポリプロヘクタノールと重合トリチルケレンに分解しちゃったんだな。そこに過重漏汗がからまったんで、過酸化尿素樹脂によってそのあたりが徐々に固められちまった、という訳だよ。尿素樹脂はたしか使用禁止になっていた筈《はず》だがなあ」

「はあ……」

聞いてもなんのことなのかまるっきりわからなかった。

「で、それを今日、何時頃かぶったの？」

「はあ。えーと今日は一時すこし前です。正確にいうと一時十分前です。土曜日は最初のステージが一時ですから」

先生は机の上の書類にこまかい文字で何か書きつけながらコキザミに頷いていた。

「それでええっと、いつも土曜日はステージが三回で、一ステージが四十分なんです。それで一回目と二回目の間は二十五分休みがあるのでいったん脱いだんですけれど、二回目と三回目のときはインターバルが十五分しかないもんですからそのままタバコ一服して脱がなかったんです。これ、古いもんだから汗かくと内側がしめっちゃって一度脱ぐと次に着けるのが大変なんですよね。だからつい横着しちゃって……」

「それだな！」

　口上先生はボールペンを置き、おれの巨大な顔の額のあたりに指を突きつけ、断定的に言った。

「それだよ。そのとき過重漏汗がリミットを越えちゃったんだな。過重漏汗というのはわかりやすくいうと汗だよ、君の」

「はあ……」

「まったくねえ、そんなことぐらいは《するべ肉》を着るときの常識なんだけれどね。おたくの経営者はそのあたりのこと、なにも注意しなかったの？」

「ええ、ぼくは土、日だけのアルバイトなもんですから……」

「アルバイトだろうが正社員だろうが危険は同じだよ」

「はあ……」

　そこで成り行き上またおれは頭を下げた。しかし話の内容からするとあやまるのは経営者の方で、おれはどうやら純然たる被害者のようだ。

「それで先生、どうなんでしょうか？」

またおずおずと、おれは聞いた。

「どうって？」

「ですからつまりその、このウルトラマンのお面と服はどうやったら脱げるんでしょうか？」

医者はまたボールペンを置き、むずかしい顔をしてマスクの中のおれの眼《め》をゆっくりのぞきこんだ。

「まあ、すこしそっちの方の専門家に聞いてもみるが、このての古い中途半端な《するべ肉》は始末が悪いんだよ。まあいったんゲゾ化しちゃったんだからこのまますこし様子を見るしかないだろうな。うまく生体融合してくれればそれでよし。そうでないと無理矢理剝がす、ということになるが、それを見きわめるのはどっちにしても最低三ヵ月はかかるよ。なにしろそうなると顔の皮膚を全部剝がす、ということになるからね」

「ひえっ！」

思わずおれは女のような声を出してしまった。

「そうすると、ぼくはしばらくこのままの恰好《かっこう》でいるんですか？　ウルトラマンになったままでいるんですか？」

おれの声は上ずったままだった。

「とりあえず今はそれしか言えないねえ。まあ、《するべ肉》の粘着性が大幅に弱っていたら仮性繫留筋が塑性化して、案外ボロッとはがれてしまうかもしれないし……」

「はあ……なるほど」

すこしだけ光明を見つけたような気分だった。

「そうなるにはどうしたらいいんですか？」

「組成疲労させるためにはいままでのように規則正しく体を動かしている、ということが大事だな。つまりまあ君のこれまでの日常生活をそのまんまつづけていればいい……」

「すると、やっぱりしばらくこのままの恰好でいるってことですか？」

「そういうことになるな」

「ええっ？」

おれは仰天した。とたんにいろんなことが現実的な問題となっていちどきに頭に浮かんできた。

「先生、それは困ります、ぼくは本当はサラリーマンなんですから。これは住宅ローンの返済にすこしでも役立てようと、土、日だけやっているアルバイトなんです。だからこれを脱げないと困るんです。ずっとウルトラマンでいるわけにはいかないんです。第一こんな恰好で会社に行ったりしたら上田課長になんと言われるか！」

医者は口をつぐみ、憮然《ぶぜん》とした顔でおれを眺めているだけだった。

おれは事態の思いがけない深刻さに動顚《どうてん》し、マスクに両手をかけ、また力まかせに引きむしろうとした。しかしそれは今日の午後から千回近くやっていたことなのだ。おれの目の中で赤い火花が散った。

赤い火花の中で、このウルトラマンの仮面をかぶってすごす三ヵ月間というのをすこし現実的に考えようとした。考えはじめたとたんに、精神が逆上した。

「わっ、そんなの駄目です、絶対駄目だ、わっ、大変だ、わっ先生、なんとかしてください、わっ先生！」

おれは、口上先生の両肩をつかんで左右に揺さぶり、思わずその場に立上った。すると口上先生もそのまま立上り、空中に浮かんで両足をバタバタさせた。

「あっ苦しい。君、その手をはなしなさい。君、その手をはなしなさい！」

おれにむかい合って空中に浮かんだ口上先生が顔を真赤にして叫んだ。

ことのあまりの重大さに気づいてつい逆上してしまったが、考えてみると、おれのつけているウルトラマンのコスチュームは、その内側の《するべ肉》によって体中の筋肉の動きをそっくりそのまま七倍強に増幅させる働きがある。しかもおれの体とコスチュームの間に沢山つまっているそれらの《するべ肉》によって、おれの体は巨大にふくれあがっており、通常の人間の優に一・五倍以上はある。その文字通り超人的な力で口上先生を揺さぶり、持ち上げてしまったのだから、ただごとではなかった。

幸い、落ちたところがさっきまで座っていた椅子の中だったので怪我《けが》はしていないようだったが、小柄な口上先生は両足を突っぱって、雨ガエルが尻もちをついたような恰好で殆《ほと》んど目を回していた。

ほかに方法は何もなかった。来たときは体に毛布を巻いて、予約したタクシーに乗ってきたのだが、結果的に口上先生を手荒にしてしまったので、オールドミスの看護婦は柳眉をさかだてており、とてもタクシーなど呼んでもらえそうになかった。それどころかマスクをかぶっているので本当におれが健康保険証にある本人かどうか確認できない、などということをぐちゅぐちゅいつまでも言っているので診察室から出てくるだけで精一杯だった。

すこし迷ったが、体にまきつけていた毛布を放り投げた。赤と白の巨大なツートンカラーのウルトラマンがむきだしになってしまったがどっちみちもう隠しようがないのだ。おれはそれでも礼儀正しくおじぎをひとつして診察室を出た。

「三ヵ月したらともかくまた来なさい！」

と、オールドミスの看護婦がおれの背中にむかってカナキリ声で叫んだ。

ドアをあけて診察室を出ていくと、待合室にいた和服姿のおばあちゃんが、読んでいた雑誌を床におとし、はたはたと両手をついてベンチを横に移動していった。その向い側にいた眼帯をした男が、あいている方の眼を指で強引にひろげ、腰を浮かせた。

おれの家はそこからバスの停留所で三つめのところだったので、そのまま歩いて帰ることにした。できるだけ裏道を通っていったのだが、四つ角で出会いがしらにおれを見た人が七、八人「わっ」と叫んだ。自転車に乗っていた若奥さんふうの細おもての美人は横倒しになった自転車を放り投げたまま逃げていってしまった。反応はさまざまだったが、男たちはたいてい立止っておれをじっと見つめ、下をむいたり、ニヤニヤしたりしていた。

若い女の反応が驚くほどヒステリックで激しいのでおかしいな、と思っていたのだが、間もなくその訳がわかった。

わかったとたんに思わず両手で前をおさえてしまった。

動顚していてまったく忘れてしまっていたのだが、毛布をとったおれはすっかりハダカのウルトラマンになっていたのだ。ウルトラマンといったら、もともと超人仕様の裸同然というスタイルであるのだが、おれの場合はそれがちょっと違うのだ。おれのいる床滑秘宝園というところは、老人相手の古典ポルノ見世物ランドだから、その昔活躍していたウルトラマンとはひとつだけ異ったところがあって、おれの股間には、宇宙怪獣バルタン星人もギャッと叫んで宇宙《そら》の彼方《かなた》に逃げ去ってしまうくらいの、巨大なウルトラ陽物がぶらさがっているのだ。

土曜と日曜日に、屋外ステージで行なわれる、なつかしのヒーロー大集合・立体悶絶《もんぜつ》大アクションタイムで、おれは老人たちをあの夢の青春の日々に誘《いざな》い、老いたる闘魂を再び奮励鼓舞するために、美人超人アマゾネスの女とともに、おそろしくパワフルで激情的な超人白黒《ファック》ショーを演じているのだ。

勿論《もちろん》その竜虎悶絶眼底火花血圧高騰全身痙攣《けいれん》ふうの実践能力はおれの体の周囲を覆う《するべ肉》による七倍増幅パワーによっているので、本人の意志や闘志や能力とはあまり関係がなかった。

相手のアマゾネスは、こういうクラシックな秘宝園にやってくる老人ならたいてい知っている昔なつかしい美女超人で、そのアニメヒーローの時代には七五〇万馬力のパワーと内に秘めた優しさが売りものだった。

勿論このアマゾネスの中にもアルバイトの人間が入っているのだが、時間の都合で、一回目は床滑秘宝園の事務職をやっている桑原トオルとかいう小柄で陰気な男が入っている。しかし二、三回目のショーはアルバイトの浅倉マキちゃんになるからこっちはがぜんおれの動きも違ってくるというものだ。マキちゃんは体育大学三年の陽気な美女だ。大ぎょうなコスチュームをつけているとはいっても、このマキちゃんと組んずほぐれつの熱血大勝負となるのだから桑原トオルのときとはまるで気分もヤル気も違ってくる。おれがあまりにも張切るので、浅倉マキちゃんは時おりステージのまわりを囲う太さ二十センチのスチールパイプにしがみつき、歓《かん》きわまって七倍増幅パワーを目いっぱいふりしぼり、そいつをグニャリとねじまげてしまったりするのだから見ているほうもたまらないだろう。

が、しかし、いまはともかく道のまん中、公衆の面前なのである。とりあえず何か覆うものはないだろうか、とおれは悲痛なおももちであたりを見回した。

そこからすこし進んだところにある瞬間処理ハイテククリーニング屋の店先に、バイクのシートカバーのようなものが置かれていたので、素早くそいつを腰のあたりに巻きつけ、一気に走っていくことにした。七倍パワーを持っているから走るのだっておそろしくダイナミックに早い。全速力で走ってくるウルトラマンを見て車が一台急ブレーキでスピンし、フロントバンパーをガードレールにぶつけてしまったようだったが、もうそんなことにかまっていられなかった。

家に帰ると、妻のさよりが持っていた洗濯物を放りだし「わっ」といってその場にへたりこんだ。

「おれだおれだ、亭主の真一だ。訳あってこんな恰好で帰ってきた」

おれは足を広げ、両手を交互にふりまわしておどけてみせた。酔って帰ってきたときなど、よくそういう動作をしてみせるのだ。体が一・五倍ぐらいになり、超人のマスクをしていても、声はいつもと同じ自分のものだから、妻は間もなく落着いた。

「本当にシンちゃんなのね、この中にいるのは……。でももういいかげんにこんなの脱いで頂だいよ」

妻はおれの体を両手でなぞりながらあきらかに困惑し、すこしイラついた口調で言った。こんなことになるのなら、おれが土、日のアルバイトでどんなことをしているのか、もっとはっきり妻に言っておけばよかった、と思うのだがとりあえずここで説明していくしかない。

ひととおりの話をしたが、思ったほど妻は驚かなかった。

「ふーん。それじゃあまずお風呂には入らなくていいわけね。タオルで表面についたホコリを拭うぐらいでいいのかしら。ゴハンは普通どおりでいいとして、あら大変、あなたトイレの方はどうするの？」

「うん、そっちの方はね、仕事中に催してもいちいち脱がなくていいようにと、前と後にきちんと排泄口《はいせつこう》があいている」

「あらそう。よかったわねえ。そうでなかったら溜《たま》る一方ですものね。そしたら大変だったわねえ。だって当分脱げないんでしょ？」

妻はそこで無邪気にくっくっと笑った。まったくこの女は根っからの楽天家というやつなのか、結婚以来このかた、どんな出来事があっても徹底してたのしい方、楽な方へと物事を考えていこうとするのだ。まあしかし、おかげでこっちの方も家に帰って漸《ようや》くすこし気持が落着いてきた。それにしても楽天家の妻は、さっきのおれの説明で、普段どおりの生活をしていたらこのコスチュームがかならずはずれると思っているらしいが、それは「そういう可能性もある」というだけの話で、まだどうなるか本当のところはわかりはしないのだ。医者の言うように完全融合とかいうのになってしまうと、おれは一生ウルトラマンでいなければならなくなる。

そう考えてたとき、おれの体の前とうしろにきちんと排泄口があいている、というのはとにかくよろこぶべきことだ——ということにしみじみ気がついた。動顚した気持がようやく落ちつくのと同時に、神経反応が体のあっちこっちに戻ってきたらしく、おれは急に便意を催してきた。一・五倍の体は家のトイレにどうにかやっと体をねじこめるギリギリのところだった。腰をおろすと偽陶器《にせとうき》の便座と左右の壁がぎしぎし音をたてた。

ペーパーで尻を拭くのは考えていたほど難しくはなかったが、問題はむしろロールペーパーを引くときだった。精巧にできているとはいっても厚い皮膜に三倍以上も太く覆われた指では薄いペーパーを引いて切ることはできなかった。あれこれやっているうちにペーパーの取りつけ金具ごと壁から引きちぎってしまった。なにしろ通常の七倍も力があるのだからしようがない。

しばらくは家庭生活における力の配分の訓練がいるかもしれないな、ということを考え、またいくらか暗い気持になりながらトイレから出た。そして丁度台所からやってくる妻と正面から向いあった。

「わっ、何それあんた！」

妻はひくい声で叫び、持っていたコーヒーを床にぶちまけてしまった。

妻の視線はおれの股間にむけられていた。妻だってウルトラマンのチンポコを見るのは初めてなのだから仕方がない。考えてみるとさっき帰ってきたとき巻きつけていたオートバイのシートを便所に入るのでそっくりはいでしまったのだ。

妻はさっきよりも驚愕《きょうがく》したようだった。結婚してまだ一年半しかたっていない新妻なのだから、それも仕方がないだろう。おれはそこでまた床滑秘宝園のそのショーの、本当の内容、というのを妻に話してきかせなければならなかった。

黙って聞いていた妻はまた素直に納得してくれた。少々品の悪い内容のアルバイトだったが、これもすべて住宅ローンのための亭主の奮闘努力の精神からおきたことなのだ。

しかしそれにしても、いつまでもこんなショッキングなものをむきだしにしていては、まわり中が落ちつかないだろうから、妻に大急ぎでパンツをつくってもらうことにした。パンツといっても通常人間の一・五倍もある超人用パンツである。

「どういう色と素材にしたらいいかしらね。やっぱりこういう場合はトラの毛皮のようなものになるのかしら……」

おれの腰のまわりをメジャーではかりながら妻が言った。

「ばか、それは鬼のパンツの場合だろ。おれはウルトラマンなんだからな」

「ウルトラマンていうのはどんなパンツをはいていたのですか」

「いや、だからあの場合は別にはいてはいないんだ」

「それじゃあこまります」

「だから何か適当に、この体に似合うパンツをつくってくれればいいんだよ。とにかく目的はこのすごいのを隠すことなんだから」

妻はそれには答えなかった。メジャーを持ってなんとなく黙りこんで耳のあたりを赤くしている。

「うっふん」

といってしなだれかかってきた。

「おい、何考えてんだ。やめろやめろ。これは業務用なんだ！」

おれはあわてた。妻はこれについても楽天的に考えているらしい。こんなシロモノを使用できるのは、超人アマゾネスしかこの世の中にはいないのだ。

いろいろ研究した結果、妻は濃紺サージのトランクス型のパンツを作ってくれた。もちろん相当なデカパンである。地肌というか表皮というか、その全身のおれのコスチュームがツートンカラーのとにかく派手なシロモノなので、色を何にするか一番苦労したわよ、と妻はパンツ姿のおれを見て満足そうに言った。

「やっぱりサラリーマンには紺というのがとにかく一番無難なのね」

サラリーマンではなくておれはいまウルトラマンだぜ、と言おうと思ったがやめた。妻にはそういう軽口は通じないのだ。

とにかくあせらず普段のままの生活をしていなさい、と医者から言われているので、勇気を出してそのまま会社に行くことにした。

パンツをはいているので病院から帰るときほどのひどさではなかったが、しかしとにかく果てしなく異様な恰好であるのは変らないから、街でも駅でもおれを見た人は一様にギョッとする。けれどおもしろいことに、朝早く大勢の人が歩き回っている街や駅というのは、もう相当な集団神経慢性不感症状になっているらしく、それによってこのあいだのようにまわり中が大騒ぎになる、ということはなかった。

ちょっと頭のおかしい大男が人目を引くためにまたバカなことをやっている——とか、何か新手のゲリラ型宣伝隊でも歩いているのだろう、と思っているのかもしれなかった。電車の中で隣合わせても、こちらを一瞥《いちべつ》しただけでまた不景気そうな顔をしてスポーツ新聞を読んでいる人もいた。チラチラくる好奇の眼に耐え、それに慣れてくると、間もなくいつもの通勤の時の気分とあまり変らなくなってきた。

しかし会社に入るときはそうもいかなかった。

まず早番できている受付のなみちゃんと専任ガードマンの早坂さんにひととおりのことを説明し、エレベーターでおれの所属している営業二課にたどりついた。営業二課の女社員が総立ちになったところでまた簡単に説明し、それから九時五分にやってきた上田課長に時間をかけて説明した。

小心で堅物の上田課長はせわしなくタバコを喫《す》い、

「まあ、とりあえずの訳はわかったけれど、社規に違反してやった業務時間外営業利潤行為によるものであるから、部長とも相談して会社側の一応の判断をしなければならない。とりあえず会社側の考えがはっきりするまで自重して平常業務に就いていなさい」

などということをくどくどと言った。

やっとデスクに座ると同僚の沼田とクニちゃんがそばにやってきておれの体を触ってもいいか、と聞いた。

「結構表面はやわらかいんだ」

と沼田が感動したように言った。

「ねえねえ、あたしこれ知ってるわよ、うちのおじいちゃんたちの世代の人が昔、この人の出るテレビを日本中で見ていた、って言ってたもん。きっといまの子供たちの間で流行《はや》っている『右足王子』と同じくらいのスーパースターだったかもしれないね」

「その大きいクラシックパンツがすてき」

コーヒーを持ってきたホログラファーの城山嬢が妙に甘い声で言った。

数日後、部長にまたコトの顚末を簡単に説明したが、それ以上の何か処分を受けるような咎《とが》はないようだった。

というのも、それはおれ自身にとってもまったく予想外のことだったけれど、このウルトラマンの姿のまま仕事をしていると、以前よりも格段の差で営業成績が上っていく、ということがわかってきたからである。

おれの課は大型の緩急自在ラックや、無人搬送車など、主としてエレクトロニクス自動倉庫の関連機器を売っているところなのだが、現場にセールスに行くと、いつも大人気になってしまうのだ。それというのも、自動倉庫にはいろいろ自動機械ではやりおおせない測定不可能の残存型材や、積み残し不良品などが結構沢山ころがっている。セールスに行くたびに、おれのことを知っている取引先の担当者に、これら重量のある複雑なお荷物の片づけを頼まれるのだ。

これは実際に荷物を片づけてもらう、ということのほかに七倍パワーの超人がいともも簡単に一トン近い鋼材などを持ち上げてしまうのだから、その情景を見物したいという人が多く、いつも行く先々で大人気となってしまうのだ。

なかにはわざわざ鉄パイプを持ってきて、上司らしい人物の名前を言い、あいつのかわりにこれをぐにゃぐにゃにしてくれ、などと赤く眼を血走らせながら頼んだりする社員もいた。

こうした余技を強いるのだから、担当者の製品注文もおれにはついつい沢山よこしてくれる、ということになるので、ウルトラマン化して二ヵ月のうちに、おれの業務成績はそれまでの三倍にもなってしまった。

さらにこの強腕は会社の総務部の人々にも大いに頼られるところとなった。この自動倉庫関連の会社というのは、もう相当に時代遅れの業種だから、政界などとの癒着も多いらしく、時おり脅しまがいの客がやってくると、総務部の入口あたりをさりげなく歩いていてほしい、などと頼まれるのだ。

頼りになる男ということで女子社員たちの人気はすでに相当なものになっているようだし、これでまあウルトラマン生活というのもそんなに悪くはないもんだ、などとも思うようになってきた。

ずっと風呂に入っていないので、体は相当にくさくなっているだろうし、垢《あか》もたまって、死にそうなくらい痒《かゆ》くなるのではないか、と思っていたが、そういうことにもならないようだった。それはしかしもしかすると医者が言っていたように、皮膚のまわりにある何種類かの重化合物質がいよいよゲルベゾルテ化しているせいであろうか——などとおそろしいことも思うのだが、どっちにしても三ヵ月たたないとわからないのだ。

妻もまあそれまでと変らずに、明るくかいがいしく、おれとの生活をつづけてくれているのだが、まだ結婚して一年半なのだから、お互いに布団の中で狂おしく身もだえたりすることも多い。おれだってまだ二十六歳なんだから、このもどかしさといったら時として狂気まがいのこともある。だれか隔靴掻痒《かっかそうよう》のウルトラ級の言葉を考えてほしいものだ。

しかしまあ、このことをのぞけば、それまでのおれの生活がそれほど大きく辛《つら》いものになった、ということもなかった。あとはただひたすら三ヵ月検診を待つだけなのだ。

で、その日もいつものように営業二課で前月の注文伝票の処理をしていた。するど、課長の横にある緊急電話が鳴ったのだ。赤いランプがせわしなく点滅し、キュルキュルキュルキュルと耳ざわりな音をたてる。受話器をつかむと、受付のなみちゃんからだった。

「あっ瀬川さんですか。いま交番からこっちに電話が入りまして、瀬川さんにすぐ駅前にかけつけてほしい、という連絡が入りました」なみちゃんはあせって早口のキンキン声になっている。

会社の中での問題ではなくて、交番から来てくれ、などというのははじめてのことだ。この会社に超人のおれがいるということを、警察も知っていたのだ。

なんだかわからないままに走りながら濃紺パンツの紐《ひも》をきゅっと素早くしめ直し、かけ足で一階ロビーに急いだ。おれはエレベーターよりも階段を走った方がどっちにしても早いのだ。

「いま、また第二報が入りました。とにかく大急ぎで駅前まで来て下さい、ってものすごい声でどなっていました」

なみちゃんが顔を紅潮させて言った。

おれは駅までフルパワーで走った。通常の人だと歩いて七、八分かかるのだが、おれは四十秒で走り抜けてしまう。しかしフルパワーで走ると地響きがするので、普段街なかはめったに走ったことがない。

駅に近づいていくにつれて、パトカーや救急車のサイレンの音がドップラー効果のように急速に高まってきた。大勢の人間が悲鳴を上げて逃げまどっているのが見える。そのまん中で頭や肩のあたりに異様な突起物を沢山つけた、なにか巨大でおそろしげなものが動き回っていた。

「わあーっ」という悲鳴とも叫び声ともつかないものが再びそのあたりでわきあがり、黒と白の大きな岩のようなものが空中高く飛び出てきた。それは緩い放物線を描いてアスファルトの道路に落ち、ぐしゃりと激しくひしゃげた。中には誰も乗っていないようだったが、岩のように見えたのはミニパトカーだ、というのがわかった。

サイレンを鳴らして消防自動車が接近していた。見回しても煙のようなものはどこにも立ちのぼっていないようだったが、なにかもうこの駅前広場にいろんなものが呼び集められているようだった。

がっがっがっと激しい音をたてて走りこんでいくと、駅前の人混みから「おっ」とか「わあっ」といった今までとは違う声があちこちからあがった。

人混みに隙間ができ、そのむこうで暴れ回っているなんともおぞましい恰好をした怪物の姿が見えた。

頭の真上に暗灰色をしたぬらぬら光る角をもち、首から背中にかけてやはり大小さまざまな突起物が並んでいる。鱗《うろこ》で包まれた太い尾があり、巨大な足には鉤形《かぎがた》にまがった爪があった。赤い血管のようなものが浮き出ている醜くて邪悪な顔が、黄色く光る眼で走っていくおれをとらえた。

怪物は踏みつけていた武装警官を道の端に放り出し、おれにむかって両手をあげた。

「ぎゃおおおー」

という胸の悪くなるような声でそいつは叫んだ。叫び声は口からではなく喉の横のへんから出てくるようだった。

おれは怪物に突進した。七倍パワーのハンマーパンチを受けてみよ！　と殴りながら叫んだが、

「ぎゃおーぎゃおー」というそいつの怪鳥のような叫び声におれの声は消されてしまった。

怪物は思ったよりも身のこなしが早く、ふり回したおれのパンチはもうひとつ、というところで左に流れた。反対に怪物が腰をこごめてくりだした頭突きがおれの胸に当り、思わずよろめいてしまった。

おれと怪物のまわりですさまじいどよめきと喚声があがっていた。

おれは体勢をたてなおし、今度はよく距離をはかって助走をつけ、反動をつけて左からの回転蹴りを見舞った。

「ぎゃおおー」と怪物は咆哮《ほうこう》し、今度はたしかにやつの方がよろめいた。

「さあ、こい！」とおれは体勢を崩した怪物にむかって新たな闘志の中で身構えた。そのときどういうわけか「シュワッチ！」という予期しないかけ声がいきなりおれの口をついて出た。

「がるるるる」

それを聞いて怪物が黄色く眼を光らせ、長い尾を振り上げてやつはやつで低い姿勢から鋭く攻撃姿勢をとった。

戦いはしばらく互角だった。やつは思ったよりも手ごわく、おれの七倍増幅パワーを全開させても勝負のメドはつかなかった。一進一退のまま死闘が続いた。

観衆はふくれあがる一方で、街のいたるところからパトカーのサイレンが鳴りひびいているようだった。

観衆は大部分おれの味方のようだったが、ときおりしわがれた声をはりあげて怪物にも声援がおくられているのを、おれは妙に冷静な気分で聞いていた。

「ギエロン星獣負けるなあ！」

と、その老人はすこしヨレた声で叫んでいた。

そうか、あいつも知る人ぞ知る——という有名な怪獣なのか、とおれは荒い息をつきながらやや緊張した気分で考えていた。やつの名前は「ギエロン星獣」というらしい、ということがわかってきた。それにしてもどうしてそんな怪物がいきなりこんなところにやってきたのだろうか……。しばらく双方とも息をととのえながらの睨《にら》み合いが続いた。

そしてそのとき、怪物のうしろに回りこんでいた警官たちが、やつの隙をうかがっていきなり空のドラム缶を転がしてきた。五、六個のドラム缶が乾いて軽い音をたてながら転がってくるので、ギエロン星獣は鋭く振りむいた。

おれはその勝機をのがさなかった。間髪を入れず飛びあがり、ふりむいたギエロン星獣の首筋のあたりに右からの回転蹴りを入れた。機をうかがって温存していたおれの飛竜延髄斬りが見事に決まったのだ。

ギエロン星獣は一瞬体を硬直し、そのまま「どう」と前方にのめって倒れた。

おれはやつの片腕を捩《ね》じあげ、片膝を腹の横に激しく突き立てた。やつは痛さのあまり顔をねじり「ううっ」とひくい声でうめいた。思った以上のダメージを与えたようである。

うめき声と一緒にくさい息がおれの鼻先をついた。

そこではじめて気がついたのだが、黄色いと思ったやつの眼は、実はその大きな眼の輪郭に黄色い彩色がほどこされているだけで、実際の眼は黄色い彩色のまん中にあいている小さな穴の中にあった。それは思いがけないほどやさしくおどおどした弱々しい眼であった。

こいつも実はおれのように怪獣のコスチュームをつけた人間が動かしていた――ということがそのときわかった。

「くそう、ころせえ……！」

と、ギエロン星獣の中の男は低い声で言った。息があがっているらしく、ひゅうひゅうという苦しい呼吸音が聞こえた。

「もしかすると、お、おまえもゲルベゾルテなのか？」

男の腕と首を押さえながらおれは必死になって聞いた。

「そうだ、きまっているだろう。さあ、早くころしてくれ！」

ひゅうひゅういう苦しげな息の底から男はうめき声で言った。

あの亥鋸《いのこ》駅前の決闘からもう二ヵ月はたってしまった。いぜんとしておれはウルトラマンのままである。とっくの昔に三ヵ月検診に行かなければいけないのだが、おれとしてはなにがなんでもこいつを脱ぐ、ということをもうあまり真剣に考えなくなってしまっている。もし駄目なら駄目でいいや、という気持もすくなからずあるのだ。

それというのも、あのギエロン星獣とその後いろいろと親しく腹を割って話合ったからなのかもしれない。

あの日おれはギエロン星獣になっている男の眼を見ているうちに、なにか急に悲しくなってしまったのだ。そこで自分でもよくその行動が理解できないままに、やつを助けおこし、好奇心をあらわにしてまわりに集ってきた新聞記者やテレビ局、警官やヤジ馬たちを改めて蹴り散らかし、おれはギエロン星獣とともに裏の山に逃げてしまったからである。

やつを見ていると、同じゲルベゾルテ化といっても、おれはウルトラマンのコスチュームであったから百倍もしあわせだったなあ、と思うのだ。ギエロン星獣は南冑貫《みなみいぬき》町の方にある、やはり同じような秘宝館で働いていたのだという。そっちの方はおれのいたところよりも大がかりで、彼は宇宙レイプの怪獣役のひとりだったというから、このウルトラマンと怪獣ファンの世代というのはつくづく幼稚だったんだなあ、と思うのだ。

しかしそれにしても見るからに恐しいギエロン星獣になってしまったこの男の苦しみと怒りがおれにはよくわかる。目の前のあらゆるものをたたきのめし、ぶち殺したい、という気持はゲゾ化した者でないと到底わからないだろう。

だからおれたちはこの山の中にしばらくこもって超人たちの新しい時代がやってくるのを静かに待っていよう、というようなことを話している。いまはあっちこっちハイテク秘宝館ブームだから、おれたちのような犠牲者はこれからきっと沢山でてくるんじゃないのか——とギエロン星獣は考えているようだ。

おれもそのことは秘《ひそ》かに期待している。そうして次にゲルベゾルテ化してこの山の中に逃げこんでくるのは、おれのところでアマゾネスをやっている浅倉マキちゃんだったらいいな、と思っているのだが、これはまだギエロン星獣にはとりあえず内緒の話なのである。

買物

北杜夫

私はひとつの遊びをした。その男を、精神病者ではないと決めてやったのである。

私はある公立の精神病院に勤める医者である。およそ四百五十人の精神異常者がこの病院に入院している。そして、院長を除いて医者の数は六人。それも大学から週二日だけ勤務している医者もあるから、私たち常勤が受持っている入院患者は一人につき百名にも近い。

これは情けない状態である。私たちは外来診療もすれば、ある程度の研究の時間も持たねばならぬから、入院患者の回診はごく大ざっぱになる。かりに少し念入りに一人ずつ呼びだして問診をすると、まず一日にせいぜい五名がいいところだ。受持の患者を一通り診察し終るのには一ヵ月かかる。言いかえると、入院患者は一ヵ月に一遍しか担任の医者からくわしい診察を受けられないということだ。

そんな事情で、決して精神病者でない——と私は信じた——その男、三喜田《みきた》がこの病院に閉じこめられていたことも、あながち不思議ではないのだ。

三喜田は、私の患者ではない。病名は精神分裂症の妄想型《パラノイド・フォルム》ということであった。この妄想型ほど、場合によって診断に困るものはない。なぜなら、病者はある一つの妄想を抱いているが、その他の知性は少しも損われず、いわば正常人といってよいからなのだ。たとえば一人の女がいて、ある婦人科の医者から暴行を受けたと主張するとする。これが実際のことなのか、それとも妄想なのか、第三者は判定を下すことはむずかしい。だが、よくよく聞いてゆくと、その女はあちらでもこちらでもやたらと暴行を受けており、それがこの世の常識から逸脱していることがわかってくる。大体荒唐無稽なことが多いのがこの病気の特徴で、あたしは皇太子の恋人なのよとか、おれはエリザベス・テーラーの夫であったことがあるとか、そのような主張をすれば、これはやはり病院に入れられてしまっても仕方がないであろう。

さて、三喜田の妄想は、タイム・マシンをこしらえ得るという点にあった。正直にいって、純粋にこの点にのみ関していえば、これが病的か否かはわれわれには判断を下し得ない。だが、彼を病院へひっぱってきた某大学の助教授が、タイム・マシンというものはそもそも荒唐無稽のものであり、決して実現されないものなのだと述べた以上、彼は病的であると判断され、入院させられる羽目に陥ったのだ。三喜田は三十歳を越したばかりの物理学教室の助手だが、勝手に教室の資材を使って面妖な機械を組立てはじめたというのである。

　彼を妄想患者として受け入れた病院側としては、三喜田をそれほど珍奇な症例とは扱わなかった。病者のもつ妄想、あるいは幻聴というものは、時代に鋭敏に反応するものである。よく他人から監視されるという被害妄想があるが、むかしはその架空の犯人が天井裏などにひそんでいると訴える患者が多かった。ところがテレビが普及してくると、テレビに写されているという訴えが多くなる。放射能をかけられるという訴えもある。自分が宇宙人だと称する男もある。ちかごろＳＦとかいう小説が流行しだしたときくが、そういう世界をいち早くとりいれているのは精神病者だともいえるかも知れない。従って、タイム・マシン製造者の出現も、それほどおどろくべきものではなく、せいぜい医局で笑い話の種にされるくらいであった。

　といって、私はやはりその患者、三喜田に関心を持った。なぜなら、私自身も地道な研究というのが苦手で、一か八かの発明などをしたがる習癖があるからである。一度はシャックリ療法というのを発明したが、失敗してしまった。精神病の治療としては、インシュリン療法にしろ、電気治療にしろ、一種の刺戟《しげき》療法である。そこで私は横隔膜に強烈な痙攣《けいれん》をひき起す薬物を投与し、人工的な猛烈なシャックリを起させた。私の理論としては、その患者は良くなった筈《はず》だと思うのである。ただ惜しむらくは、間断ないシャックリが未《いま》だにとまらないので、果して良くなったかどうかを問診することが不可能なだけだ。この事件のため、私は医局長にえらく叱責された。私は名誉を回復しようと、次には中に人間がはいれるくらいの巨大なコイルを作ってみた。中に患者を入れ、電流を通じた。この場合も患者はたしかに良くなったのだと思う。ただコイルから出す場合に、患者はハシゴを踏み外して転落し、顋《あご》の骨を折ってしまい、やはり口がきけなくなってしまった。医局長は私に二度と新しい実験をやってはならないと激怒したが、なに患者はたしかに良くなっているのだ。なにしろそのコイルは右巻きに巻いてあるのがミソなのだから。

こんなふうに発明家の素質のある私が、タイム・マシンを作るという患者に興味をもったのは当然であろう。そんなものが実現されるとはもとより私も考えない。だが、空想としてはいかにも楽しいではないか。タイム・マシンがあれば、ちょっと百年後の世界へ行き、進歩している精神病の治療機械なり薬なりを持ってこられる。そのときの、あの憎らしい医局長の顔を想像するだけでも愉快だ。

三喜田は偶然その医局長の受持であったが、私は医局長の留守に彼に会ってみた。痩せて頰のこけた私と同年輩くらいの青年で、なんとなくぼんやりとした顔をしていた。クロール・プロマジンという妄想を直す薬品を大量に飲まされているのであろう。

「いくら薬を飲ませたってダメですよ」

と三喜田は、白衣を着た私を見て、いきなり言った。

「ぼくは病気じゃないんだから。あの薬をのむと眠くなってかなわん。こんなことしていると本物の気ちがいになりそうだ」

この彼の言葉からは何も得ることはできない。本物の狂人であってもたいていこういうことを言うし、万一正常人であってもおそらくこのような台詞《せりふ》を吐くにちがいないからだ。

だが、私は彼を見て、直感的になにかを感じた。一体に狂気と正常との差はどこにあるのか。ある時代の、最大多数者が正常とされるのではないか。たとえば中世の魔女妄想の時代、魔女を信じていた者のほうが正常であった。そうでなくとも、狂気の極端から正常の極端（妙な表現だが）を順々に並べてゆくとしたら、その中間に境界線を引くことは明らかに困難だ。だが私たちは典型的な狂人を多く診てきている。典型的な妄想患者を見れば、どこがどうとははっきり言えないが、第六感でピンとくるものがある。こいつは狂人だ、ということが世間の人よりは遥《はる》かに容易に直感されるのだ。

三喜田の顔つきを見、その声を聞いたとき、狂人臭いなにものかが私には感じられなかった。

私は彼を私室に連れて行って、紅茶をのませた。病気のことには何も触れなかった。私も発明が好きなので、物理のことなどを教えて貰《もら》いたいと言った。そうして無駄話をしているうちに、三喜田の警戒心は徐々にゆるんできて、かなり雄弁になり、病院に入れられてからはじめて人間なみの待遇を受けたといって笑顔まで出すようになった。私はときどきそれとなく質問した。磁場とかエントロピーということについて。答は非常に明確で、少なくとも彼の知性は少しも損われていないことを証《あか》していた。もっとも肝腎の問題が妄想かどうかということが残っている。

「ところで」と私は訊《き》いた。「あなたはタイム・マシンを作れるそうだが？」

「多分ね」と、三喜田は曖昧にニヤリと笑った。

「それはどういうんです？　いや、時間というものはどういう構造になってるんです？」

「時間？」と三喜田は言った。「時間について正確に解説できる学者は、現在では地球上にいやしません。はっきり言って、ぼくにも全然わかりゃしません」

「でも時間の本質がわからなくて、タイム・マシンができますか？」

「あなた達だって」と、三喜田はまたニヤリとした。「精神病の治療を、何にもわからない癖にやっているじゃありませんか。電気ショックだって、単に効果があるということがわかっているだけで、その作用機転は不明だそうじゃないですか」

「ある程度はわかっていますよ。仮説の形ですがね」と私。

「仮説なら時間についてもいろいろあります。たとえば、時間はラセン状のコイル型になっているという説があります。その針金の上をたどってゆけば、一まわりするのに何年も何十年もかかる。しかし、仮りにコイルをおしつめて、針金と針金とを触れるようにすれば、同じ一点から何十年後、あるいは何十年前に移れるかも知れない。その何十年は、あるいは何千年にも何万年でもあり得るかも知れないのです」

私は時間のことはさておいて、肝腎の彼のタイム・マシンの原理を訊いた。答は、原理なんぞは少しもわからないという。それは一夜、非常に克明に彼を訪れた夢で、その代り設計図がありありと見えたという。私は失望した。といって、彼と話している間、彼が狂人ではないという確信はますます強まった。彼は罪のない発明狂なのかも知れない。それならば、なにも精神病院に閉じこめておく必要もなさそうだ。

「君、あなたを病気だとはぼくは思わない。しかし、物理学教室の資材を勝手に使ったりしたのはやはりまずいと思いませんか」

「まずかったですね」と三喜田は認めた。「あのときは私はあせっていたんです。理論はわからない。とにかく実物を造ってみないことには証明ができない、そんなふうに思いつめたものですから」

「まあ仕方がない。あなたが病院を出てもそんな不始末をしでかさないと約束するんなら、退院できる方法を教えてあげますよ」

三喜田は私の患者ではないから、私はあの医局長の鼻をあかす魂胆もあって、丹念に退院できるコツを教えてやった。まず自分が病気であったということを認めること、以前は一体どうしてあんな妙ちくりんな考えに支配されていたかといぶかるようなふうをすること、そのときの態度、口ぶり等々。

　三喜田は言った。

「そんなことは私もとうに考えたんですがね」

「それならなぜやらなかったんです？」

「ただなんとなく……あなた達お医者さんをだますのが悪いみたいに思えたもんで」

　私は苦笑した。

「まあとにかく、うまく娑婆《しゃば》へ帰って下さい。ただ滅多な所でそのタイム・マシンを組立てたりなんかしない方がいいなあ。それからもし万一、小型の実験用の機械でもできたら、その実験にはぼくを立会わせてくださいよ」

「もちろんですとも、先生」

　それから一カ月くらい私は忙しかった。あるとき三喜田のいた病棟へ行ってみると、もう彼は退院したあとであった。カルテを調べると、憎らしい医局長の文字で、こう書いてある。

「完全に妄想消失。クロール・プロマジンの著効例として一例報告ものなり。退院と決定」

　私は思わずニヤリとした。

　ところが、それから何日か経《た》って、私が夕刻自分のアパートの一室に戻ってくると、そのドアの前に待っている男があった。三喜田である。

「どうしたんだ、君?」

「おかげ様で退院できまして、先生」と相手は言った。

「それで先生の忠告を守ることにしました」

「ぼくの忠告? なんですか、それは」

「つまり、滅多な場所でタイム・マシンを造るな、ってことです。その通りなんで先生。うっかりそんなことをやれば、ぼくはまた病院に逆戻りになるでしょう。そこで、ぼくは安全な場所を選んだわけです」

「安全な場所?」

「ええ、ぼくは先生のアパートに一緒に住みましょう。ここでタイム・マシンを造ることにします。それなら安全でしょう、え、先生? それに先生ならいくらか出資してくれるでしょう?」

私はギョッとしたものの、とにかく彼を請《しょう》じ入れた。

「あなたのタイム・マシンって、一体いくらくらいでできるんです?」

「はじめの設計図通りでしたら、最低何千億とか何兆とか……」

「それは無理だよ、君」と、私は防ぐように手をふった。やはりこいつは病院に入れておくべきであった。

「それが不思議なんですよ」と、相手は私にかまわずに言った。「はじめ夢に見た設計図は精密極まるものでした。それが病院で薬をのまされているうちに、段々と簡略なものを夢見るようになりました。たとえてみれば、はじめジェット機だったのが、今ではグライダーか模型飛行機というところでしょうか」

「その模型飛行機ならいくらくらい？」

「そうですね、やりようによっては二万か三万くらいで……」

「そりゃ君、安すぎるね。二万円のタイム・マシンなんて、そりゃ信用できないよ」

「むろん性能はよくないです。未来、過去、自由自在に行けるのじゃなくて、どこか一点か、せいぜいその範囲しか行けないかも知れません。といって、素晴しいことには違いないじゃないですか」

彼との問答をくわしく再録するのはやめよう。とにかく私は彼の言い分を承認し、彼と一緒に暮すことにしたのだ。この世には夢がなくては生きてはいけない。二万円のタイム・マシンの夢なんて、アル・サロに通うことを思えば安いものではないか。

その夢だけで私は結構満足したのであるが、おどろいたことに三喜田は本当になにやら私の狭いアパートの一室で造りはじめたのだ。彼は沢山のアルマイトの洗面器を買ってきたが、それがタイム・マシンの外壁をなすということだった。更に彼は沢山の真空管やら電池やら銅線やらを買いこんできた。

「動力はどういうのかね?」と私はおもしろ半分に尋ねた。「強力な磁場を作るとか、莫大《ばくだい》な電力が要るんじゃないか」

すると、答は、ある程度乾電池の力も借りるが、主動力は輪ゴムだということだった。

「輪ゴム?」

「そうさ」と、三喜田はもう友達言葉になっていた。「こいつはとびきり簡便な奴《やつ》だからね。模型飛行機は輪ゴムでちゃんと飛ぶじゃないか」

「なるほど、なるほど」

と、阿呆《あほう》のように私は言った。なにしろ二万円だからな。

私が病院へ行っている留守に、三喜田は営々と働きつづけ、一カ月足らずでその機械をこしらえあげてしまった。

「これは一番粗末な奴だから、せいぜい十年か二十年しかとばないと思う」と彼は言った。「未来へ飛んでくれればいいと思うんだ。二十年でも世界はどれほど進歩していることか。二十年後の精神病院では、ぼくみたいなものを正常人と見わけるような機械がちゃんとあると思うよ」

それはどうだかな、と私は思った。

とにかく私たちはその機械を実験してみることにし、アパートの近所にある某神社の境内にそっと運んで行った。幸い、この第一号タイム・マシンは折畳式になっており、移動させるには便利であった。神社の背後にはちょっとした崖があり、その上に登るとまず人がこない。十年か二十年の未来か過去へ行って、この神社と崖が残っている限り、いきなり人通りの多い往来などに出現したりはしないであろう。

「このゴム輪を巻くんだ。これはあくまでもスタートの動力で、沢山巻いたからといって遠くへ行けるわけではない。どこか別の時間に到達すると、時間旅行をした時間の歪《ゆが》みによって、この機械はまた元の時間にとび戻ってくる。むこうにはおよそ二十四時間滞在できる筈だ。好き勝手にうごけないんだ、この輪ゴムの機械ではね」

と、三喜田が説明した。

彼は崖の上の藪《やぶ》の中で機械を組立て、念のために食糧の缶詰やパンなども積みこむと、機内に窮屈げに身をおし入れた。彼一人が乗りこむと機内はほぼ一杯になった。もちろん私は乗る気はなかったが。

「では行ってくる」と、彼は私に手を差しだした。私はしかつめらしい顔をしてその手を握った。二万円の遊びとしてはまあこんな芝居じみた心境を味わうくらいかなと思いながら。

機械の蓋がしまった。私は念のため——まさか本当に動くとは思ってもみなかったが——二、三歩あとへ退《さが》った。

ブーンという音がした。すると、私は自分の目が信じられなかったが、機械は三喜田を乗せたままコマのように回転しはじめた。段々と早く、しまいに目にもとまらず、ただ灰色の靄《もや》のように見え、それがふっと消えると、もうあとには何も残っていなかった。

私は立ちすくみ、それから恐る恐る、さいぜんまでタイム・マシンのあった空間に手をのべてみた。何も触れるものはない。たしかに三喜田と機械とは消失したのだ。

さすがに呆然《ぼうぜん》とした私は、二時間ほどそこをうろついていた。「大体二十四時間ほど滞在できる筈だ」という三喜田の言葉を思いだした。アパートへ戻って、ウイスキーでも飲むより手段がなかった。その夜、私は三喜田が予想を裏切って何千年の未来へ行き、そこで動物園に入れられてしまう夢とか、あるいは何万年過去へ戻って恐竜に踏みつぶされる夢とかを見つづけた。

翌日、私は病院を休み、早くから神社の崖上へ行ってみた。昨日の出発からほぼ二十四時間経ったころ、昨日のタイム・マシンを置いた個所に灰色の靄のようなものが現れた。次第次第に回転をゆるめ、やがてぴたりと静止した。洗面器を貼りあわせて造った蓋があき、三喜田が首を出した。

彼はさすがに疲れているようだった。おまけに服のあちこちに白い粉がついていた。

「どうだった？　本当に君はどこかへ——過去か未来かへ行ってきたのか？」と、私は叫んだ。

「成功だ」と、三喜田はぽつりと言った。だが、その表情はあまり嬉《うれ》しそうではない。

「二十年ほど時間をとんだよ。未来じゃないんだ。過去へ行っちまったんだ。終戦後の何にもない時期だ。畜生、二十年未来へ行っていたらなあ」

「まあそう言うな。それが本当としたらこれは大したことだ。まずアパートへ帰ろう。ゆっくり話をきかしてくれ」

三喜田の話によると、タイム・マシンは同じ神社の崖上の霜枯れた雑草の中にふたたび実体化したという。神社はあまり変っていないようだった。しかし見下す町は、半分方が焼きはらわれたトタン板のバラックのつづく廃墟《はいきょ》で、うす汚れた人間が寒そうに歩いていた。

三喜田は少し離れた省線の駅前までできた。そこで新聞を買おうと思って財布を出した。すると何千円か持っていた紙幣がぐずぐずに粉になってしまっているのを発見した。

「つまり、時間を逆行する抵抗か何かで、紙には異常が起るらしいのだ。鼻紙もそうなっていた」

それから硬貨を見つけて新聞を買おうとすると、新聞売りのおばさんがひどくうさん臭い顔をした。

「こりゃどこのお金です？　百円？　こんなお金見たことない」

彼は慌ててその場を逃げだしたが、新聞の日付だけははっきりと目にとめた。昭和二十一年三月二十六日の新聞である。

駅前は闇市で繁昌《はんじょう》していた。ふかし芋、乾燥芋、落花生、にぎり飯、などの食糧品から、軍手、粗悪な靴下、鋳物の鍋や釜、飯盒《はんごう》などが商われていた。彼ははっと思いついて、急いで、タイム・マシンに引返し、万一の食糧品として持ってきた缶詰をとりだした。それを道端に並べておくだけで、たちまちのうちに売れた。議事堂の印刷してある新十円札――当時は新円切りかえのあとであった――と、肩に証紙の貼ってある昔のいかいのしを何枚ずつか彼は手に入れた。その金で彼は電車にも乗り、あちこち視察して歩いたが、ある駅で発疹《ほっしん》チフス予防のＤＤＴの粉をしこたまふりまかれたというわけだ。

「ほれ、証拠にと思って金の残りを持ってきた。これだよ」

「なるほど、懐しい札だ。……だけど可笑《おか》しいじゃないか。君は紙はぼろぼろにくずれてしまうと言っただろ」

「そうなんだ。往《い》きはたしかそうだったが、帰りは何ともないんだ。ほら、こちらの紙も何ともなっていない」

それは乾燥芋をつつんだ新聞紙の袋であった。そこには、たしかに昭和二十一年という文字が記されていたのである。

私たちは――今や私も夢中になり本気になって――何回も実験をくり返してみた。もう病院へ行くのはやめにした。私自身も何回かタイム・マシンへ乗って時間を移動した。その結果、残念なことに次のことが判明した。

このタイム・マシンでは、過去にしか行けない。絶対に未来には行けない。過去の到達範囲も限られていて、およそ昭和二十一年の二月から昭和二十二年の二月くらいの間である。それも指定することはできない。その間のどこに出現するかは神のみぞ知るである。

過去に向ってとぶときは、紙片はぼろぼろになってしまう。しかし、その逆の場合は紙も何ともない。紙以外の物質にはなんらの変化は起らないらしい。

タイム・マシンは過去に到着して、およそ二十四時間で現在にはね返ってくる。従ってその前に乗りこんでいないと、過去におき去りにされる危険がある。過去から更に過去へ向っての再飛躍は機械が作動しない。——ざっとそのようなことが実験の結果わかった。

それならば、金の工面をしても、もっと性能のよいタイム・マシンを造ればいいかというと、三喜田はもう設計図の夢を見なくなってしまった。このタイム・マシンがこしらえられたのも僥倖《ぎょうこう》とよんでもよいかも知れない。二人は、この性能のごく限られた機械をせめて有意義に使用するほかはなかった。

そこで二人が何を考えたかというと、二人とも俗人の悲しさ、やはり金を儲《もう》けたいという気持であった。

ところが、その気持になってみると、昭和二十一年頃というものは、およそ何にもない時代である。せいぜい安缶詰をしこたま運んで、過去でかなりの金額で売ったとしても、その紙幣を単に現在に持ってきたのでは、インフレが進んでいるから逆に損をしてしまう。といって、その頃の新発明である煙草巻器とか簡便パン焼器とかを現在に運んできても、なんの役に立つというのか。

「ああ、ああ」と三喜田もぼやいた。「これが未来へ行けるのだったらなあ。癌《がん》治療器なんてものを持ってこられるかも知れないんだ。同じ過去にしても、せめてもう三、四倍もとべたらなあ。骨董《こっとう》として価値のあるものが見つかるんだ」

「待てよ、ギャンブルはどうだ」と私は叫んだ。「もう競馬くらいやっているだろう。当時の新聞を手に入れて……」

「駄目だよ。たとえ競馬をやっているにせよ、タイム・マシンはいつの日に着くかわからないんだ。もし一年分の新聞を持ってゆくことができれば、まず缶詰を売って、それから日を確めて新聞に出ている結果を確めて競馬場へ行けばいいわけだが、その新聞はくずれちまうんだ。もう読めやしないんだ」

「株を買うのはどうだ？」

「それも駄目だ。株はむろん値上りをする。しかし、はじめの株券だけ持っていてもたかが知れている。二十年間には何回も増資がある筈だ。その増資をおれ達は棄権しなけりゃならないんだからな」

結局私たちは、みみっちい商売をしばらくつづけた。まず安缶詰とか粗悪な靴下とかをできるだけ積みこんで過去に着く。これを売るのも、闇市などにうっかり店をひろげると顔役におどかされたりするので、そこらの路上に並べる。缶詰のレッテルはくずれてしまうので、見本として一つ開いておかねばいけない。それでも、なにしろ物資のない時代だから、簡単に売りさばくことができた。その金で私たちは切手を買った。その切手を持って帰って切手商に売るのである。当時の切手もかなり値上りしているので一応の商売にはなったが、といってボロ儲けというわけにはとてもいかなかった。宝石とか高価な骨董品を買ってこられれば一番いいのだが、缶詰の売りあげではそういうわけにいかない。

思いきってトランジスタ・ラジオとか小型テレビを持っていったらと意見を出してみたが、三喜田は反対した。

「そんなことをすると、過去を変えてしまうことになる。そうすると現在も変ってくる。これは危険だ」

「だって君は未来から何か持ってくるつもりだったのだろ。同じことじゃないか」

「それもそうだ。だが未来には行けないことになってしまったんだ。とにかく厭《いや》な予感がする。ぼくの潜在意識が命ずるんだ。このタイム・マシンだって、そもそもぼくの潜在意識の産物といっていいんだからな」

「しかし、ぼくらはもう過去に干渉しているぜ。ずいぶん缶詰を運んだり切手を持ってきたり……」

「そんな安っぽいものは影響しないさ。ただ昭和二十一年にテレビを持ちこむのは危険なんだ。そんなものはずっとあとになってできる筈のものなんだからな」

私は膝を叩《たた》いた。

「おい、大変なことを忘れていた。昭和二十一年には過去のぼくたちがいるんだ。まだ子供のぼくらがいる筈だ。それに会って、あるいは三年前死んだ親父でもいい、彼らに会って助言をしたらどうだろう。たとえばいついつに朝鮮動乱が起るから株を買っておけとか……」

「そいつはいかん。もっともいかん」と三喜田は首をふった。「信じて貰えるものか。第一、自分が自分に会うなんてことはいかにもいかがわしいじゃないか。時間旅行で一番危険なのはそいつだ。ぼくの潜在意識は断乎《だんこ》として反対する」

「それならば、ぼくは思いきって昭和二十一年に残ってみようか。できるだけ歴史を暗記していって。そうすれば偉大なる予言者となれるぞ。待てよ、そうするとやはり同じ時代にぼくが二人いるってことになるな。一人は三十三歳で一人は十五歳、一体どっちのぼくが本物なんだろう?」

私は混乱してきて頭をふった。三喜田はいかめしい表情で、くりかえし首を横にふっていた。

　ある日私は雑誌を拾いよみしていて、丹沢次郎《たんざわじろう》の自伝を見つけた。丹沢次郎は現在では知らぬ者とてない天才画家である。現に最近も彼の個展が盛大に開かれ、その絵の値段は天井知らずということを私は聞いていた。

　しかし、むかしの彼は貧乏であったらしい。戦後は食うや食わずの生活、絵具代とてなかった生活がつづいた。ようやく昭和二十二年度の日展に彼の絵は初入選し、それから巨匠としての彼の人生がひらかれてゆくのである。

　かたわらで、三喜田がぼやいていた。

「どうしてほぼ一個所にしか行かれんのだろう。それも選《よ》りに選って終戦後のつまらん時代に……。やはり時間がラセン状だってことは正しいのかも知れない。つまりだね、こういう議論があったわけだ。もし将来タイム・マシンができるとすると、どの時代にも時間旅行者が現れてよい筈だ。ところがそれがない。つまりタイム・マシンの製造は不可能なことだと。しかし、過去のある時代にはいかにも時間旅行者らしいものの出現の記録はある。つまり、進歩したタイム・マシンでも、ラセン状の時間の一点から一点へととぶので、限定された時代にしか着けないのかも知れないな」

　私はそれよりも雑誌の記事に熱中していた。「おい、三喜田、君は絵はわかるか？」

「絵？　絵は苦手だな」

「だが、丹沢次郎を知ってるだろう」

「次郎なら知っている。名前だけだけどな。それがどうかしたか？」

「ほら、これを見ろ。丹沢次郎が日展に初入選したのは昭和二十二年なんだ。つまり、ぼくたちのタイム・マシンが到着する時代のすぐあとなんだ。その入選した絵はたいへんな好評だった。そのあとようやく彼は画家として扱われるようになり、やがて巨匠の仲間入りするようになったのだ。その前はひどく貧乏で、絵をやめようかと思っていたらしい。これはチャンスだぞ」

「チャンスって、どういう？」

「バカだな。ぼくたちは無名で貧乏な彼に会えるわけだ。やがては途方もない値打の出る絵を、おそらく二束三文で買うことができるわけだ」

「なるほど」

と、三喜田も真剣な顔になって腕組みをした。

私たちは慎重に慎重に計画を練った。この計画自体にはどこにも欠点がないように思われた。そこで私たちは何回も時間旅行をし、缶詰を売って、その金は過去の神社の境内に隠しておいた。その間、私たちは丹沢次郎の住んでいる家――もちろん昭和二十一年の――を捜すことに努力を傾けた。これは案外むずかしかった。なにしろ相手はまったくの無名の青年である。

　とうとう三喜田は新聞社と称して、現在の丹沢次郎に電話をかけてみた。

「先生の略伝を書くのですが……。終戦後はどちらに住まわれましたか」

「転々としとったよ、君。なにしろ復員して家もなかったんだからな」と巨匠はこたえた。

「昭和二十一年にはどちらにお住みになったか御記憶ありませんか？」

「二十一年ねえ。たしか西荻窪《にしおぎくぼ》の駅前だったが。近所に風呂屋があってねえ。西田という家だった」

「番地は覚えていらっしゃいますか」

「番地？　そんなものは忘れたよ。君、ぼくの略伝って言って、そんなものが要るのかい？」

「いやいや、失礼致しました」

　三喜田は慌てて電話を切った。しかし、目的は果されたわけである。

　間もなく、彼はその家を捜しあてた。汚ないこわれかかった二階家で――その付近は戦災にあっていなかった――二階にたしか丹沢次郎という青年を下宿させているということをつきとめた。そのときは青年は留守で、それにもうタイム・マシンに戻らねばならぬ時間であった。

次には私が出かけて行った。その西田という家もすぐつきとめた。丹沢次郎はいい塩梅《あんばい》に在宅していた。ひどくあおざめた、おちくぼんだ目ばかり鋭い光をもつ青年である。私はすばやく室内を見まわした。部屋の中央に描きかけの絵があった。それは抽象画で単におどろにどすぐろい塊りのように見えた。一方の壁際には五、六枚のいずれも小さな絵が立てかけてある。畳の上には、飯盒、簡便パン焼器、いくらかのさつま芋、蜜柑《みかん》の皮などが散乱している。まず予想通りの光景であった。

「なんの用です？」

と、あおざめた、眼光だけ鋭い青年は言った。

「絵を買おうと思ってね」

と、私はわざと高飛車に出た。

「絵を？」と、相手はあきらかに驚いた様子だった。

「ぼくの絵は売るためのものじゃない」

と、彼は呟《つぶや》いたが、その声は弱々しげで、空腹と失意のため語尾は消えそうになっていた。

「問答をするために来たんじゃない」

と私は言って、ポケットから神社の境内に隠しておいた十円札のぶ厚い札束をとりだした。それをぱっと畳の上に投げた。

「君の絵を全部もらってゆく。イエスかノーか」

彼は逡巡《しゅんじゅん》した。それから弱々しげに首をこっくりさせたが、その瞳の奥に喜悦と悲哀のいろを同時に私は見た。

私は即座に絵をまとめにかかった。すると慌てたように青年は言った。

「この絵もですか？」

「もちろん」

「だって、描きかけですよ」

「いいんだ」

私はそれ以上口をきかなかった。絵はいずれも小さく、私一人で充分持ち運びができた。あっけにとられている青年を残して、私は表へ出た。

現在に戻ってくると、三喜田はもちろん大喜びだった。

「ひい、ふう、みい、……六枚か。一財産だな」

「もう少しあとの日時に着ければ、もう二、三枚持ってこれるかも知れない」

「待て待て。あまり欲張るな。これで充分だ。サインもちゃんとあるな。こいつだけが未完成品か。なあに、かえって高く売れるかも知れんぞ」

私たちは翌日、希望に胸をふくらませてある画商を訪れた。

はじめ、私たちは自分の耳が信じられなかった。相手は言ったのだ。

「丹沢次郎？　そんな画家は知りませんねえ。この絵ですか？　うちはなにぶん大家だけを扱っているんでねえ」

私たちはあきれかえり、憤激し、すぐそこを出て、別の画商のところへ行った。結果は似たようなものであった。

丹沢次郎という画家はこの世に存在しない、少なくとも有名ではない、ということをやがて否応《いやおう》なく私たちは知らねばならなかった。

「こりゃどういうわけなんだ」

と私は呆然と呟いた。

「わからん」と三喜田も憮然《ぶぜん》とした表情で言った。

それから、しばらくの沈黙ののち、彼はいやに生真面目な顔で言いだした。

「ひょっとすると、ぼくたちは過去に干渉しすぎたらしいぞ。それで現在も変ってしまっているんだ」

「というと、どういう？」

「あの描きかけの次郎の絵ねえ。ありゃどうも見覚えがあると思ったが、あれは日展に入選した絵なんじゃないか？　あの絵がなかったから、彼は日展に入選しなかった。従って有名にもなれなかった」

「おいおい、ぼくたちはたかが六枚の絵を持ってきただけだぜ。絵なんぞ一枚も売れない丹沢次郎自身にはむしろ恩恵をほどこしたくらいだぜ。栄養失調でひょろひょろしていた。かなりの金をおいてきたんだ。彼はうまいものも食べられれば、絵具だって買うこともできるんだ。前よりもどんどん絵を描くことができる筈なんだ」

「しかし、そうじゃなかったんだ」と、三喜田は相変らず憮然として言った。「現に丹沢次郎は消えてしまっている。おそらく昭和二十一年の彼は、その降って湧いたような金で酒でも飲んでしまったのじゃないか。あの描きかけの絵は彼にとって生命だったのかも知れない。そうだ、きっとカストリをあおったに違いないさ」

「そして、どうなったんだ？」

「わからん。あるいは餓死をしたか、あるいは絵なんか描くのをやめちまったんだろう」と、三喜田は沈痛な顔で言った。「わかっているのは……おい、ぼくらは一人の天才画家を葬っちまったんだぜ」

「どうしよう」

「うむ。タイム・マシンで、何回かまた過去へ行ったら、君が絵を買ったあとの日時に着けるかも知れん。そうしたら絵を返してやらなくちゃいけない。だが、それができるかどうか。あのタイム・マシンはそろそろぶっ壊れそうな予感がする。ぼくの潜在意識がそう告げるんだ」

「もう一つ造れないかね？」

「おそらく駄目だろう。このところ夢は全然見ないし……」

それから三喜田は、私をふり返ると、急にうす笑いを浮べながらこう言った。

「やはりぼくらは元の精神病院へ戻ったほうがよくないかね。二人してね。君も病室へだよ」

くだんのはは

小松左京

戦時中、僕の家は阪神間の芦屋《あしや》で焼けた。昭和二十年の六月、暑い日の正午頃の空襲だった。

僕はその時中学三年だった。工場動員で毎日神戸の造船所に通って特殊潜航艇を造っていた。腹をへらし、栄養失調になりかけ、痩せこけてとげとげしい目付きをした、汚ならしい感じの少年だった。僕だけでなく、僕たちみんながそうだった。

阪神間大空襲の時、僕たちは神戸の西端にある工場から、平野の山の麓まで走って待避していた。給食はふいになるし、待避は無駄になったので、僕たちはぶつぶつ言った。芦屋がやられているらしいと聞いても、目前の疲労に腹を立てて、気にもかけなかった。またいつものように工場から芦屋まで歩いて帰るのだと思うと、情なくて泣きたくなった。神戸港から芦屋まで十三キロ、すき腹と疲労をかかえ、炎天をあえぎながら歩いて帰る辛《つら》さは、何回味わっても決して慣れる事はない。空襲があれば必ず阪神も阪急も国鉄もとまってしまい、翌日まで動かない事もあった。

その日も僕は工場が終ってから二、三人の友人と歩いて帰った。感覚のなくなった脚をひきずって枕木をわたって行くと、あちこちに茶色の煙が立ちのぼるのが見えた。沿線沿いの一軒は、まだ骨組みを残してパチパチと炎をあげていた。芦屋の近くまで来ると、僕はひどくとまどった。景色はすっかりかわってしまい、まるきり見なれぬ土地へ来たみたいだったからだ。僕の町の一角は、きれいさっぱり焼け落ちてしまい、まだ熱くてそばにもよれない赤土の山になっていた。所々にコンクリートの塀や石灯籠が残っていたが、あとは立木が一本まる裸になって立っているだけだった。僕は自分の家のあった所を見つけるのに、十分もかかった。見おぼえのある石の溝橋でやっとそれとわかったのだ。——道の反対側には、国民服に鬚《ひげ》をはやした男が一人、薄馬鹿のように口をあけて立っていた。それが父だった。僕がそばに行っても、ふりむきもしなかった。「今夜どうする、父さん?」ときいても、「うん」と言ったきりだった。その家は父が建てたもので、父の僅かな財産の一つだった。芦屋に家を建てて住むと言う事は、戦前にはなかなか大した事だったのであり、父はサラリーマンとして、規模こそうんと小さかったが、その望みをなしとげたのである。今父は、ほんの一握りの広さしかない焼跡を見て、自分の希望、自分の財産のあまりの小ささに、呆然《ぼうぜん》としているようだった。

その夜僕たちが野宿もせずにすみ、また父の会社の寮まで、夜道を歩いて行かずにすんだのは、お咲《さき》さんのおかげだった。僕たち親子が何をするにも疲れすぎ、一時間近くもそこに立ちすくんでいた時、もんぺに割烹着《かっぽうぎ》の女の人が、焼跡の道をキョロキョロしながら歩いて来た。その人は僕たちの方をすかすように見ると、急いでかけよって来た。

「まあ旦那様、坊ちゃま、えらい事になって！」

とお咲さんは泣くような声を出して言った。

お咲さんはそのころ五十ぐらい、僕の家にずいぶん前から通っていた家政婦さんだった。子供好きで家事の上手な、やさしい人だった。僕はもう大きかったから、それほどでもなかったが、幼い弟妹たちはよくなついていた。末の妹などは、病身の母よりもお咲さんに甘ったれてしまい、彼女はいつも妹がねつかなければ帰れない事になっていた。物を粗末にせず、下仕事もいやがらずにやり、全く骨惜しみしない――信じられないかも知れないが、昔はそういう家政婦さんもいたのだ。一つはお咲さんが何かを信心していたせいだろう。こうして三年以上も通ってもらったろうか。母が弟妹を連れて疎開する時、お咲さんもやめる事になった。女手がなくなってしまうし、父と僕だけだと、昼間は全く無人になるからというので、もう少し通ってくれないかとたのんだんだが、義理のある仕事なので、まことに申し訳ないが、という返事だった。

「そのかわり御近所の事ですから、暇がございましたら参りますし、まさかの時は、向う様さえ大事なければ、必ずかけつけます」

「一体どこらへんなの?」と母はきいた。

「この下の、浜近くのお邸《やしき》でございます」

「あそこらのお邸だったら、お給金もいいんでしょうね」と母は言った。あれほどつくしてもらっていながら、思う通りにならないといや味を言う、僕はそんなお嬢様根性のある母がきらいだった。

「お給金のためで参るのではございません——そりゃずい分頂けるそうですが。その家は体も楽だし、頂き物も多いのに何故《なぜ》だか家政婦が一週間といつかないんだそうでございます。それで会長から特に私がたのまれまして。——人のいやがる事、人が困っている時は、すすんでやれというのが、私共の御宗旨の教えでございましてね」

こうしてお咲さんは、お邸勤めにかわったが、その後も男世帯を時々見に来てくれ、たまった汚れ物を僅かの間に片づけたり、お邸からの貰《もら》い物《もの》らしい、その頃には珍しかった食物などを持って来てくれたりした。——その時も、駅前がやけたときいて、とるものもとりあえずかけつけてくれたらしい。お咲さんの顔を見ると、僕は気がゆるんで泣きたくなった。

「まあ、ほんとに何て御運の悪い。私、お邸の方も守らないといけないし、こちらさまも気がかりでやきもきしておりました」

「いいんだよ。お咲さん、これが戦争というものだ」と父はうつろな笑いを浮かべながら言った。

「でも、今夜おやすみになる所が無いんじゃございません？」

僕は父の顔を見た。父は困惑を通りこした無表情で、もう暮れなずんで来た焼跡を見つめていた。

「およろしかったらどうか私の所へお出で下さいな。私、今お邸へ住みこみでございます。——家政婦会の寮も焼けてしまいまして」

そう言ってお咲さんは笑った。

「お邸の奥さまに——おねがいしてみますわ。部屋数も沢山ありますし、何だったら今夜は私の部屋でお休み下さいまし」

芦屋のほんとうの大邸宅街は、阪急や国鉄の沿線よりも、川沿いにもっと浜に向って下った、阪神電車芦屋駅附近にある。山の手の方は新興階級のもので、由緒の古い大阪の実業家の邸宅は、このあたりと、西宮《にしのみや》の香櫨園《こうろえん》、夙川界隈《しゅくがわかいわい》に多かった。ほとんどの家が石垣をめぐらした上に立っており、塀は高くて忍び返しがつき、外からは深い植えこみの向うに二階の屋根をうかがえるにすぎない。その屋根に立つ避雷針の先端の金やプラチナの輝きが、こういった邸に住む階級の象徴の様に見えた。——そのお邸はこのひっそりとした一角の、はずれ近くにあった。一丁ほど先からはもう浜辺の松原が始まり、木の間をわたる風は潮気をふくんで、海鳴りの音も間近かだった。僕たちは薄汚れた姿で、がくがくする足をひきずりながら門の石段を上った。

お咲さんはとりあえず僕たちを玄関内に入れ、自分は奥へ行った。広い邸内のずっと奥へ、彼女の足音が遠のいて行くのをききながら、僕と父は敷石に腰かけて黙りこくっていた。ふと背後に人の気配を感じてふりむくと、そこには和服の姿があった。玄関奥の廊下に立ち、薄暗がりの向うからこちらをうかがうようにしていた。その顔は見えず、ただ真白い夏足袋《なつたび》の爪先だけが見えた。その人は声もかけず黙ってこちらを見て立っていた。丁度そこへお咲さんがもどって来て、「まあ奥さま」と声をかけた。――その人は初めて顔を見せた。渋い夏物をきちんと着付け、すらりと背の高い四十位の女の人だった。上品な細面に、色がすき通るほど白く、眼が悪いのか、薄い紫色の、八角形の縁無し眼鏡《めがね》をかけていた。白粉《おしろい》けがなくて、顔色は青白かったが、髪はきっちりとなでつけていた。お咲さんはその人に僕たちの事を話した。その人は能面の様に無表情な顔をやや伏せて、お咲さんの話をきいていたが、そのうちちょっと眉をひそめて呟《つぶや》いた。

「そう、それは困ったわね」

その人が僕たちをいやがってそう言っているのではない事は、すぐにわかった。何か僕たちを泊めるとほんとうに困った事が起るみたいだった。僕は父の袖をひこうとした。

「でも――お咲さんの知り合いの方なら……」

その言葉をきいて、父は露骨にほっとした顔をし、思い出したように帽子をとり、名刺などを出してあいさつした。

「こう言う時はお互いさまですから」とその人はしずかに言った。

「お咲さんのお部屋、女中部屋でせもうございますし、——お咲さん、裏の方の離れにお床をとってさし上げて。お食事もそちらで上っていただくといいわ」

僕たち親子は、その夜六畳ほどの離れで寝かせてもらった。お咲さんは渡り廊下を通って、黒塗りの膳をはこんで来てくれた。僕たちは恥ずかしいくらい食べた。

「たんとおあがりなさいまし」とお咲さんは、ゆらめく蠟燭《ろうそく》の火の向うから、笑いながら声をかけた。

「奥様がそうおっしゃいました。こんな御時世にもったいないんですけれど——この家ではお米に不自由しませんの」

それでも麦が二分ほどまじっていたが、虫食い大豆や玉蜀黍《とうもろこし》、はては豆粕《まめかす》や団栗《どんぐり》まで食べさせられていた僕には、まるでユメのようなものだった。おかずには、薄くて固かったが、とにかく肉が一片《ひとき》れ、それに卵と野菜の煮たのがついた。どれも僕たちには、奇蹟《きせき》のような食物だった。

僕たちはお咲さんに蚊帳《かや》をつってもらい、しめったかびの臭いのする、でも爽やかな肌ざわりの夏蒲団《なつぶとん》にもぐりこんだ。蠟燭を消した真の闇の中で、僕はぐたぐたに疲れていたにもかかわらず、いつまでも眠れずにいた。

「何も彼《か》も焼けてしまったね」と僕は隣の父に話しかけた。「教科書も、着物もシャツも……」

「ああ」と父は答えた。

「これから一体どうするの？」

父は溜息《ためいき》をつくと、寝返りを打って背をむけた。——僕には父の困惑がよくわかった。戦争は生活と言うものの持つ、特殊なニュアンスを、その年頃の僕らにもよくわからせてくれた。僕は悪い事を聞いたと思って、口をつぐんだ。僕たちは戦争がどうなるかと言う事さえ、考えた事がなかった。毎日生きるのがせい一杯だった。

——大変だったね、お父さん、家がやけて僕よりも何倍か、辛く悲しいだろうね。

——僕は父の背にそう言って慰めてやりたかった。それでも明日また足をひきずって工場へ行く事、明日はここを出て、どこか別の宿を探さなければならない事を思うと、いやでいやで身内が熱くなるのだった。——豊中《とよなか》だか箕面《みのお》だかにある父の会社の寮へ行くのだろうか？　それとも戦災者を収容している小学校の講堂へ行くのかしら？　鍋釜さえないのに——。焼跡の防空壕《ぼうくうごう》をほり起して、友人の誰彼のようにあの中へすむのだろうか。僕は考えながら暗闇で目を見開いていた。その時、僕は何か細い声をきいた。ふと耳をすますと、蚊の鳴く声だった。僕はその甲高い、細い声をきくと身体がむず痒《がゆ》くなって目がさめてしまうのだった。闇の中でじっとしていると、遠くの潮騒《しおさい》や松風の音がかすかに聞えて来る。——そして、今度こそ、僕ははっきりとその声をきいた。

「父さん……」と僕は囁《ささや》いた。「誰か泣いてるよ」

父は既に寝息をたてていた。しかしその細い、赤ン坊のようなすすり泣きは、しんと静まり返った邸内のどこかから、遠く、近く、嫋々《じょうじょう》と絶えいるように聞えてくるのだった。

翌日、帰ったらもう一度そのお邸で落ちあう事にして、僕は工場へ、父は会社へ行った。その日、工場で僕は家が焼けた事をみんなに話した。みんな別に同情したような顔もしなかった。

その日、邸へ帰ると、父は先に帰っていて、お咲さんと話しこんでいた。

「弱ったよ」と父は僕の顔を見て言った。「今日突然うちの工場の疎開の指揮をする事になったんだ。——責任者が空襲で死によって……。一か月半ほど疎開先へ出張させられるんだ」

お前はどうする？　と父の目は言っていた。僕はお咲さんと父の顔を等分に見た。お咲さんは笑みを浮かべながら、膝でにじりよって来た。

「それで奥様におねがいしてね。お咲が坊ちゃんの御面倒を見させていただく事にしようと思うんですけど」

「お前だけなら、とこちらではおっしゃるんだ」と父は言った。

僕は黙っていた。父に行ってしまわれるとなると、今までどんなに自分が心の中で、父を頼りにしていたかわかった。たとえ一か月半でも、心細さに鼻頭が熱くなった。その気配を察してか、父は僕の顔をのぞきこむようにした。

「それとも、学校を休んで母さんたちの所へ行くか？——汽車が大変だけど」

「ここにいる」と僕はぶっきらぼうに言った。

「行儀よくするんだよ。——こちらには御病人がおられるらしいから」そう言うと父は立ち上った。

「今夜、行ってしまうの？」と僕はきいた。

「ああ——今夜たつ。帰ってきたら、住む所を何とかするよ」

そう言うと父はお咲さんに後を頼んで出て行った。僕は阪神電車の駅まで送らず、邸の門の所から、白い道を遠ざかって行く父の後姿を見ていた。痩せて、少し猫背で、防空頭巾のはいった袋を腰の所にぶらぶらさせたまま歩いて行く父の姿は、何だか妙に悲しく見えた。

会社も無茶だ。戦時中かも知れないが、自宅がやけた翌日に出張させなくてもよさそうなものなのに。だけどこれが戦争なんだ。そのうち敵が本土上陸して来て、もし神風が吹かなければ、僕たちは竹槍《たけやり》で闘って、みんな死ぬんだ。今の中学生から思えば、呆《あき》れるほど物を知らなかった僕は、そんな事を考えて、幼い子供のように涙ぐんでいた。父が僕一人をおいて、二号の女事務員のアパートへ泊りに行ったのだなどとは、思いもよらなかった。

僕はお咲さんの部屋には泊らず、例の離れで一人で寝起きした。ひどくかわったのは、食生活だった。とにかく朝と晩には米の飯が食べられる。お咲さんは弁当を持って行けと言ったが、こればかりは断わった。朝晩に米飯を食べていると言うだけでも、友人に対して後めたかったのである。――動員先の工場での、友人たちとの生活は、日ましに苛烈なものになって行った。空襲はいっそう激しくなり、B29の編隊は午前中一度、午後一度、そして夜中と、一日三回現われる事も珍しくなかった。三日に一度ぐらいは大編隊が現われて神戸、大阪、そして衛星都市を、丹念に焼き払って行った。その合間に艦載機の低空射撃がまじり出した。工場のつけっぱなしになっているラジオから流れる軍歌やニュースの合間をぬって、苛《いら》だたしいブザーがひっきりなしに鳴り、「中部軍情報……」という機械的な声が敵機の侵入を告げる。遠くでサイレンが鳴り、非常待避の半鐘がなり、空がどんどん鳴り出すと、あちらこちらの高射砲が、散発的に咳《せ》きこむような音をたて始める。まもなくおなじみの、ザァッという砂をぶちまけるような音だ。

するとパンパンポンポンはじける音が四方で起り、僕らは火の海の中を、煙にむせながら山の方へ逃げなければならない。

——毎日暑い日だった。やたらに暑い上に、空気はいがらっぽく焦げた臭いがし、焼跡の熱気は夜の間も冷える事なくこの暑さを下からあぶりつづけた。いらだった教師や軍人は、僕らをやたらに殴りつけた。腹の中は、熱い湯のような下痢でもって、みぞおちから下半身まで、いつでも一本の焼け火箸をさしこまれているような感じだった。騒音と爆音と怒声、それと暑さの中で、僕たちは自分たちが炎天の蛙《かえる》の死骸のように、黒くひからびて行くのを感ずるのだった。——だが邸の中はちがっていた。植えこみが外界の騒音も熱気も遮断してしまったように、部屋の中は静かで、いつもひんやりしていた。庭は手入れもうけずに夏草がおいしげってはいたが、泉水の暗く濁った水の底では、尺余りの緋鯉《ひごい》や斑鯉《まだらごい》が、ゆっくりと尾を動かしていた。葉を一杯つけた梧桐（ごとう）や、枝ぶりの見事なくろ松には、蝉（せみ）が来て鳴いた。その声は邸内の物憂い静寂をかえってきわだたせるみたいだった。——まるで山の中みたいだ。と僕は縁先に腰かけながらぼんやりと思うのだった。電車が通ぜずに工場を休んだ日など、僕は枝折戸《しおりど》から庭をまわって、泉水の傍の石に腰をおろし、何時間も水中をのぞきこんだ。

「あの鯉、知っていますか?」

といきなり声をかけられた事もあった。——後《うしろ》にいつもの通りきちんと帯をしめたおばさん——僕は自分の心の中でそうよんでいた——が立っていた。僕は指された白っぽい魚を知らなかった。

「ドイツ鯉よ、鱗《うろこ》がところどころしかないの——一種の奇形ね」

とおばさんは言った。

「でも奇形の方が値打ちのある事もあるのよ」

好奇心などというものを、持つだけの体力もなくなっていた僕だったが——そう言えば、いつか工場の帰路、焼跡の瓦礫《がれき》の上に坐《すわ》って、腹をむき出し、片手に抜き身の日本刀を持ってしきりにと見こう見している人物を見た事があった。僕たちは一瞥《いちべつ》しただけで通りすぎた。その男が腹を切るつもりだったのか、あのあと本当に切ったのだろうか、と不思議に思ったのは、終戦後五年もたってからである——しかしおばさんと、この邸だけは、時折り不思議に思う事があった。この広い、間数の多い邸の中で、おばさんと、その病人とやらのたった二人だけで住んでいるのだろうか？　男というものはいないのだろうか？　それにおばさんは、もんぺなどはいた事もなく、いつもきちんと和服姿だった。外に出ないからいいとは言え、あの意地の悪い防護団や隣保の連中が、何故ほうっておくのだろう？　この家には火たたきも、防火砂もなかった。やけ出されて家のない連中が沢山いるのに、これだけ広い家にたった二人で住んでいて、どこからも何も言われないのだろうか？　金持ちらしいけれど、食糧はどこから手に入れるのか？——この最後の疑問だけは、ちょっと手がかりがあった。ある夜——その夜も停電だったが、裏口から頬かむりをした男が、何かをかついでこっそりはいって来た。僕は離れの窓からその人の姿を見た。その翌日、僕は何日ぶりかで肉にありついた。——しかしこれらの疑問は、漠然と僕の胸に去来しただけで、それを追究するだけの気力はなかった。むしろ時折り、母屋の二階の方から聞える、あの泣き声の方が気がかりなくらいだった。

「病人って、女の子だね」と僕はお咲さんに言った。「とても痛そうに泣いている」

「坊ちゃん、おききになりまして？」とお咲さんは暗い目付きをして呟いた。それからこわいようなきっぱりした態度で言った。

「母屋の方へは、あまりいらっしゃらないようにして下さいね」

「病人って、いくつぐらいの人？」

「存じません」とお咲さんは沈むように顎を落して首をふった。「私もまだ、お目にかかった事がないんです」

それからもうひとつ——この邸の中にはラジオがなかった。そのころはタブロイド判になってしまっていた新聞さえとっていないようであった。ラジオがあってもどうせ停電続きで、電池式でなければきけなかったろうが、僕は戦局についてのニュースを知りたかった。工場ではいろんな噂《うわさ》が流れていた。大抵は新兵器の話とか、敵を一挙にせんめつする新型爆弾やロケットの話だったが、中にはアメリカで暴動が起るとか、戦争がもうじき終るとかいう妙な噂も流れていた。

西宮大空襲の夜、僕は起き出して行って、東の空の赤黒い火炎と、パチパチとマグネシウムのようにはじける中空の火の玉を見つめた。僕はいつもの習慣でゲートルをまいたまま寝ていたが、その夜ばかりは阪神間も終りかと思って、いつでも逃げられる用意をした。

「こちらにも来ますでしょうか?」ともんぺ姿のお咲さんがきいた。

「近いよ。今やられてるのは東口のへんだ」と僕は言った。「この次の奴《やつ》が芦屋をねらうかも知れない」

「だんだん近くなりますね」とお咲さんは呟いた。「あれは香櫨園あたりじゃありませんか?」

ふと横に白い物が立った。見ると浴衣姿に茶羽織をはおったおばさんが、胸の所で袂《たもと》を重ねあわせて、西宮の空を見上げていた。

「逃げませんか?」と僕は言った。「山の手へ行った方が安全ですよ」

「いいえ、大丈夫」とおばさんは静かな声で答えた。

「もう一回来て、それでおしまいです。ここは焼けません」

僕はその声をきくと、何だかうろたえた。おばさんは頭が変なのじゃないかと思ったからだ。だがおばさんの顔は能面の様に静かだった。ふち無し眼鏡の上には、赤い遠い炎がチラチラ映っていた。

「この空襲よりも、もっとひどい事になるわ」とおばさんは呟いた。「とてもひどい……」

「どこが？」と僕はききかえした。

「西の方です」

「神戸ですか？」

「いいえ、もっと西……」

そう言うとおばさんは、突然顔をおおって家の中へはいってしまった――僕は明け方近くなって、離れへ帰った。途中、庭先からふと母屋の方をのぞくと、戸をあけはなした灯のない部屋の真ん中に、白い姿が見えた。おばさんは十畳の部屋の真ん中に、きちんと坐っていた。三キロ西では、空を蔽《おお》いつくすほどの黒煙と火炎が立ちこめ、火の起す熱い風が灰燼《かいじん》をまき上げていた。その風の底に、火の手にまかれた人々の阿鼻叫喚《あびきょうかん》が聞えて来るようだった。おばさんは端座したままその遠い叫びに耳をかたむけているみたいだった。――しかし庭をはなれる時そうでない事がわかった。鉤の手《かぎのて》に折れた母屋の、向う側の二階から、ぴったりとざされた窓を通して今夜もあのすすり泣きが聞えて来るのだった。

翌日から僕は下痢で工場を休んだ。離れには便所がなかったので、僕は何度も母屋への渡り廊下を往復した。下便所があったが僕は母屋の庭ぞいの長い廊下を突っきって、階段の横手にある客用の便所へ行った。——それは僕の我儘《わがまま》でもあり、この邸の豪勢さに対する反抗でもあった。母方の祖父の家は埼玉の豪家だった。僕は幼い時にそこを訪れて数多くの小作人の下男たちにちやほやされ、その十の蔵まである広い邸囲いや、二百年も経た古い樞《たるき》に漠然とした誇りを感じた。今この大きな邸の中にいて、妙に気圧《けお》される感じをうけるのが癪《しやく》にさわったのだ。それに好奇心もあったのは確かだ。これだけ広い邸、廊下の向うがせばまって見えるほどの邸の中に、あれだけの人数というのはどうも納得できない。——便所へ行くのはちょっとした冒険気分だった。黒光りする廊下を僕はお咲さんも拭き掃除が大変だろうなと思いながら、歩いて行った。途中で両側の部屋に耳をそばだててみたが、どの部屋の障子もぴったりととざされて人の気配はどこにもなく、黒ずんだ障子の桟には薄い埃《ほこ》りがたまっていた。曲り角で、不意に何かに出くわしてびっくりすると、そこには古い木彫りの仏像がひっそりと立っていたり、くわっと口を開いて声の無い笑いをたてている、青銅製の伎楽面《ぎがくめん》が壁にかかっていたりした。便所の向いの壁には、古木を使った扁額《へんがく》がかかっていて、はげた胡粉《ごふん》の文字で、鬼神莫二と読めた。——一体どういう意味だか、未《いま》だにわからない。

奥便所は男便所の反対側にあり、総畳の四畳半だった。砂摺《すなず》りの壁に三方に櫺子窓《れんじまど》があり、青畳が明るく冴えていた。天井は杉柾目《すぎまさめ》の舟形造り、便器は部屋の中央にあり、黒漆塗りで同じ黒漆塗りの蓋《ふた》には、金泥《きんでい》で青海波《せいがいは》が描かれてある。籐編《とうあ》みの紙置きには水晶製の唐獅子《からじし》をかたどった紙鎮がおかれ、便器の正面には赤漆塗りで高さ一尺ばかりの猫足の台があり、その上の青磁の水盤には、時に河骨《こうほね》が、時に睡蓮《すいれん》が活《い》けられてあった。丁度東北にあたる隅には、二尺ほどの高さの黒柿の八足があり、銀製の香炉がのっていて、そこからはいつも、馥郁《ふくいく》たる香が立ちこめていた。客便所の掃除は、お咲さんの重要な日課の一つらしかった。僕はお咲さんがちりとり一杯の杉の青葉をもって歩いているのを見た事がある。そして奥便所の便器の蓋をとると、底も知れぬ暗闇の中から、いつもぷんとま新しい杉の葉の香がした。この豪勢な、広い便所の真ん中で、一人坐って、豆腹の下痢をぶちまけるのは、ちょっと痛快な気分だった。しかし僕が一番驚いたのは、客便所の外で二階からおりてくるお咲さんにばったり出会った時だった。何故だか知らないが、お咲さんは腰のぬけるほど驚いて、手にもった洗面器を半分とりおとしかけながら叫んだ。

「まあ、坊ちゃま！――坊ちゃまでしたの！」

彼女はまっさおになり、はあはあ息をはずませていた。

「こんな所へいらっしゃるなんて……」

「来ちゃいけないのかい？」と僕は反抗的に言った。

「そんな事はございませんけど……」

そう言ってお咲さんは、ようやく手にした洗面器を持ちなおした。その中からは、ぷうんと腐ったような臭いがした。僕がのぞきこもうとすると、お咲さんはあわててそれを横に隠した。

「ごらんになっちゃいけません」と彼女は呟いて、足早に立ち去ろうとした。僕はお咲さんがひきずっているものを見て声をかけた。

「繃帯《ほうたい》、ひきずってるよ」

お咲さんはふりむいた。その拍子に洗面器の中身がまる見えになった。それは洗面器一杯の、血と膿《うみ》に汚れた、ひどい悪臭をはなつ繃帯だった！　お咲さんはすっかり狼狽《ろうばい》して、台所の方へ走り去った。

僕は何か異様な感じにつきまとわれ出した。あの女の子の病気は何だろう？　ひょっとすると、——あの業病《ごうびょう》かも知れない。そう思うと、僕は身うちがむずがゆくなった。あのおばさんの、蚕が上る時のような透き通る肌も、その業病を暗示するみたいだった。

僕は我慢できなくなって、その日の午後台所へ行って見た。大きな、暗い台所をこっそりのぞくと、お咲さんは大釜に湯を沸かして繃帯を煮ていた。そして傍には、先刻繃帯のはいっていた、さしわたし六十センチもありそうな大きな洗面器がおいてあり、その中には胸のむかつくような臭いのする、どろどろしたものが、なみなみとはいって、湯気をたてていた。そのげろのような汚ならしいものは、たしかに食物だった。——僕が声をかけると、お咲さんはまたびっくりして、今度は少しきつい目で僕をにらんだ。

「男のお子さんが、台所などのぞくものじゃありません」とお咲さんは言った。

「お咲さん、あの女の子の病気、何なの？」と僕は負けずに言いかえした。「伝染病だったらどうするんだ？」

「坊ちゃま！」とお咲さんは真顔でたしなめて、手をふきふきこちらへやって来た。僕たちは上《あが》り框《がまち》に腰をおろした。

「ねえ、坊ちゃま、人様の内輪の事をいろいろと詮索するのは、よくないですよ」

「でも、もし伝染病だったら？」と僕は言った。「おばさん、病人をかくしてるし、お咲さん以外の人は居付かないじゃないか。きっとそうだよ。伝染病がうつったらどうする？」

「お咲には伝染病はうつりません。うつったって平気でございます」とお咲さんは祈るような声で言った。「お咲には神様がついております。——光明皇后様のお話、御存知ですか？」

「だって、あれは伝説だよ。癩だったら隔離しなきゃいけないんだ」と僕は言いはった。

「でも、坊ちゃま、——これだけは申せます。あの御病人は伝染病じゃございません」

「じゃ、何なの」

「わかりません——。でも、奥様はお気の毒な方です」

「こんな大きな邸に住んで、あんな贅沢《ぜいたく》して、何が気の毒なもんか！」僕はとうとう叫んだ。それは嫉妬が、例の「聖戦遂行意識」とないあわされた——戦時中誰もが抱いていたあのいまわしい、卑劣で底意地の悪い憤懣《ふんまん》の爆発だった。「あの人、非国民だ！闇をやってる。もんぺもはかない。働きもしない！　憲兵に言ってやるぞ」

「坊ちゃま！」とお咲さんはおろおろした声でたしなめた。

「じゃ大きな声出さない。憲兵にも言わない」僕は卑劣なおどしをかけた。憲兵なぞ、僕らにとってもよりつきも出来ない恐ろしい存在だった。だが僕はお咲さんの無知にや、まをはった。

「そのかわり、あの洗面器の中、あれ何だか教えてよ」

お咲さんは青ざめて口をつぐんだ。僕はなおもおどしたり、懇願したりした。——僕は何というういやな少年だったか！　あれだけ上の連中にいためつけられながら、或《ある》いはかえっていためつけられていたが故に、ちゃんと権力をかさに着て、その幻影でもっておどしをかけ、我意を通す事を知っていたのだ。お咲さんは動揺し、ついにそれが、いろいろの物をまぜた食物だと言う事を白状した。

「私、ほんとうに何も知らないのです」とお咲さんは言った。「私が行けるのは、お二階の、あの鉤の手の所までです。そこへ一日三度、あの洗面器一ぱいの食物をおいておきますと、一時間ほどで綺麗《きれい》にからっぽになって、かわりにあの、汚れた繃帯がはいっているのです」

そう語ったお咲さんの顔は、苦痛に歪《ゆが》んでいた。脅迫でもって、お咲さんを裏切らせてしまった事に対し、僕の心は鋭くいたんだ。しかしそのために、僕はかえって意地悪くなった。

「お咲さん、あの子の病気、知ってるんだね」と僕はかまをかけた。

「うすうす存じております――だけど、これだけは坊ちゃまにだって申し上げられません、坊ちゃまにお話しただけで、私、こちらの奥様に申し訳ない事をしたんでございますから」

お咲さんの毅然《きぜん》とした態度に、今度は僕が鼻白む番だった。おとなの反抗に出あえば、生意気な少年の我儘など、あえないものだ。

「よろしゅうございますか、坊ちゃま」いつの間にかきちんと正座したお咲さんは、背をまっすぐにして、正面切って僕を見つめた。僕は少し小さくなった。

「どんな事があっても、お二階をおのぞきになろうなどと言う気を、お起しになってはいけません。もし、そんな事をなさって、将来坊ちゃまが御不幸にでもなられたら……」

お咲さんの訓戒が身にしみてか、僕はしばらくその「秘密」に近づきたいと言う気を起さなかった。だが今度は秘密の方から近づいて来るようだった。――一日二日たったある日、奥の間からピアノの音がきこえてきた。僕はひさしぶりにきく楽器の音にさそわれて、庭から母屋の奥へとまわって行った。ひいているのはおばさんだった。一番奥の一つ手前の十畳に、アプライト型のピアノがおかれ、おばさんは細いきれいな声で歌っていた。その歌の文句は、うろおぼえだが、こんなものだった。

時代のゆうべは　ややに迫りぬ
見ずや地の上を　あまねく覆いし
黒雲はついに　雨と降りしきて
いなづまひらめき　いかずち轟《とどろ》く
たのしめる人　おののき恐れよ
たかぶれる者よ　かしこみ平伏《ひれふ》せ……

おばさんは僕の姿を見ると、にっこり笑って、
「良夫《よしお》さん？」と声をかけた。「こちらへいらっしゃいな」僕はこの前の事にちょっと後めたさを感じたが、それでもおばさんと二人きりになる事に、くすぐったい好奇心が

湧いた。十畳の間にあがると、おばさんは魔法瓶に入れた冷たい紅茶をコップについでくれた。

「毎日大変ね」とおばさんは畳みかけの着物をわきにどけながら言った。「私は毎日退屈してるの。——申し訳ないみたいだけど」僕はお咲さんがあの事を喋《しやべ》ったのかな、と思ってびくびくしていた。——目をそらして畳みかけの着物に目をやると、それは赤い綸子《りんず》模様の、十三、四の女の子の着るような、着物だった。

「あなたのような若い方たちが——本当にお気の毒だわ」

「気の毒なんて事じゃありません」と僕は気負いこんで言った。「僕らの義務です。上級生なんか、予科練へ行って、もう特攻で死んだ人だっているんです。僕らだって今に玉砕するんです」

おばさんはその時謎めいた微笑を浮かべた。だがその微笑の暗さと寂しさとに、僕は背筋が寒くなるような気がした。

「そんな事にはならないのよ。良夫さん」とおばさんは言った。「決してそんな事にはならないの。もうじき何も彼も終ります」

「そんな事、何故わかるんです」僕はむきになって言った。「敵は沖縄を占領しています。機動部隊は小笠原からもフィリッピンからも来ています。——きっと上陸して来ますよ。そしたら、ここらへんも戦場になりますよ」そして僕は少し息をつぎ、おばさんにあたえる効果について、意地悪くおしはかって言った。

「そうなったら、この家だって焼けちまうにきまってます」

突然おばさんはきれいな声をたてて短く笑った。

「この家は焼けないわ」とおばさんは、手の甲でそっと口もとを押えて言った。「焼けない事になっているの。——空襲の度に、私が逃げ出さないので、不思議に思っているでしょ。でもあたりが全部焼野原になっても、この家だけは大丈夫なのよ。守り神がいるんですもの」

「でも、神戸の湊川《みなとがわ》神社だって焼けてましたよ」と僕は言った。

「神社だって、空襲なら焼けるわ。でも、この一画は空襲されないんです。——それはこの邸があるからです」

その時、恐ろしい考えが僕の頭に閃《ひらめ》いて全身がカッと熱くなったのに、心臓は氷で突き刺されたように、冷たくちぢみ上がった。その考えは全く辻褄《つじつま》があうように思えた。——何故この邸が空襲されないのか？　何故おばさんは、何もせずに、こんな邸に一人で生活できるのか？　二階に誰をかくしているのか？　僕は硬くなりながら、思い切って言った。

「おばさん——おばさんはスパイじゃないの？」

だが今度はおばさんは笑わなかった。消え入りそうなわびしい影が、その顔をかげらすと、美しい横顔を見せてスラリと立ち上った。柱によると、青く灼《や》けただれた空を見上げながら、ポツリと言った。

「そんなのだったら、まだいいけど……」

とけたガラスの様な夏空に、空襲警報のサイレンがまた断続してなりわたり始めた。

積乱雲をゆるがすようなそのひびきと共に、それを真似るような遠吠えが、邸のどこかからかきこえたように思った。――だがそれは空耳らしかった。どこかで牛か犬が鳴いたのかも知れない、と僕は思った。

「この家には守り神がいるのです。それはこの家の劫《ごう》なの。――良夫さん、劫って知ってる？」

おばさんは柱にもたれたまま、うつろな声で語り出した。

「おばさんの家はね、田舎のとっても古い家なの。古くって大きいのよ。九州の山の中にあって、大きな、大きなお城みたいなお邸なんです。山も畑もうんとあって、小作人も沢山いました。だけど、その大変な財産には、いろんな人たち、いろんなお百姓たちの怨《うら》みがこもっているんです。その怨みが、何代も何代もつみ重なったもの――それが劫なのよ」

僕はいつかきちんと坐って唾をのんでいた。おばさんは静かに経文を誦《ず》すように語り続けた。

「おばさんの御先祖はね――もと切支丹《キリシタン》だったんです。だけどしまいにはほかの切支丹たちの財産をとり上げるために、次から次へと役所に密告しました。お役人と結託して、切支丹でない人まで、切支丹にしたてて牢屋へ入れては、その人たちの田畑や邸をとり上げました。――そう言った人たちの怨みがこもって、私の家では、女は代々石女《うまずめ》になったんです。たまに生まれても、赤ちゃんは三日とたたないうちに死んでしまうの」

でもおばさんは――と僕は言いかけて、口をつぐんだ。

「おばさんの夫のお家も、やっぱり東北の方の旧家なの。代々長者と言われる家なんだけど、どの代の人も、とてもひどく小作人や百姓たちをいじめたんですって。年貢をおさめない村があると、その村の女や子供たちを、狼《おおかみ》の出る山へ追いこんで、柴《しば》や薪をとらせたり、村の主だった者を逆さに吊《つる》して、飢えた犬をけしかけたりした事もあると言ってたわ。でも殿様の遠い血筋をひいてるし、お役人とも結んでいたので、やっぱりどうにも出来なかったんです。――そのかわり、その家でも代々長男は、跡をとってまもなく、気が変になったり、おかしな死に方をするんです」

「そのおじさん――おばさんの夫の家にも、やっぱり守り神がいるの。気が変になった当主にだけ、その守り神が見えるのよ。だけど、守り神なのに、その姿は獣の格好をしていて、とても恐ろしいんですって。その守り神の姿を見ると気がふれたようになって、お百姓を殺したり、無茶をしたりするようになるんです。私は夫の国もとの邸へ行って、夫の父が座敷牢へ入れられてるのを見たわ。その齢《とし》をとった人は血走った、真赤な目をして、口から涎《よだれ》をたらしながら、四つん這《ば》いになって、けものが来る、べこが来るって、叫んでいたわ」

「だけどそれがやっぱり守り神なの。一度御先祖の一人が、あまりひどい事をしたので、とうとう怨んだお百姓たちにおそわれて、もうちょっとで殺されそうになったの。するとその守り神が、黒い大きな獣の形をして、百姓たちをけちらして、その御先祖を救ったんですって。それから近郷が全部やけた火事の時も、その守り神が、夫の家邸だけを焼かないように守ってくれたという事なの。——だけどその時は、守り神が主人にむかって言ったんですって。俺はお前たちの一族に苛《いじ》めぬかれて死んだ百姓たちの一人だ。怨みがつもってお前の家にとりついたが、そのかわり、お前の家や財産は守ってやるって……」

僕は息をつめて、おばさんの話をきいていた。晴れわたった空に待避信号の半鐘が鋭くひびき始め、遠い雲の彼方から、地鳴りの様な爆音が聞え始めた。

「私の夫は、早くから家を出たので、気もちがわずにすみましたし、まだ外地で生きています。——そのかわり、夫は支那や外地でやっぱり沢山の人を殺したらしいわ。そういう夫と結婚したので、この家にも守り神が来たんです。その守り神が、この邸を守ってくれるの。——あの子が、その守り神なのよ。……守り神っていうのは、この家につもりつもった劫なの。その劫がこの家をいろんな災難から守ってくれるのよ。考えてみたら妙な話ね。私たち、幾代にもわたった、幾百万もの人たちの怨みでもって守られているの」

その時、最初の爆弾が、どこか遠い地軸をゆり動かした。おばさんは、つと柱を離れると、再びピアノに向って、静かに弾き始めた。その歌は、何故だか僕もよく知っていた、マーラーの「死せる我が子にささげる悲歌《エレジィ》」だった。——外の激しい空襲も忘れて、僕はペダルをふむおばさんの美しい白足袋の爪先に見とれていた。おばさんがその歌を、誰かに向って聞かせるために歌っているのだという事をさとったのは、暫《しばら》く後だった。庭先を見上げると、鉤の手になった斜め向いの二階の窓が、——いつもぴたりと閉ざされている窓障子が、わずかに開き、その向うに黒い影がじっと聞き耳をたてているのが見えたのだ。

戦争は、その頃から何だか異様な様相をおびて来た。戦争自体が不吉な旋《つむ》じ風となって、火と灰燼をまき上げながら、夜となく昼となく、ただ一面にびょうびょうと吹きすさんでいるみたいだった。その激しい風音の向うから、とらえがたいかすかな叫びが聞えて来るような気がしたが、それが何であるかは、わかっているようで、言いあらわせなかった。その声の一つは、こう言った。伊勢の方にあるならずの梅という木が、今年は実を結んだ。だから戦争はもうじき終るのだ。日露戦争の時もそうだった、と。それからこうも言った。どこどこの神社の榎《えのき》の大木が、風もないのにまっ二つに折れた。有名なお告げ婆さんが、戦争は敵味方どちらも勝ち負けなしに終る、と言った。あるいは、山陰かどこかで、二つの赤ン坊が突然口をきき始め、日本は負けると言った、とか。

僕らはそんな話を信じはしなかった。

しかし同時にその風の叫びの様な叫びの底にあるものは、僕らの胸にひびいて来た。大本営が信州に出来る、天皇はもうそこへうつられたか、近々うつられるはずだ、という事を僕らに教えたのは誰だったか。銀行は既に敗戦を予期して、財産を逃避させ始めていると教えてくれたのは、たしか銀行家の息子だった。僕らはそいつの話を固唾をのんでききき、きき終ると非国民だと言って、よってたかって殴った。それから眉唾ものの秘密情報好きの工員が、例のもっともらしいひそひそ声で、日本が用意している恐るべき新兵器の事を教えてくれた。それは大変な破壊力を持っていて、敵の機動部隊や上陸部隊、また飛行機がどれだけやって来ようとも、そんなものは一挙に破壊させる事が出来る。大本営はそれを最後の決戦兵器としてかくしているのだが、その破壊力があまりに大きく、味方の方にまで恐るべき損害がおよぶので、最後の最後まで使用するのをためらうと同時にそれを使用する機会をはかっているのだ、という事だった。

一方本土決戦についての話も、華が咲いた。九州に最初に上陸するか、九十九里浜かで、僕らはいつも議論した。――その議論を、横できいていた、朝鮮人の徴用工が、あとで僕をわきに呼んで、まじめな顔できいた。

「もし、アメリカが上陸して来たら、あんたら、どうするか？」

「勿論《もちろん》竹槍もって特攻さ」と僕は言下に答えた。それからその馬面の四十男にきき返した。

「朝鮮人はどうする？」

彼は、ちょっと考えてから、うなずくように言った。

「朝鮮人も同じだ」

時折りB29が、単機で侵入して来て小馬鹿にしたように、かなり低空をとびながら、ビラをまいて行った。僕らの仲間でそのビラを拾ったものはなかったが、他校の生徒で、それを拾ったために憲兵にひっぱられたという話をきいた。そのビラにはポツダム宣言とかいう事が書いてあるという話だったが、誰もその名に注意を払わなかった。

「坊ちゃま、本当にこの戦争はどうなるんでしょうね？」とお咲さんも時折り溜息まじりに言った。僕だけでなく、女中部屋に飾ってある戦死した息子にも問いかけていた。

――海軍下士官の軍服を着た、子供子供した青年だった。

そんなある日、おばさんが僕を廊下でよびとめた。

「良夫さん、あなたの御家族、どちらに疎開なさったかしら？」

「父の郷里です」と僕は言った。「広島です」

「広島？」と言っておばさんは眉をひそめた。「広島市内？」

「いいえ郡部の、山奥の方です」

「そう、それじゃよかったわ」とおばさんはほっとしたように言った。——いつかの空襲の夜に、おばさんの言った、もっとひどい事、八月六日の原爆投下の起ったのは、その翌日の事である。

その六日の夜、僕は便所に行く道すがら、おばさんがいつも開けていない部屋にはいって、仏壇に灯明をあげ、数珠を手に合掌しているのを見かけた。

「夫が死にました」とおばさんは、いつもの静かな声で言った。

「満洲で——」

ソ連の対日参戦は翌日、八月の七日だった。そしてその日はまた、お咲さんがどうしたはずみか廊下にとり落して行った、汚れたガーゼを見つけ、それに血と膿と一緒に、太い、茶色の、獣の毛のような毛がいっぱいついているのを発見した日としておぼえている。

そして十三日の夜がやって来た。その夜、珍しくおばさんの方から、茶の間に僕とお咲さんを呼んだ。一本の蠟燭の火のゆらめく中で、おばさんは何故だか目を泣きはらしていた。

「お咲さん、良夫さん……」とおばさんは、少しくぐもった声で言った。「戦争は終ったのよ、日本は負けました」

僕は何かがぐっとこみ上げて来て、おばさんをにらみつけた。

「お咲さん、長々御苦労さまでした。まだお邸にいてもらって結構ですけど、もうあの子の世話はいりません、良夫さんもここにいていいのよ、だけどもうじきお父さんがおむかえにいらっしゃるわ」

そう言うと、おばさんは暗い方をむいて呟いた。

「あの子の生命も、日本が負けたら長くないわ……」

「どうして負けたなんて事がわかるんです」と僕は叫んだ。「そんな事ウソだ！　政府は何も言ってやしないじゃありませんか。軍は一億玉砕って言ってるじゃありませんか！　日本は負けやしない。負けたなんて言う奴は非国民だ！　国賊だ！」

「あの子が言ったのです――明日は、もう空襲がありません」とおばさんは向うをむいたまま、静かに言った。「負けたからです。――でもその事を陛下がお告げになるのは明後日になります」

僕は部屋をとび出した。おばさんの畜生！　日本が負けるもんか、負けてたまるか！　と心に叫びながら。――だが、感情に激した僕の足を、いきなり金縛りにしたのは、あの暗い二階から聞えてくる泣き声だった。それは今夜はひときわ高く、まるで身をよじってもだえるように、告別の悲哀と苦痛に堪《こら》えかねるように、長く長く尾を引くのだった。

そして、誰でも知っているように、すべてはおばさんの言った通りになった。僕らは当日、玉音《ぎよくおん》をきいても何のショックも感じなかった。ただ初めてきくその人の声が、妙に甲高く、ききとりにくいのが気になっただけだった。事態をのみこむのに随分かかり、放送をきいた後でも、みんなはいつもの通り作業にかかった。だが砂地に水がしみこむように、日本が負けたと言う声がみんなの中にしみとおって行き、工場は次第次第に鳴りをひそめて行った。——午後の三時には一切の物音が絶え、みんな薄馬鹿のように天を仰ぎ、あちこちに固まって腰をおろし、手持ち無沙汰に欠伸《あくび》したり、頭をごしごしかいたりした。僕もまた、ボケたようになって邸へ帰って来た。だが、離れに坐ると、突然わけのわからない憤懣がおこって来て、教練教科書をひきさき、帽子をなげつけた。何も彼もぶちこわしたかった。誰かをつかまえて、この何とも形容のしがたいやるせなさをぶちまけたかった。僕は離れをとび出し、台所へ行ってお咲さんを呼んだ。——返事はなかった。それから、あの癪にさわる予言をしたおばさんをつかまえようと、長い廊下をどすどすと走りまわった。いつも閉ざされている障子襖《しようじふすま》を、音をたてて開けるという乱暴までした。だがおばさんの姿もなかった。無人の邸は森閑と静まりかえっていた。――いや完全に無人ではなかった。「あの子」がいた。その日もまた、あの二階の部屋から、細い、悲しげな泣き声がもれていたのだ。咄嗟《とつさ》の間に、僕はおばさんが守り神と言った、あの子の顔を見てやろうと思った。既に僕の中には、その後何年も続いた冒瀆《ぼうとく》の衝動の兆《きざし》が芽生えていたのだ。あんな予言をしたから、日本が負けたんだ、という考えが。

　僕は二階への階段をかけ上った。おばさんがあれほど秘密にしていた、あの娘の、業病にくずれた顔を見てやる、と僕は思った。ためらい続けた好奇心が、復讐《ふくしゆう》めかした冒瀆の衝動によって爆発した。僕は鉤の手の廊下を走り、二階の一番端、今も泣き声のもれる部屋の障子を一気にあけたのだ。

　その時、僕の見たもの、それは、――赤い京鹿子《きようがのこ》の振袖を着て、綸子の座蒲団に坐り、眼をまっかになきはらしている――牛だった！　体付きは十三、四の女の子、そしてその顔だけが牛だった。額からは二本の角がはえ、鼻がとび出し、顔には茶色の剛毛が生え、目は草食獣のやさしい悲しみをたたえ――、そしてその口からもれるものは、人間の女の子の、悲しい、身も消えいらんばかりの泣き声だった。片方の角の根もとには、血のにじんだ繃帯がまかれ、顔を蔽ったその手にも、五本の指をのぞいて、血と膿のにじんだ繃帯が、二の腕深くまかれてあった。ぷん、と血膿の臭いがした。そして家畜の臭いも。――僕は息をのみ、目をむいたまま、その怪物を前にして立ちすくんでいた。

「見たのね」その時後で冷たい声がした。障子をピンと後手にしめて、おばさんが立っていた。能面のような顔の影に、かすかに憂悶《ゆうもん》の表情をたたえながら。

「とうとう見てしまったのね。その子は——くだんなのです」

それがくだんだったのだ。くだんは件と書く。人牛を一つにしてくだんと読ませるのだ。くだんは時々生まれる事がある。が大抵親たちがかくしてしまう。しかしくだんには、予言の能力があるのだった——おばさんはその事を話してくれた。石女と思われたおばさんが、たった一人孕《みごも》った女の子が、この件《くだん》だったのだ、と。生まれた時から角があり、それが段々のびるとともに、顔が、牛そっくりになって来た。角の生えた人間が生まれる事があるという事は、ちゃんとした医学の文献にも出ている。皮膚の角質が変形したり、骨が変形したりするのだそうだ。昔はこんな人間を、鬼として恐れたのだろう、と。——だがくだんはちがう。くだんは根っからの怪物で、超自然の力があるのだ。これに該当するのはギリシャ神話のクレタ島のミノタウルスぐらいではあるまいか。くだんは歴史上の大凶事が始まる前兆として生まれ、凶事が終ると死ぬと言う。そしてその間、異変についての一切を予言するというのだ。この事は、おばさんから黙っていてくれとたのまれた。おばさんの家で、件を見たという事も、この話一切を黙っていてくれ、と強く念を押された。でないと、僕の一家にも不幸が起るというのだ。だから僕はずっと黙って来た。お咲さんにさえ、一言も喋らず、口を閉ざして来たのだ。だがあれから二十二年たった今、僕はあえてこの話を公けにする。そうする事によって、僕はこれを読んだ人々から件についての知識を、少しでもいいから、得たいのだ。誰か件についてくわしい事を知らないだろうか？　あのドロドロした食物は一体何だか知っている人はいないだろうか？　件を見たものは件をうむようになると言うのは本当だろうか？——僕は切羽つまってこの話を発表する。今度初めて生まれた僕の長女に、角があったのだ！——これもやはり、大異変の前兆だろうか？

庖丁ざむらい

白石一郎

一

福岡城を取り巻く約三万坪の大濠《おおほり》の水は、西北に設けられた掘割を通って海へ注ぐ。その掘割の西側、杉林と松林の土手でコの字型に囲まれた一帯は荒戸《あらと》町と呼ばれ、武家屋敷が密集している。黒田藩では士分の階級が四つに分かれ、それぞれ住む土地も定められているが、荒戸町には御馬回組《おうままわりぐみ》のうち百数十人が住んでいる。御馬回組は大組につぐ上士《じょうし》であり、藩内のいわば中堅武士団といってよい。

この町は城寄りの南から海に面した北へ向かってひらけ、順に一番丁、二番丁と区分けされて、五番丁までつづいている。

御馬回組百二十石伊丹市之進《いたみいちのしん》の屋敷は、潮風がまともに吹き寄せる北端の荒戸五番丁にあった。

魚屋の辰次《たつじ》が竹籠を抱えてその伊丹屋敷の勝手口に入り、台所をのぞいたとき、主人の伊丹市之進は土間の片隅でこちらへ背を向けてかがみこんでいた。台所は客を迎える支度で活気づいていて、下女たちは流しで野菜を洗ったり、刻んだ野菜を皿に盛り分けたりしている。上《あ》がり框《かまち》ではこの家の妻女が膳部や椀《わん》などを並べて磨きをかけていた。

「魚辰《うおたつ》でございます。お届けに参上しました」

入口で声をかけると、土間の隅の市之進が「おう」と答えて振り返った。砥石《といし》で薄刃《うすば》庖丁《ぼうちょう》を磨《と》いでいたらしく、その庖丁を片手にさげたまま歩いてきて、

「どうじゃ、手に入ったか」

「へい、やっと今朝がた……」

と辰次は声をひそめ、抱えてきた竹籠を市之進に手渡した。

「どれ」

と市之進は紙で厳重に包まれた竹籠の中味をのぞき紙を取り除いて眺めていたが、

「いや大きいのう。まことにこれは周防《すおう》の海でとれたものか」

「へい。早くから手を回しておりましたんで間違いございません。博多ふきんではとてももこんなやつは……」

「そうか。御苦労」

と市之進はうなずき、妻の名を呼んで、

「魚がきた。魚辰に代金を払《はろ》うてやってくれ」

自分は竹籠を提げて流しへ歩み寄り、洗い物をしていた下女を押しのけ、中の魚を流しに置き、丁寧に水洗いした。棚の上の俎《まないた》を取って台上に据えると、市之進はふところから白襷《しろだすき》を出して、手早く十文字に襷がけする。魚を俎の上にのせ、庖丁の刃先を左手の指で触って切れ味を確かめた上、市之進はさっそく魚を割きはじめた。頭を落とし、背びれに刃先を入れてくるりと皮を剝ぐ。むだがなく手ぎわがよい。

側へ寄ってきた妻女の八重が、市之進の手もとをのぞいて、

「あなた、そ、それは」

と、声をあげた。

「ふぐではございませぬか」

市之進は庖丁を休めず、

「大きな声を出すな」といった。

「ふぐじゃ、魚辰に頼んで内緒で下ノ関から取り寄せて貰《もろ》うた」

「でも、ふぐは御禁制でございます。家内で喰《た》べるのならまだしも、お客さまへお出しして、もし万一……」

「わしが庖丁を使うのじゃ。そんな心配はない」

「でも、お客さまがたは御承知なのでございますか」

「珍しいものを喰《く》わせると約束しておる。ことし勘定方には揉《も》めごとが多くて、みんな

苦労をした。せめて年忘れの寄り合いでは、同役たちに旨《うま》いものを喰わせてねぎらってやりたい」

「でも、ふぐでは……」

「この魚を見たこともない者がいる。一人あたま一朱の寄り合い費用では多少あしが出るが……いちど喰わせてやりたい」

「でも……」とまだ何か言いかける八重に、

「ちと黙っておれ。これは真剣勝負と同じでな、庖丁さばき一つで味がかわる。これからが難しいのじゃ」

腹を割いて取り出した魚の臓物を睨《にら》みながら、市之進は真剣な眼の色だった。喰える部分と喰えないものを刃先で慎重に撰《よ》り分けてゆく。

八重は夫のそんな庖丁捌《さば》きをまだ心配顔でみつめていた。

伊丹市之進は黒田藩の勘定方に出仕し、運上係に属している。とくにこれといった特徴のない目立たぬ男だが、喰い道楽では人後に落ちなかった。それが嵩《こう》じて料理にも手を染め、今ではなまじな板前を遥《はる》かにしのぐ腕前である。料理にはおそろしく熱心で材料の仕入れにも自分でゆく。大小を腰に帯びたまま、平気で魚屋の店先へ顔を出し、あれこれ吟味するのを楽しみにしている。城下の魚屋たちの間でもすっかり顔が売れて、「伊丹のとのさま」といえば、知らぬ者がなかった。

客たちがやってきたのは夕刻である。みんな勘定方運上係の同僚で、身分も同じ馬回組、禄高《ろくだか》も一人だけ二百石を喰《は》む十時弥七郎《ととき やしちろう》をのぞけば似たようなもの。

同役は五人だった。戸田右馬助《とだうまのすけ》、岩永源三郎《いわながげんさぶろう》、村上又次郎《むらかみまたじろう》、柴田清九郎《しばたせいくろう》、十時弥七郎である。これに主人役の伊丹市之進が加わり、六人が座敷に顔を揃《そろ》えたところで、それぞれの前に本膳、二の膳が据えられ、酒がはじまった。ほろ酔い機嫌になったころ、さいごに脇膳として刺身が出た。

「美しい魚じゃのう。皿の色が透けて見えるわ。珍しいものとは市之進、これか」

と十時弥七郎が皿をのぞいた。

「そうじゃ。刺身のあとに汁物も用意している。たっぷり味おうてくれ」

それぞれが箸をつけだしたところに、

「市之進、こ、これは……」

と戸田右馬助が大声をあげた。

「これは御禁止の鉄砲ではないのか」

市之進は満足そうな笑顔で、

「さてはおぬし、知っておると見えるな」

「いや、一度だけじゃ。いちど喰うたことがある」

と右馬助は答え、箸を置いて、

「弥七郎、これを何だと思う。鉄砲ぞ」

と隣席の弥七郎にいった。

「鉄砲？　なんじゃそれは」

「ほれ、当たれば死ぬ。ふぐじゃよ」

ええっとみんなが顔を見合わせ、いっせいに箸を置いた。

ふぐは黒田藩では禁制である。むかしは自由だったが中毒死する者が数多く出て、数十年前に禁止された。その後禁を破って死んだ者もあり、家督を没収された実例もある。主君のために役立つべき侍が、たかが口腹の慾《よく》のために一命を落とすとは何ごとか。主家の禄を喰む資格なしという厳しい藩令だった。それでも、数年にいちどは死ぬ者が出る。

「市之進、どういうつもりじゃ」

色をなしているみんなに、市之進は笑いながら、

「案ずることはない。この伊丹市之進が年忘れの寄り合いのために、念を入れてこしらえてある。ことしは勘定奉行の笹岡《ささおか》どのと吟味役の貝原《かいばら》どのの対立で、わしらはみんな苦労した。いやな一年を忘れるつもりで、喰うてみてくれ」

「なるほど」右馬助がいちど置いた箸をとり、

「そういう心づくしなら喰わぬともいえぬ。大丈夫じゃよ、みんな。鉄砲を味わうことなど生涯に幾度もない。喰うとしようぞ」

「そうじゃな。わしもいちど喰うてみたいと思うていた。市之進の手料理なら大丈夫であろう」

と村上又次郎も箸を取り上げ、岩永、柴田の両人もおそるおそる皿の刺身へ手をのばした。さいごまで躊《ため》ったのは十時弥七郎である。

「どうした弥七郎、仲々旨いぞ」

「いや、わしは……」と渋っている弥七郎に、

「おやじどのがこわいのであろう」

と右馬助がいった。

「なにせ泣く子も黙る総目付、御家老衆も一目置くというおやじどのじゃ」

弥七郎の父は十時半睡《はんすい》といい藩内に知れ渡った人物である。むかしは御馬回組の出世頭と呼ばれたものだが、致仕したあとも登用されて、今は藩の十人目付の総帥の地位に就いている。馬回組の侍たちにとっては格別に頼もしく、煙たい存在なのだ。

「弥七郎、旨いものは喰うたがよい」

と市之進が笑顔でいった。

「毒があるからとおそれるのも判るが、それを工夫して喰えるようにするのが、料理と

いうものじゃ。内緒じゃが、わが家ではふぐなどいつでも喰うておる」

みんなに促されて弥七郎も腹をきめたらしい。箸を取り上げて刺身に手を出した。

「どうじゃ、旨かろう」

うんと弥七郎はうなずき、あとは勢いよく口に運んだ。

話題はやがてふぐからそれ、勘定方でいま最大の関心事である奉行と吟味役の対立の件に移っていった。

刺身のあと白味噌《しろみそ》仕立ての汁物が配られ、中味はふぐのシラコだと聞かされたが、もう誰も躊う者はなかった。

二

十時弥七郎の屋敷は荒戸町の中でも最も城に近い一番丁にある。ここから松林の土手をへだてて、向こうが城の大濠である。濠の水に遊ぶ水鳥が土手をこえて、十時家の庭に迷いこむことも珍しくない。

弥七郎が市之進の屋敷でふぐ料理に興じているころ、その父親の十時半睡は弥七郎の嫁お夏を相手に夕餉《ゆうげ》のあとの茶を飲んでいた。

半睡は先年、老妻に先立たれて、今はやもめである。

「弥七郎は年忘れの寄り合いとかいうたが、どこの料亭かな」

と半睡がきいた。

「いいえ料亭ではなく、同役の伊丹市之進さまのお屋敷でございます。このところ毎年、運上係の寄り合いは、あちらのお屋敷にきまっております」

とお夏がこたえた。

「それはまたしぶいことじゃな。費用を倹約するためか」

「いいえ、なまじの料亭より市之進さまの手料理のほうが、一段と美味《おい》しいそうでございます。なにぶんあのお方は食道楽で、料理は板前はだしだとか。よく御自分で魚屋や八百屋へ顔を出しておられます」

へーえと半睡が呆《あき》れ顔をした。

「侍が魚屋や八百屋へのう……いやはや世の中も変わったものじゃな」

半睡にはこの頃の若い侍たちの気持ちが判らぬことがある。ことに最近は藩の財政が小康を保って、ひと昔前のように暮らし向きに差し支えることがない。これは善政を喜ぶべきだろうが、若い侍たちを惰弱にしている傾向もある。

「伊丹市之進といえば、あれの父親市兵衛《いちべえ》はむかし茶屋奉行をつとめておった。これがケチの男でのう。爪に火をともすような暮らしをして分不相応の大金を溜《た》めたと、もっぱらの評判じゃった。そのせがれの市之進が食道楽とは……おかしなものじゃな」

と半睡が笑い、お夏もつられて笑っていたとき、廊下に足音がして下男の左市《さいち》が顔を見せた。

「伊丹さまの御屋敷から御使いが見えています。何やら火急の御用だそうで」

お夏が席を立ち、やがて足音を乱して座敷へ戻ってきた。

「父上さま、たいへんでございます。や、弥七郎どのが……」

「どうした」

「はい、弥七郎どのが……」

青ざめて声にならぬお夏に、

「落ち着け、何があった」

「はい、ふ、ふぐの毒にあたって……」

ええっと眼をむいたきり、半睡もしばらくは信じかねて、呆然《ぼうぜん》としていた。

どうやら五番丁まで駈《か》けつけたが、道中のことをろくに覚えていない。半睡とお夏の二人は、伊丹市之進の屋敷に飛び込んでいた。

町医師の良庵《りようあん》が先に呼ばれていて、座敷のそこかしこにぶざまに横たわった六人の男たちを次々と診ていた。

知らせをうけたのは十時家だけらしい。市之進の妻八重がとっさに半睡を思いだし、処置を相談する気になったのだろう。藩医を呼ばず町医者を呼んだところなど、八重はしっかりした女だった。

苦りきって半睡は正体のない男たちを見回し、

「良庵どの、どうじゃ」

と医者にきいた。

「皆さま手足がしびれて半ば気を失《うしの》うておられます」

処置なしといった恰好《かっこう》で良庵は立ち上がると、

「ふぐの毒は四刻《どき》(八時間)をへてみなければ生死が判らぬもの……まず明朝までが峠でございましょう」

「何か手当ては」

「さあ、こうなりましてはもう……」

これという治療の手立てもないようだった。家人が医者を呼ぶのをためらったのも、悪かったのだろう。

「申し訳ございませぬ。みんな市之進と私のせいでございます。私がもっと真剣にとめればよろしかったのです」

八重が顔を蔽《おお》って嗚咽《おえつ》しだした。

「いや、市之進ひとりのせいではない。喰うて当たればこうなると判っていて、喰うたやつがわるい」

半睡は暗然として言い、弥七郎の側に坐《すわ》っておろおろしているお夏の名を呼ぶと、

「この通りみんな気を失い、口もきけぬ。ふぐの毒では手当てのしようもない。夏、そなたも覚悟しておけ、十時の家も……これでおわりじゃ」

半睡はさすがに声をふるわせ、しばらく言葉をのんでいたが、とつぜん、

「ばかめっ！」

と、肺腑《はいふ》をえぐる声を出した。

八重とお夏がそれを潮にわっと声をあげて泣きだした。

正体を失っていた六人が、一人ずつ回復してきたのは、暁方である。あとで判ったことだが、原因は刺身ではなかった。味噌汁に投じたふぐのシラコの中に、市之進が選別をあやまった未熟なマコが、少量まじっていたのである。中毒症状は急激だったが、マコの量が少なかったのが、危うく六人の命を救った。夕刻ごろまでみんなは市之進の屋敷で休息し、元気な者からそれぞれ二日酔いを粧《よそお》って屋敷へ戻った。

医者の良庵には半睡が相応の礼金を払った上で厳重に口どめした。

しかし噂《うわさ》は立った。おそらくその噂を聞いたであろう目付役たちも上司の十時半睡に遠慮してか、表立ったことにはならずにすんだ。

十時弥七郎は、父親から大目玉をくらうものと覚悟したが、意外に半睡はおだやかだった。ただひとこと、

「そなたが死ねば、十時家の家禄を返上して、わしは腹を切るつもりであったよ」

と、言っただけである。

三

魚辰の店は荒戸町に隣接した湊《みなと》町にある。ここは船入場に面した海岸通りで、夜明け方には漁師舟がこぎよせ、博多湾でとれた魚を運びこんでくる。海風がじかに吹きつけるので、このあたりは寒い。

朝の仕入れがすんで、辰次がひと息入れている店先に、侍がのっそり入ってきた。

「魚辰」

「あ、とのさま……」

「どうじゃ、れいのもの、今日は入っておるか」

伊丹市之進であった。このところ三日にあげず、出仕前にやってくる。

辰次は当惑した顔になり、あたりへ眼を配って、

「とのさま、ちょっとこちらへ」

店の奥に市之進を招き入れると、

「勘弁して下さいまし」と頭を下げた。

「じつはあの日、とのさまへふぐをおわけしたのはこの魚辰じゃと、噂が拡《ひろ》まっており

ますんで。この上、同じようなことをしてはお咎《とが》めをうけて、この店を仕舞わなければなりませぬ」

「そんなことはない」

と市之進はいった。

「お前は魚屋じゃ、客の注文に応じるのが当たり前。必ず届けておいてくれ。よいな」

伊丹市之進はあの中毒の件いらい、殆《ほと》んど毎日、魚辰をおどすようにして屋敷へふぐを届けさせ、手料理で喰っていた。魚辰が渋って顔を見せぬ日は、こうして自分で店まで顔を出して催促するのである。

その夜も、城から帰ると市之進はさっそくふぐを割いてチリ鍋にした。

「旨いぞ。喰うてみよ」

すすめられても八重は手をつけない。もう愛想をつかして、そんな夫を黙って見ているだけである。少量の酒をのみながら、せっせと鍋をつつく市之進を、八重は情けない顔でつくづく眺めていたが、

「あなた。自害をなさるおつもりですか」

と、いった。

「え？」と市之進が八重を見た。

「あのことがあっていらい、毎日、かたきのようにふぐばかり召し上がって、いくら

おとめしてもやめて下さいませぬ。皆さまへの面目なさに、自害をなさるおつもりではと……」

ばかなと市之進は笑いだし、笑いながら鍋の中のシラコを箸でつまんで、

「いいからちょっと喰ってみよ。格別によい味じゃ」

「あなた」

「八重、ふぐというものはな」

つるりとシラコを喉へ送りこんで市之進はいった。

「いちど毒に当たってみねば、本当の調理はできぬものじゃ。それがよくわかった。あの当たった時のしまったぁ……というあの気持ち、あれが失せぬうちにわしは心ゆくまでふぐを料理して喰ってみる。されば二度と先日のような失策はせぬよ」

八重は呆れ果てたように夫の顔を見て、もう何も言わなかった。

市之進が出仕した翌日の昼どき、八重は荒戸一番丁の十時家に半睡を訪ねていた。思いあぐねて、相談にきたのである。

半睡の屋敷にはこうした相談ごとがよく持ち込まれる。八重から話を聞いて、半睡も呆れたらしい。

「あれにこりてやめたと思うたが、市之進め、まだ鉄砲を喰うておるのか」

「このさい体で覚えておきたいと申しまして、毎日かたきのようにふぐばかり」

「どういう気かのう」

と半睡は溜息《ためいき》をついた。

「全く呆れて物がいえぬわ。八重どの、市之進の喰い道楽というのは、ずっと以前からのことか」

いいえと八重は横に首をふった。

「私が伊丹の家へ嫁ぎましたころは、まだ御両親もすこやかで、それはそれはつましい家でございました。朝夕の食事などもこれで体がもつのだろうかと私が驚きましたくらいでございます」

「うん、そうであろう」

半睡は、吝嗇《りんしよく》で知られた市之進の父親のことを思いだしていた。

「あのお人が食べ物にぜいたくをはじめたのは、父も母も亡くなった五、六年前からでございます。本人の言うには、小さいころからろくに美味しいものも戴《いただ》かず、損をしてきたので、そのぶんをとり戻すのだとか」

生来が凝り性だったので、その思いが人一倍の食道楽に嵩じ、ついには自分で庖丁を握るほどになったのだと、八重は話した。二人に子がないのも、そんな市之進の道楽に輪をかける助けをしたらしい。

「なるほど、喰い物のうらみはおそろしいというでの」

半睡は八重の話に苦笑するばかりだったが、

「せっかく相談に見えたのじゃ、わしがいちど参って、意見してみよう」

と約束した。

半睡が夕暮れどきにぶらりと伊丹家を訪ねたのは、それから数日後である。

市之進はちょうど食事中だったが、慌てて玄関に客を出迎え、奥座敷に半睡を招じ入れた。

「御隠居、夕餉はおすみでござるか。ちょうどあんこうの生きのよいのが手に入りましたところでござる。何ならひと口、召し上がって戴けませぬか」

すぐにも支度しそうな市之進のようすを見て、半睡は手をふり、

「それには及ばぬ。そなたの手料理はおそろしゅうて喰えぬ」

市之進は頭へ手をあて、

「これはおそれ入りました」といった。

「しかし、御隠居、あれいらい私は毎夜、ふぐを料理致して、もう絶対に大丈夫でござる。二度とあのようなことは……」

そこへ八重が茶を運んできた。半睡はその茶をすすり、八重が退《さが》るのを待って、

「そなた、喰い物よりほかに何か道楽はないのか」と、いった。

「は？」

「たとえばじゃ。もっと侍にふさわしい、世の役に立つことがあろう。学問でもよい、武術でもよいが」

市之進は人の好さそうな笑顔になり、

「御隠居、私はいたってそのほうは不調法で」

「そなたは当たれば死ぬと身をもって知りながら、なお毎日ふぐを喰う。そのねらいは何じゃ」

「ねらい……と申しますと？」

けげんそうな市之進は、およそ侍らしからぬのっぺりした顔に見える。半睡は心中に舌打ちしながら、

「武士がいのちを賭ける以上は、何かそこにねらいがあろう。たとえば兵糧について日ごろ工夫をこらし、いざ合戦のときに役に立てるとか。今どきであれば、やがては台所奉行となって一藩の台所を安く賄い、それでとのさまに御奉公するとか」

市之進はようやく半睡のいうことを納得したらしい。

「はあ、なるほど」

うなずいて顔を伏せたが、

「私はその、一向に、そのようなことは」

と、口を濁した。

「すると、ただ喰うだけか。おぬしは」

「は？」と顔をあげ、迷惑そうに、

「まあ、そういえば……」

「たかが喰うだけならおぬしのように命がけでふぐまで喰うことはなかろう。八重どのが心配しているぞ」

市之進は項垂《うなだ》れて黙っていたが、

「御隠居」と顔を上げた。

「たかが喰うだけと申されますが、一日の食事は三度でござる」

こんどは半睡がけげんな顔をした。

「一日三度は月にすれば九十度、年にすれば千度をこえます。それほど馴《な》れ親しむものを、たかが喰い物とは私には思えませぬ」

半睡は何を言いだすのかとちょっと気を呑《の》まれて市之進を見ていた。

「どうせ一生喰べて暮らすものなら、一日一回の食事をできるだけ楽しみたいと私は願い、そのためには料理も覚え、できれば人にも楽しませたいと考えております。べつに職人のようにそれで金銭を稼ぐわけでもなし、ただ自分ひとりの楽しみなので、ねらいとか御奉公とか、そんな大それたつもりは毛頭ございません」

半睡は思わぬ逆襲に呆れ、二の句がつげなかった。しみじみと市之進の顔を眺めたあ

げく、

「よっぽど変わった男じゃなあ、おぬしも……」

とそれだけ言い残して、伊丹家を出てしまった。屋敷へ戻る道中、

――まさに天下泰平の産物じゃな。

と半睡は伊丹市之進という男にむしろ呑まれてしまった感じだった。ひと昔前の侍の中に市之進のような男は決していなかったのである。

屋敷へ戻ると半睡はせがれの弥七郎を書斎へ呼んだ。

「わしも年老いて頭が古くなったのか、市之進のような男はどうにも判らぬ。人間、ただ喰うことだけに、あれほど熱中できるものかな」

弥七郎は父親から市之進との問答のいきさつを聞いて笑いだし、

「父上、世間は十人十色と申しますから」

と、言うだけだった。

「ところであの男、役所での仕事ぶりはどうかな」

「さよう、まあまあでござりますな」

と弥七郎は答えた。

「学問や武術はどうじゃ」

「さよう、まあまあでございましょう」

「ふん、何でもまあまあか。喰うことのほかに、取り柄はないのか」

さあと弥七郎は首をかしげたが、

「そういえば、物ごとに動じませぬな」

と、いった。

「御存知のようにいま勘定方は御奉行と吟味役の仲がわるく、下役たちも二派に分かれていがみ合い、お互いの腹のさぐり合いをしたりしております。その点、あの市之進だけは超然として、どちらにも組しませぬ。それで御奉行からも吟味役からも、あまりよく思われておりませぬようで」

ほうと半睡はうなずき、

「そうか、あの男にもそんなところがあるのか。判らぬものじゃな」と、いった。

得体のしれぬ市之進にそういう長所があると聞き、何やらほっとする気もしたのである。

四

藩内の勘定方のもめごとは、今にはじまったことではない。泰平の時世では勘定方はいわば藩の実権を握る枢要な役目だった。

それだけに人事に派閥が生まれ、役人たちが二派に分かれて争うことは昔から珍しくない。

勘定奉行は笹岡将監《しょうげん》といい、御一門の黒田主膳《しゅぜん》の系列につながり、その次席の吟味役貝原修理《しゅり》は家老の野村外記《のむらげき》の一党に属している。

いちじは藩政を壟断《ろうだん》した黒田主膳がこのところ長患いで引き籠り、これまで冷や飯をくってきた野村外記が主膳にかわって藩政を左右しはじめていた。

勘定方の紛争もしょせんその両者の勢力を反映したものである。

としが明け正月が過ぎて間もなく、藩政刷新の名のもとに要職の移動が公示され、勘定奉行も交替した。奉行の笹岡将監は御蔵奉行に転じ、次席の貝原修理が新奉行に任じられたのである。

その交替のため、勘定方は大揺れに揺れた。これまで前奉行についた者は多く左遷されたが、幸い残された者は手の平を返して、新奉行に忠勤を競う。かつて役所の隅で身をちぢめていた連中が、とたんに肩肘張って威張りはじめた。

そんなさなかにこれまで両派の争いに超然とし、それだけに無視されていた伊丹市之進が、とつぜん役所内の話題をさらう事件をおこした。

飛ぶ鳥を落とす新奉行に、真正面から楯《たて》ついたのである。

思わぬ人間に反抗された奉行は、はじめは信じかねて眼を丸くしていたが、やがて怒りだし、

「そのほう奉行の申すことが聞けぬというのか。この貝原修理に楯つく気か」

顔面を朱に染めて怒鳴った。そこは奉行の部屋ではなく、一同が机を並べた仕事部屋だったので、その大声はいやでも室内に響き渡った。

「いえ御奉行。楯つくなどとはとんでもございませぬ。私はただ前奉行の定められた運上見積りのこの書式は、実情に沿うた立派なものじゃと、そう申しているだけでございます」

ことはささいな問題だった。奉行は前任者の足跡を所内から払拭することにやっきとなっている。単なる思いつきで書式の変更を命じたので、市之進はそれに反対したのだった。威丈高な奉行とくらべ市之進は相変わらずのっぺりした顔で、とくに気張っている風もない。

「この書式が立派とはおぬしがそう思い込んでいるだけであろう。奉行たるわしは立派とは思わぬ」

嵩《かさ》にかかってくる奉行の態度に、市之進は一向にひるまなかった。

「失礼でございますが、この仕事については私のほうがくわしゅうございます。たとえば魚の料理にしても」

と、市之進はいった。

「魚にはそれぞれこれが一番よいと長年の間に定まった喰べ方、庖丁の使い方があるものでござる。それを変えることはやっぱり出来ないものでございます」

奉行は市之進を睨みつけて仁王立ちになり、さすがに自制したのかそれ以上は怒鳴らず、足音を荒らげて仕事部屋から出て行ってしまった。

その間、二人のやりとりを同役たちは息をひそめて聞いていた。

「——あの市之進が！」

信じかねる思いは、誰にも同じだったろう。食道楽という以外、何の取り柄もない男と、いくぶん軽んじていた男の意外な反骨を見せられて、みんな驚いてしまったのである。

市之進はべつに興奮したようすもなく、いつも通りに執務をつづけ、定刻にはさっさと引き揚げた。帰宅してまた手料理を楽しむつもりである。ふぐはさすがに堪能し、ちかごろでは市之進は、もっぱらてんぷら料理の新工夫に凝っていた。

十時半睡が市之進の長崎転任を知らされたのは、それから間もない四月初めである。

「これは新奉行のいやがらせに違いござらぬ。勘定方運上係の役人が長崎御番役に転任するなど、いちども前例がありませぬ」

と、それを父に知らせた弥七郎がしきりに憤慨していた。

長崎御番は黒田藩が佐賀藩と交替で、一年おきに受け持っている大役である。四月初めから九月末までおよそ半年間の出張勤務だった。

半睡は、このときにはじめて市之進の意外な一面を聞かされた。

「あの市之進はべつに前奉行に可愛《かわい》がられたわけでもなく、むしろうとまれていたほうでした。あのようにささいなことで新奉行に楯つくとは、みんな驚いてしまったものです」

と、弥七郎は事情を語った。

半睡はのっぺりした市之進の顔を思いだし、これもちょっと信じかねる表情で、

「とすれば、見かけによらず骨のある男じゃな。わしも見直してやらねばなるまい。それにしても、どうも判らぬ男じゃのう」

と、腕を組んだ。何となく溜息が出た。

その伊丹市之進は間もなく長崎出張の挨拶に、十時家へやってきた。

半睡は精一杯に愛想よく市之進を迎え、茶菓などでもてなしながら、

「御苦労じゃな。このたびのいきさつは弥七郎から色々と聞いておった。長崎行きは心外であろうが、男として筋を通したのは見上げたものじゃ。長い一生に悪いことばかりはない。辛抱するんじゃな」

「は?」と市之進はけげんな表情で半睡をみつめ、

「いえ、御隠居」と、手をひらひら顔の前で泳がせ、

「私はこのたびの長崎出張、心から有難いと喜んでおります。これまで二、三度かの地へ赴きましたが、半年間も滞在するのはこの度がはじめてで、これはもうまたとない機会でござる」

「何がじゃ」

と、半睡がきいた。

「卓袱《しっぽく》料理でござるよ」

と市之進は答えた。

「御隠居、あれは唐国風と南蛮風をつきまぜた難しい料理で、一度や二度味おうただけでは、とてもまことの味が知れませぬ。長崎滞在中にしっかりとこの舌で覚えこんで参るつもりでござる」

半睡は唇を半びらきにして、唖然《あぜん》としていた。市之進のほうはさも嬉《うれ》しそうに白い歯を見せ、

「これから毎日、あの珍味に接するのかと思うと、胸がおどりまする。こんど私が帰って参った折には御期待願います。御子息の弥七郎どのも御一緒にわが家へお招きして、本場の卓袱料理を存分に味わって戴きます。そのときのことを思うと、もう……」

市之進は舌なめずりするような笑顔になり、

「今から腕が鳴るような気がいたします」

市之進が帰ったあと、半睡はしばらく憮然《ぶぜん》として、庭を見ていた。城の大濠から飛んできた水鳥が二、三羽、庭の池で遊んでいる。やっぱり半睡には、あの伊丹市之進は判らぬ男だった。ひと昔前には決して見かけなかった種類の男である。

自分もとしをとったらしいと、半睡はしみじみ考えさせられていた。

跛《は》行《こう》の剣

隆　慶一郎

戦　場

新次郎厳勝《よしかつ》は走っていた。

濛々《もうもう》たる砂塵《さじん》が立ちこめ、人影は朦朧《もうろう》として影絵のようだ。

兵士たちの喚声、法螺貝《ほらがい》や陣鉦《じんがね》の音が、耳を破りそうに鳴り響いている。その中で自分と味方の兵士たちのずしんずしんという足音が、まるで主調低音のように抑えられ、だが腹の底にこたえる頼もしさと力強さをもって響き続けていた。

この調子だけをはずさずに、どこまでもつっ走ればいい。新次郎はいつかそんな気になっていた。

新次郎の前には誰もいない。味方は全員一間《けん》のうしろにいた。新次郎はこの徒歩《かち》部隊の隊長だった。隊長がまっ先駆けて走らなくては、部下は誰一人ついて来はしない。部隊の全員を引っぱり、酔わせ、狂気にとりつかせるのが隊長の役目である。引っぱるだけで酔わせることが出来なければ、隊長は一人だけ突出することになり、確実に死ぬ。部下に自分の熱と狂気を伝染させねばならない。殺人への渇望に燃え上らせなければいけない。すべては隊長の気力一つにかかっていた。

新次郎厳勝の気力は充分に充実している。頭の中には斬人《ざんじん》への思いだけがぶんぶん音をたてている。他のものは一切消えていた。

新次郎がたった一つ気にしているのは、自分の走りが遅いことだった。これだけはどう仕様もない。新次郎にも嘗《かつ》ては羚羊《かもしか》の軽さで風のように走った時期があった。十六歳の初陣《ういじん》の時である。その時は部下たちは新次郎について来るのに難儀したものだ。だがたった一発の銃弾が新次郎からその疾風の足を奪ってしまった。左腰骨を射《う》たれ、危く死はまぬかれたものの、以後躰《からだ》を大きく傾けずには歩行出来なくなってしまったのだ。だから今懸命に走っている新次郎の姿は、一歩一歩左に傾き右に傾き、見ていて辛《つら》くなるような不様なものだった。それでも並の人間の速さは保っているのは、血を吐くような修練の結果だった。部下たちは全員それを知っている。狭い村の中のことである。毎朝毎朝、雨が降っても風が吹いても、一日として休むことなく、ひょこたん、ひょこたんと走り続けていた新次郎の姿を、彼等のすべてがいやになるほど見て来たのだ。どんなに格好が悪くても、人並の速さで人並の距離を走り通せるまでに、四年の歳月がかかっていた。

だからこそ、今、最前線に立って、顔中口にしてわけの判《わか》らぬ怒号を喚《わめ》きながら、陣《じん》太刀《だち》を肩にかつぎ、ぶざまな格好で敵陣へ駆けて行く新次郎の姿が彼等には充分感動的なのだ。それだけで新次郎は彼等を酔わせ、狂気に駆り立てることが出来た。その上、部下たちの腹の底には一種のつぐないの気持がある。初陣の時、あんなに独走させず全員が一丸となっていたら、新次郎は狙撃されなかったかも知れないのだ。誰もがそれを自分の罪のように感じ、なんとしてでもつぐないたいと思っていた。それがこの部隊を恐るべき戦闘集団にしたてている。

不意にさっと砂塵が晴れ、敵の部隊がぎょっとするような鮮明さと大きさで目の前に現れた。自分たちを圧倒する巨大な壁のように見える。しかもその壁は恐ろしい迅《はや》さでこちらに殺到して来ているのだ。

不思議に新次郎に動揺はなかった。

〈今日は色が見える〉

そう思った。初陣の時には、こうして敵と向い合った瞬間、忽然《こつぜん》とすべての色が消えてしまったのを今でも明白に覚えている。色が消え、すべてが白と黒に変ってしまったのである。眩《まぶ》しいような白と吸いこまれるような黒。そして白い部分に行きつくために、黒に向って渾身《こんしん》の力でぶつかっていった。相手の首筋を斜めに切り裂いた時、凄《すさ》まじい勢いでほとばしり出た大量の血でさえも黒だった。断じて赤くはなかった。

〈今日は血は赤く見えそうだ〉

頭の片隅でそう思いながら、新次郎は自分の正面の鎧武者《よろいむしゃ》に向って跳躍した。躰を傾けた場所からの突然の高い跳躍は、大方の相手の意表をつくことになる。この相手も例外ではなかった。思わず見上げた男の咽喉笛《のどぶえ》を新次郎の太刀が正確に切り裂き、鮮血をほとばしらせた。

〈やっぱり赤い〉

思いながら着地すると、今度は地べたに這《は》うようにして一人の両脚を切断し、返す刀で別の一人の股倉《またぐら》から腹まで思い切った逆袈裟《ぎやくけさ》で斬り上げた。

〈顔が見える！〉

新次郎は素直に驚いている。初陣の時には相手の顔など見てはいなかった。見ても見ていない。戦いが終ってただの一人も思い出せなかった。それが今日は鮮明に見える。痛さで歪《ゆが》む顔。自分の血の量に茫然《ぼうぜん》としている間の抜けた顔。睾丸《こうがん》を摑《つか》んで泣きべそをかいたような顔。初太刀で斬った三人の武者の顔は、到底忘れられそうにもないほど頭に焼きついた。

同時に奇妙にも、今まで昂《たかぶ》っていた気持がすとんと落着いてしまったようだ。

〈なんて馬面だ〉

替って前に立った男の顔が異常に長かった。その顔に恐怖と憎しみの入り混った気持がありありと浮んでいる。

新次郎はその馬面を正確に額から顎まで真一文字に斬り割った。同時に我から転って、横の敵の片脚を刎《は》ねとばす。

上から槍《やり》が降って来た。

〈有難うよ〉

その槍を摑み、相手の引く力に乗って起き上りながら逆袈裟に斬り上げ、ついでに隣の髯面《ひげづら》の咽喉を突き刺した。

鉄砲の出現によって甲冑《かっちゅう》は昔より簡単になり軽くなったが、その分堅固さも増し、冑《かぶと》や胴丸の部分などは一枚鉄で刀が通りにくくなっている。だから刀で斬る部分はきまっている。顔、首、腕、脚、股間の五ヵ所だった。勢い斬撃の方法も限られたものになる。要はどれだけ正確にどれだけ迅く太刀が振えるかにかかっていた。

新次郎はもう何人の敵を斬ったか判らなくなっていた。眼の前が赤い靄《もや》に包まれているようだ。眼に映るものすべてが赤い血の色だった。彼自身の躰も真っ赤だった。すべてこれ返り血である。不思議なほど怪我は負っていない。

不意に眼の前の人間の壁がなくなった。空白の野原が拡《ひろ》がっていた。いつの間にか敵の前線を突破していたのである。第二陣までは三町もありそうな、何もない空白地帯だった。

〈しまった！〉

条件反射のように悲鳴を上げたくなった。

〈鉄砲にやられる〉

初陣の時と変りなかった。自分だけが突出しすぎたのだ。もっとも今度の条件は前とは少し違った。新次郎の斬撃が余りに迅く凄まじすぎて、敵が争って彼の前から逃れたためだった。部下たちの伎倆《ぎりよう》をもってしては、その後を追い切れなかった。総崩れになった敵を蹴散らして、新次郎のすぐうしろまで迫ってはいたのだが、僅かに遅れた。

一斉射撃の轟音《ごうおん》が起り、新次郎の躰は丸太ン棒でぶん殴られたかのように後方へすっとんだ。

新次郎は頭を一つ振ると立ち上ろうとした。驚くべき生命力だった。だが腰から下に感覚がない。怪訝《けげん》そうに自分の躰を見おろした。前に射たれたあたりに、又被弾したらしい。血でぐしょ濡《ぬ》れになり、骨がくだけているようだった。

〈また走る稽古か〉

そう思ったのが最後だった。柳生宗厳《やぎゆうむねよし》の嫡男、柳生新次郎厳勝の意識はそこでぷっんと切れた。元亀《げんき》二年（一五七一）初秋八月のことである。

地　獄

もう走る稽古さえ出来なくなった。

左の腰骨が今度こそぐずぐずに崩れてしまったのである。

新次郎は丸二年、坐《すわ》ることも出来なかった。天はどうしてあの時自分を死なせてくれなかったのかと、それぱかりを思いながら天井を睨《にら》んでいる二年だった。

その間に骨の間に肉が入り込み、それなりになんとか固まったらしい。射たれてから二年目の天正元年（一五七三）晩秋のある晩、新次郎は突然起き上ることが出来るようになった。

新次郎の妻宗《むね》は伊賀忍びの頭領仁木《にき》伊《い》賀守《がのかみ》義政《よしまさ》の娘である。徳川家康の正妻築山殿《つきやまどの》の姪《めい》だと云われている。新次郎が十九歳の時、三つ下の十六歳で嫁に来た。

新次郎の負傷以来、宗は新次郎の寝間の隣室で寝ていた。夫婦のことは全く絶えている。新次郎は不能者になっていたのだ。

それなのにその晩、新次郎は宗のあの時の声を聞いた。腰から下が動かなくなって以来、まるでその代償とでも云《い》うように、新次郎の眼、耳、鼻の感覚は異常なほど鋭敏になっていた。その耳が聞きつけた喜悦の喘《あえ》ぎだった。考えられることではなかった。新次郎は宗の名を呼ぼうとして、はたと口を噤《つぐ》んだ。今度は男の呻《うめ》く声が聞こえた。その声が聞き慣れた父宗厳のものであることに気づいて、新次郎は凝然となった。悪夢の中にいる思いだった。

〈醒《さ》めろ！　醒めてくれ！〉

祈るように思ったが、男と女の声は嫋々《じようじよう》と続き、悪夢は深まる一方だった。

限界だった。

喚こうとしたが、咽喉が塞がったように、声が出ない。

だが何かせずにはいられなかった。

躰を捻《ひね》ってうつ伏せになった。

腕の力だけで這った。隣室との境まで何とか達した。息をつめて僅かに襖《ふすま》を開けた。

闇だった。底深い闇の中に、獣の蠢《うごめ》く気配だけが濃密に立ち籠《こ》めていた。

見えない。何一つ見えない。新次郎は焦《じ》れた。両腕に渾身の力を籠めて、上体を起そうとした。上体は持ち上ったが、まだ見えない。動かない腰に鞭《むち》うつようにして更に躰を伸ばした。

その時、それが起った。躰の中で、ばしっというような音が聞こえ、次の瞬間、新次郎は坐っていた。きちんと膝を揃《そろ》えて坐っていた。だがそんなことは新次郎の意識になかった。

見えたのである。

どうやら部屋の境に丈の低い枕屏風《まくらびょうぶ》を立ててあったらしい。正座することによって、その向うが見えた。しかも正にその瞬間に仄《ほのか》に月光が部屋の中にさしこんで来た。

信じられない光景だった。

宗の白い脚が宗厳の胴を抱え、その背でしかと組まれていたのだ。白い脚は月光に濡れながら、それ自身生ある物のように、緩やかに律動を繰り返していた。

新次郎は放心したように、この新しい夢を、新しい地獄を見つめるばかりだった。


翌朝、身仕度を整え、いつものきりっとした主婦に変貌した宗は新次郎の部屋に入った。入るなり、思わず悲鳴を上げた。

新次郎が坐っていた。昨夜と同じ姿勢で、戸口に背を向けたまま、宗の部屋に向って、きちんと正座していた。襖の隙間だけが閉じられていた。

「お坐りに……」

宗の声がつまった。新次郎の姿勢に疑惑が生じたのである。何故あんな所に……。だがその疑惑より、新次郎が坐れたという奇蹟《きせき》の方が重大だった。

「お坐りになれたのですか！」

新次郎はゆっくりと両掌《りょうて》を躰の脇に降ろし、腕の力で下半身を持ち上げるようにして身体の向きを変えた。脚は折れ曲ったままである。だが腰は崩れなかった。

宗は息を呑《の》んだ。新次郎の顔が一夜で変貌していた。幾条《いくすじ》もの深い皺《しわ》がその顔に刻まれていた。それは地獄の中で荒れ狂った男の顔に、鬼の刻んだ長い爪の痕だった。とりわけ口のまわりの皺が深く、二十二歳の新次郎を翁《おきな》のように見せていた。

「利平《りへい》を呼んでくれ」

利平は宗の父仁木義政の下忍だった男である。雑用を果すために宗につけられて柳生に来た。その器用さを買われたためだ。本当に利平は何でも出来た。商売ものの忍びの術も一流だったが、鍛冶・木工に巧みで、鉄砲づくりから家の建築まで朝めし前にやってのける。料理人はだしの包丁使いだし、薬の調合にも詳しい。医師と云っても通るほど診立ても確かなら、外科の腕もいい。新次郎の再度の負傷以来、いつか新次郎付きになり、つきっきりで世話をするようになった。年齢のほどは判らない。三十七、八と云っても通るし、五十を過ぎているようにも見えた。肝心の本人さえ、何歳になるか知らないのである。利平はこの二年、木枠のようなものを作り、新次郎の腰を支え固定させて来た。苦痛を軽くするためと傷が自然に固まるのを邪魔しないためだった。結果としてそれが有効だったことになる。

新次郎は宗も近づけず、利平と長いこと何事かを相談していた。

次の朝、利平は異様な道具を作って来た。今日で云う松葉杖《まつばづえ》である。但しそれは鉄製だった。かなりの重量があるところを見ると無垢《むく》のようだった。杖の先は木でくるみ、当りが柔かいようにしてある。

新次郎は松葉杖を両脇に挟み、利平に持ち上げられるようにして辛うじて立った。その姿を見た時、宗は思わず声をあげて泣いた。二年ぶりの立ち姿だったのである。

新次郎の脚には本来何の故障もなかった。だが二年寝たきりだったために、その機能を忘れていた。脚に本来の働きを思い出させてやらなければならないんです。利平はそう云った。腰を守る枠はそのままに、松葉杖をついた歩行訓練が始まった。足に重い鉄の高下駄《たかげた》をはいたりもした。それだけではなかった。鉄の松葉杖もまたそれなりの訓練の道具だった。それは腕の筋力をつけるためのものだった。新次郎はそれを振り、握力と筋力を鍛えた。少しずつ少しずつ、歩行の距離は延び、やがて柳生谷の人々は、松葉杖をついた新次郎が一日中村のまわりを歩く姿に慣れていった。

この頃、足利将軍義昭に味方していた父柳生宗厳は、義昭が織田信長に追われ、足利幕府が滅びたのを境に、一切の公職を去り、石舟斎《せきしゆうさい》と号し、柳生の庄に籠って剣の修行一筋に生きることになった。所領二千石を奪われ、一介の牢人《ろうにん》になったのである。家臣たちはほとんどが帰農し、野良仕事のかたわら剣を勉《まな》ぶことになった。この逼塞《ひつそく》の状態は以後二十年に及んだ。

だが新次郎はそんなことには一切関わりがないようだった。心にかける気配もなかった。毎日毎日判で押したように歩行練習と筋力をつける鍛練を繰り返すだけだった。その傍らには常に利平の姿があった。

宗と石舟斎の関係は続いていた。あの朝、何故新次郎が自分の部屋との境に坐っていたかという疑問は、宗の胸を去ることはなかったが、宗は新次郎に訊《ただ》すことも、石舟斎に告げることもなかった。

〈仕方のないことです〉

そう諦めていた。居直ったような形だった。

新次郎も宗を責めることはなかった。まるで空気を吸うように自然に対していた。だがあの晩に刻まれた地獄の鬼の爪痕は、日一日と深くなるようだった。新次郎の顔は年に似合わぬ老成したものになっていった。

宗は時に新次郎の眼の底に冷やりとしたものを見るように思った。妻でもなく、人でもない、何か別種の生物を眺めるような冷たい眼だった。その時だけ宗の胸の中に深い悲しみが拡がる。だがどう仕様もなかった。何を云い、何をすればいいのかと、自分に問うてみることは出来る。でも答えはなかった。誰も、何も、決して答えてくれようとはしなかった。

そんな二人を、周囲の者たちは、穏やかないい夫婦だと噂《うわさ》した。

そして三年が経《た》ち、宗は男の子を産んだ。長男久三郎《きゆうざぶろう》である。天正四年（一五七六）、新次郎は二十五歳。宗は二十二歳だった。

宗の懐妊が明らかになった時、利平が新次郎に淡々と云った。

「お父上を殺しますか」

利平は新次郎が男の機能を失っていることをとうに知っていた。

新次郎は短く、

「いや」

と云っただけだった。

この頃には永年新次郎の腰を支えて来た木枠は姿を消していた。腰は完全に固まり、どんなに動かしても何の痛みもなかった。両脚も自分たちの役目を思い出し、立派に機能を果たすようになった。だが走るのだけは無理だった。走ろうとすると大きく平衡が崩れて転倒する。跳ぶことも無論出来ない。脚の弾力はあっても、腰が支えられないのだ。新次郎に出来ることは、上体を大きく傾けるという異様な形で、だが常人より遥《はる》かに速く歩行することだけだった。

「杖を変えたいと思う」

新次郎はそう云い、どんなものが望みなのか詳しく説明した。利平が難しい顔で意見を云い、新次郎が反論し、いつ果てるともない争論になった。利平も石舟斎を殺す話よりずっと愉《たの》しそうだった。

「父上が道場でお待ちです」

と宗が告げたのは、それから数日後のことだった。

新しい杖が出来て、利平がそれを新次郎の躰につけているところだった。肱《ひじ》まで伸びた支えがついていて、更に手で握るようになっている鉄の杖である。前のよりずっと短かった。それだと脇に挟むことなく、もっと自由な感じで躰が支えられる。

「すぐ行く」

新次郎は新しい杖をついて部屋中歩いて見た。利平が目を細めて見ている。

「身体がお軽そうに見えます」

嬉《うれ》しそうだった。

「本当に軽いんだよ」

新次郎がくるりと回転してみせた。宗ははっとした。今迄《いままで》なら、こんな真似をしたら間違いなく転んだ筈《はず》だ。だが新次郎は平然と立っていた。そればかりかまた回った。更にもう一度。回るたびに躰が低くなってゆくのに、利平だけは気づいていた。目を光らせて見つめた。

はたと回転がとまった。その瞬間、突如として新次郎の背が伸びた。それだけでどきりとするような迫力があった。

宗さえもそれに気づき、顔色を変えた。何故か斬られたと感じた。

利平がにたっと笑った。

「出来ましたな」

「いや」

新次郎が渋い顔で云った。

「まだまだだ」

暫《しばら》く考えこむように歩いた。杖の調子を見ているように見えた。そのまますっと庭に降り、道場の方へ歩き出した。利平がなにげなく追ってゆく。

宗は躰がしびれたように動かない。ぺたっと坐りこんだまま、大きく傾斜しながら去ってゆく新次郎の後姿を見送っていた。

〈私は何を見たのだろう〉

判らなかった。新次郎は三度回転し、とまった。外面的にはそれだけだった。だが絶対にそれだけではなかった。新次郎の中の何かが、永いこと身を潜めていた、何か途方もなく恐ろしい物が、忽然として姿を現し、そして一瞬に消えた。そんな感じがした。その途方もなく恐ろしい物が何であったのか。それが宗には云えなかった。それが新次郎の胸底に潜む地獄の鬼の姿だとは宗には遂《つい》に判らなかった。だが自分の生命も、ひょっとしたら石舟斎の生命も、その途方もなく恐ろしい物の前では、ひとたまりもなく失われそうな予感がした。

宗の胸は波立ち、躰はいつまでも震えていた。

石舟斎は道場の中央に坐っていた。まわりには誰一人いない。

新次郎は全く表情を消してひょこたんひょこたんと進み、石舟斎の前に正座した。杖は二本とも自然に躰の両脇に置いている。腰には短い鎧通しが差されているだけだ。石舟斎の方は大脇差を腰にし、膝の上に鉄製の孫の手を横たえていた。尺五寸ほどの長さだ。

新次郎は無言で石舟斎の顔を見つめた。父が何故人払いした道場に自分を呼んだか、新次郎には判っている。下手をすると斬られるかもしれぬと覚悟もしていた。身内の恥が曝《さら》されるようなら、斬るしかない。そう決意している父の気持が手にとるように判った。

〈勝手なもんだ〉

新次郎は些《いささ》かの怒りの感情もなしに、冷静にそう思った。もっとも家長という者は、常に勝手なものだ。別して今の石舟斎には柳生新陰流《しんかげりゅう》と云う流儀以外には何物もなかった。流儀を守るためなら、何でもする筈だった。

「新次郎」

石舟斎の声は新次郎でさえ聞きとりにくいほど低い。

眼は炯々《けいけい》と新次郎の眼を見つめている。

「わしには子が要るのだ。健やかで天才を持った子が要るのだ。一国一人の柳生新陰流の道統を伝えるべき子がな」

それだけだった。いいわけも謝罪の言葉もない。自分の都合だけを述べた。後は黙りこんだ。返事を待っているのだった。

「返事が要るんですか」

暫くして新次郎が訊《き》いた。

「わしには要らん。だが宗には要る」

「好きなように、とお伝え下さい」

突然、石舟斎の顔に朱がさした。怒りに違いなかった。だが新次郎の冷然たる表情を見ると、急速に平静に戻った。

「変ったな、お前」

嘆きではない。ただの確認だった。

「変りました」

新次郎の言葉にも何の感情もない。事実を伝えただけだ。

石舟斎が頷《うなず》いた。

新次郎は新しい杖を両肱にはめ、すっと立った。ほとんど腕の力、それも左腕の力だけでだ。右腕は石舟斎の攻撃に備えておかなければならなかった。大人《おとな》しく斬られるつもりなど新次郎には毛頭ない。

石舟斎の眼がすっと細まった。

「その杖、仕掛けがあるな」

質問ではない。断定だった。

新次郎は無言で右の杖を持上げ、指で一個所を押した。かしゃっ、という音と共に、杖の先に長い槍の穂が生えた。

「左もか」

石舟斎が予期していたように訊く。

新次郎は右に重心を移し、左の杖を持ち上げた。再び、かしゃっ、という音が起り、やや短めの槍の穂が先端からとび出した。

「成程《なるほど》」

石舟斎の声に、かすかだが嘲りがある。

「利平は玩具を作るのが巧《うま》いな」

仕掛杖など児戯に類すると云っているのだ。

新次郎は冷然と応えた。

「健やかならざる者も、生きねばなりませんから」

そのまま礼もせず、相変らずひょこたんひょこたんと戸口へ向った。

その背を見つめていた石舟斎の顔に、僅かに驚嘆の色が浮んだ。その背は斬ることが出来なかった。平衡を失っている分だけ次の動きの予測がつかないのだ。

「新次郎」

戸口をくぐりかけた新次郎に石舟斎が声をかけた。

「明日から道場に参れ」

新次郎が振り返って石舟斎を見た。その眼が〈何のために〉と訊いている。

「一刻《とき》でよい、坐っておれ」

新次郎は肩をすくめ、姿を消した。

石舟斎の胸から深い溜息《ためいき》が洩《も》れた。

殺《せつ》人《にん》刀《とう》

翌日から道場の片隅に新次郎の正座した姿が見られるようになった。勿論《もちろん》、稽古をするわけではない。父に云われた通り、きっかり一刻だけ黙然と坐っているだけだった。

その他の時間は従来通り、利平と共に柳生の山野を歩き廻《まわ》ることで過した。七年後、宗はまた男の子を出産した。兵介《ひょうすけ》と名付けられた。更に二年後、三男の権《ごん》之助《のすけ》が生れる。

その間に松永弾正久秀は織田信長に殺され、信長はまた明智光秀に殺された。光秀が百姓の槍にかかって死に、天下は羽柴藤吉郎秀吉のものとなったが、此処《ここ》柳生の庄では何一つ変ることはなかった。柳生石舟斎の剣名は高くなったが、依然として一介の牢人である。文禄《ぶんろく》三年（一五九四）石舟斎は二十四歳になった五男宗矩《むねのり》をつれて京に行き、徳川家康に無刀の術を披露し、そくばくの扶持《ふち》を貰《もら》うことになったが、生活が変るほどのことではなかった。

慶長二年（一五九七）十二月、新次郎の長男久三郎は朝鮮の役に加わり、蔚山《ウルサン》で戦死した。二十二歳である。久三郎は結局、石舟斎が柳生新陰流の道統を託すべき天才を持たなかったことになる。

皮肉なことに石舟斎の正室の子は、五郎右衛門《ごろうえもん》といい、又右衛門《またえもん》宗矩といい、凡庸の剣士であり、どこから見ても天才ではなかった。一人、新次郎の次男、兵介だけが、その天才の萌芽《ほうが》を示した。石舟斎はほとんど狂喜したと云っていい。明けても暮れても兵介一人にかかり切りになった。柳生家のすべての男子の中で、兵介だけが石舟斎と全く同じ体型をしていたと云う。師と同じ体型をした弟子の方が容易に師の技術を受け継ぐことの出来るのは自明の理である。柳生家にかかわる者、特に五男の宗矩は嫉妬の念を籠めてそのことを云い立てたが、実情は違っていた。

石舟斎に最も似た体型をしていたのは新次郎だった。少なくとも十六歳で鉄砲傷を受けるまでの新次郎は、父と瓜二《うりふた》つだった。兵介が生れた時、新次郎は三十二歳だったが、次第に育って来る兵介が若年の自分にあまりにも似ているのを見て、強い衝撃を受けた。

年と共に兵介は益々新次郎そのままになり、性格まで似て来たようだった。新次郎の心に奇妙な悦《よろこ》びが生れたのは、兵介が十歳の頃である。新次郎は四十二歳。柳生の者たちに知られることなく、秘《ひそ》かに磨き上げて来た独自の剣法は漸《ようや》く円熟の期に達しようとしていた。

この頃になって、新次郎はやっと父の気持が判って来た。己れが骨身を削る思いで磨き上げて来た剣法が、受け継ぐ者とてなく、己れ一代で絶えるという思いは、耐えがたい寂寥《せきりょう》感を生むのである。

ある夕暮、新次郎は裏庭で独り稽古に励んでいる兵介を見た。石舟斎の作った型に遮二無二自分をはめこもうとする努力が痛々しかった。それでつい声をかけてしまった。

「そんなことをしなくていいんだ」

兵介は驚いたように新次郎を見た。

気がついた時は、新次郎は右手にひきはだ竹刀《しない》を握り、左手で杖をつきながら、その型への別様な入り方を見せていた。少なくとも自分にとってはその方が自然に出来た入り方だった。二、三度やって見せて竹刀を返した。

「やってみろ」

新次郎は竹刀のかわりに杖を使い、打太刀《うちだち》をつとめてやった。兵介は最初は戸まどったが、二度目には正確に新次郎の教えた通りの入り方で自然な使太刀《しだち》を見せた。前の入り方より楽な感じでしかも迅かった。この方が躰に合っていたのである。そうとしか思えなかった。

〈見たか〉

新次郎は腹の中で石舟斎に毒づいた。

奇妙な快感があった。

「わしが教えたと云うでないぞ。咎《とが》められたなら自然にこうなったと申せ」

兵介は目を丸くして、こくんと頷いた。

次の日、兵介は新次郎に授けられた通りの入り方で使太刀を使った。わざとしたわけではない。使っているうちに自然とそうなったのである。それだけしっくり躰に合った感じだった。

一瞬、石舟斎が息を止めたように見えた。眼の光が僅かに増した。だが何も云わなかった。兵介の入り方を認めたことになる。兵介は覚悟していた叱責がないので安心してその独自の入り方を繰り返した。石舟斎が兵介の小さな躰に新次郎を重ね合せて見ていようとは、兵介の稚《おさな》い考えの思い及ぶところではなかった。

以後、兵介が裏庭で業《わざ》を使うのを見てやるのが新次郎の日課になった。殆《ほと》んどの場合、新次郎は口を出さなかった。打太刀をつとめてやることはあっても、批評はせず、まして別個の太刀の使いようを教えることなど皆無に等しかった。新次郎は新次郎で、幼い兵介の向うに石舟斎を見ていた。そしてほんの時たま、石舟斎の業の無駄を見たと信じた時だけ、兵介に無駄を省く使い方を教えた。石舟斎はそれに気づいても一言の文句もいわず、咎め立てや再度の訂正もすることがなかった。石舟斎もそこに新次郎の影を見ていた。

石舟斎と新次郎は、兵介を媒介として、お互いの業を見極め、お互いの隙を見定めようとしているかに見えた。兵介の躰が二人の立合いの場だったとも云える。

慶長五年関ケ原合戦の際、又右衛門宗矩は家康から直々柳生の庄の地侍たちを組織し、徳川の尖兵《せんぺい》として石田方西軍を攪乱《かくらん》すべしとの命を受けて勇躍帰郷したが、石舟斎はうかつに家康の口車に乗って兵を起せば、石田方の大軍によってひとたまりもなく踏《ふ》み躙《にじ》られることを察し、断乎《だんこ》として拒否した。それに三成の侍大将島左近《しまさこん》は、石舟斎の永年の友でもあった。宗矩は面目を失って僅かばかりの手兵を集めて戦闘に参加したが、華々しい手柄を立てることなく終戦を迎えた。それでも宗矩は柳生の旧領二千石を新たに与えられている。家康が柳生石舟斎の名に宣伝価値を認めた結果ではないかと思う。柳生家の逼塞時代はここに終りを告げた。功労者はいわずと知れた宗矩である。石舟斎の判断通りに動いていれば、逆に新たな弾圧を受けたかも知れないのだ。

新たに自分用に千石を頂戴して、秀忠の側近になった宗矩の最大の不満は、上泉伊勢守《かみいずみいせのかみ》から石舟斎が貰いうけた、一国一人の新陰流の道統が、自分にではなく、甥の兵介に授けられたことだった。確かに宗矩は兵介ほど長期間石舟斎手ずからの教えは受けていない。柳生以外の土地に立身の道を求め、若年の頃から諸国を流れ歩いていたからである。だがそれも結局は柳生家のためではないか。旧領を恢復《かいふく》出来たのは誰のお蔭《かげ》か。宗矩はそう云いたかったに違いない。だがさすがの宗矩も石舟斎に苦情を云う勇気はなかった。

慶長十年六月吉日、兵庫助利厳《としよし》と名を改めた兵介は、二十三歳にして石舟斎の手から一国一人一子相伝の新陰流の印可を受け、その道統を継ぐただ一人の男となった。

翌慶長十一年の元旦早朝。

当時五十五歳の新次郎は、七十歳に近いがまだ壮者のように頑健な利平と共に、いつものように柳生の庄内を歩き廻るために出かけて行った。

山間の村は雪に埋れ、寒気は例年になく厳しかったが、この二人の老人には全くこたえる様子もない。永年にわたって鍛え抜いた躰はまるで岩石同様だった。誰が岩石に向って寒暖を問うだろうか。

村はずれまで来た時、新次郎の足が自然にとまった。利平が怪訝そうに見た。眼に入る限り白一色の風景しかなかった。動くものは何一つない。

「八人」

新次郎が呟《つぶや》くように云った。

「いずれも一流の剣だ」

この頃、新次郎が観法の修行に身を入れていることを、利平だけは知っている。こればかりは利平にもついてゆける境ではなかった。

「近づいて来る。わしらの歩き癖を心得ているようだ」

利平は首を振った。容易には信じ難かった。

柳生一族の中で、新次郎一人は落ちこぼれである。道場で一刻を過しても、一度として打合ったことはなく、ひきはだ竹刀を握ったことさえない。壁のしみのような存在だった。特に近年は、壁を背にして眠っているとしか見えない。よくあれでお師匠さまは黙っていられる。門人一同、そう云い合っていることを利平は知っていた。そんな新次郎を狙う者がいるとは思えなかった。

「さて、どうしたものかな」

他人事《ひとごと》のように新次郎が云った。

「逃げるのも面白くないな。どうだ。やって見るかね、利平」

「やる、って……」

利平は不思議な物を見るように新次郎を見た。

「あのことですか」

「久し振りに戦って見るか、と云うのさ。刀をくれ、利平」

利平はこの頃、新次郎の供をする時はいつも途方もない長い刀を背に負ってゆく。刃長三尺六寸はあろうという化け物のような大業物《おおわざもの》である。こんな長刀は常人なら抜くことも出来ない。厚重ねの剛刀《ごうとう》で、目方も並大抵ではなかった。利平にこんな刀が使えるわけがない。新次郎のためだった。

利平はその長刀の下緒《さげお》の紐《ひも》をほどきながら、

「本気ですか」

と呟いた。三十五年の永い間、独り稽古しかして来なかった新次郎である。まして真剣勝負などするわけがない。新次郎の底知れぬ腕のほどを知っているのは利平だけだが、その利平でさえ真剣勝負となっては自《おの》ずと顔色が変って来るのだった。

「着けてくれ」

新次郎が背を向けた。利平がその背に長刀を背負わせ、下緒を前で結んだ。柄の長さをいれれば五尺になんなんとする刀である。腰をやられてから背の縮まったような新次郎が背負うと鐺《こじり》が地べたに触れそうだった。

「ほれ」

新次郎が顎をしゃくった。

確かに八人だった。武者草鞋《わらじ》で厳重に足もとを固め、いずれも深編笠《ふかあみがさ》で面態《めんてい》を隠している。その一団が黒々と雪原の上に拡がっていた。

「待たせては悪かろう」

気楽に云うと、ひょこたんひょこたんと歩きだした。いつもより速度が遅いのに利平は気づいた。慣れない長刀のせいかもしれなかった。利平もゆっくり後を追いながら、道具袋の中から棒手裏剣を出して、両手に一本ずつ握った。

「お前はひっこんでいろ。決して手を出すな」

新次郎は背後が見えるかのように云った。

八人の黒い影の足どりが早まり、忽《たちま》ち距離を縮め、素早く半円に新次郎を囲んだ。

「柳生新次郎殿ですな」

中央の男が声を掛けた。この一言で八人が他ならぬ新次郎目当ての刺客であることが明らかになった。新次郎の観法が既に見抜いた通りだった。

「一人ずつか。それとも一斉にかね」

新次郎が穏やかに訊いた。

「どちらでも好きにしなさい」

恐ろしい自信だ、と利平は思ったが、八人には破れかぶれの大言と聞こえたかもしれない。

「立合いではありませんので……」

またしても中央の男が云った。どこかすまなそうな口調だった。次いで奇妙な言葉をつけ加えた。

「元旦のことではありますし……」

「元旦の刺客は手早くすますのが習わしかね」

新次郎が破顔した。

中央の男は答えず、抜刀した。同時に他の七人も抜く。

新次郎はゆっくり、八人の剣を見廻し、驚くべきことを云った。

「揃いも揃って無形《むぎょう》の位《くらい》か」

利平は思わず戦慄した。新次郎の言葉はこの八人の男が新陰流の剣士であることを明らかにしていた。中央の男の丁重なもの云いの理由もそれで判ったし、元旦ではあるし、という言葉の意味も明らかになった。この男たちは早急に仕事をすませて、道場にかけつけ、恒例の正月の雑煮を喰《く》わなくてはならないのだ。

「御無礼つかまつる」

又しても中央の男が云い、するすると間合をつめて来た。かしゃっ。音と共に新次郎の右手の杖に槍の穂が生えた。だがこの連中は先刻承知だったらしく、動揺の様子は見せなかった。

新次郎は左の杖一本で身を支え、右の杖を八人と同じ無形の位に置いた。だが動かない。

いや動けないのだ、と八人の男たちは思ったかも知れない。

新次郎の当面の相手は三人だった。中央の男を含めた残りの五人の内三人はそのうしろに立ち、二人は利平に迫っていった。

前面の三人が同時に間境《まざか》いを越え、斬撃を送って来た。背後に跳ばぬ限り、この斬撃に対応出来るわけがなかった。新次郎の杖は二本しかないのである。

だが新次郎の杖は異常な迅さを見せた。躰を支えていた杖がはね上り、槍の穂を生やすと同時に左側の男の胸を刺した。新次郎はその杖を支点としてなんと前方に跳んだ。右手の杖が一閃《いっせん》し、真中の男の顔を横一文字に断ち割ると、そのまま右端の者の胸を深々と貫いた。

更にその右の杖で身を支え、左の杖を抜き、それで身を支えながら、元通りに構えた。三人が地に倒れた時は、新次郎は何事もなかったように先程と同じ姿勢で立っていた。残り五人の男たちは身を固くして茫然と立っていた。信じられぬ動きであり迅速さだった。

「どうした、凍りついたか」

嘲るような新次郎の声に、五人は我に返り、改めて新次郎を囲んだ。もう利平にかかろうとする者はいなかった。

五人の剣が同時に上段に上った。これは味方を斬ることを覚悟の上での必殺の斬法だった。新陰流のいわゆる殺人刀の窮極の形だった。刺客にのみ許される裏の刀法である。同時に振りおろされる五本の剣を受ける術はどんな剣法にもありはしない。そのような形に追い込まれぬために剣法の技はある。

新次郎は平然と五人にその形を許した。

じりっ。間合が縮まった。新次郎の躰が低く縮まった。五人が必殺の間境いに達するまでに、その躰はほとんど地を這うほどになった。

五人は気にもかけない。これを新次郎の目くらましととったのである。じりっ。五人の足が同時に間境いを越えた。

それは正に一挙動の動きに近かった。

新次郎の術は何人《なんぴと》の予測をも超えた。二本の杖を投げ、背に負った刃長三尺六寸の長刀を抜くなり、逆袈裟に一人を斬り上げ、更にその勢いに乗って宙天高く翔《と》んだのである。投げられた杖は正確に二人の胸を貫いていた。更に新次郎の左手は長刀の鞘《さや》を杖にしていた。それを支点として跳んだのである。

新次郎が跳べるとは誰一人思ってもいなかった。完全な盲点である。そして飛翔《ひしょう》しながら新次郎は恐るべき迅さで残る二人の男を唐竹割《からたけわ》りに切り裂いていた。

着地した新次郎は異様な態度をとった。鞘で躰を支えたまま、長刀を木立に向って投槍のように投げようとしたのである。凄まじいまでの気迫だった。

「やめろ！」

木立ちの蔭から声がとび、石舟斎の姿が現れた。その顔は地面の雪よりも白かった。

「その刀はこの木を貫くか」

石舟斎は確かめるように云った。新次郎は黙って頷いた。

「今更、わしを殺すことはあるまい。兵介の新陰流はお前とわしの刀法ではないか」

新次郎は暫く投剣の形を崩さなかった。やがてゆっくりと長刀をおろし、鞘におさめた。

「それもそうですね」

そう新次郎は呟いた。

石舟斎が新次郎に新陰流第二代の道統を譲る印可を与え卒然として去ったのは、この年四月十九日のことだ。享年七十八歳。

新次郎は更に十年を生きて元和《げんな》二年四月五日、六十五歳で死んだ。

柳生家の系譜を書いた『玉栄拾遺《ぎょくえいしゅうい》』の新次郎の項目は次の言葉で終っている。

『後年有レ故柳生ヲ辞シ、他邦ニ経歴シ玉フ。元和二丙辰四月五日客中ニ逝去シ玉フ。号二春江宗桂禅定門一』

元和二年は大坂夏の陣の翌年である。平和と安逸がようやく世の中に定着しようとしていた。

その世の中に背を向けるように、ひょこたんひょこたんと果てしない流浪の旅を続けていったであろう新次郎の姿を憶《おも》う。利平はいつまでその新次郎について行っただろうか。

シリコン

久坂部　羊

夢みたいって、こういうことなのかな。

目の前に広がるノルマンディーの海を見ながら、わたしは思った。垂直に切り立った白亜の断崖が、真っ青な空に映える。崖の途中から象の鼻のように海面に伸びた奇岩。印象派の巨匠モネの絵でも有名なエトルタの海岸に、とうとうやってきた。

崖はあくまで鋭く切り立ち、水平に走る地層は白いバームクーヘンの縞模様《しまもよう》のようだ。象の鼻の向こうには、「エギュイユ（針）」と呼ばれる岩が、槍《やり》のように突き出ている。高さ八十メートルのあの断崖に、わたしはこれから登る。崖の反対側に道がついているから、軽装の観光客でも登れる。でも早朝のこの時間には、まだだれもいない。

ほんとうは三日前に着いているはずだったが、空港で荷物がロストになって、パリで足止めを食らったのだ。成田からの直行便なのに、荷物が紛失するなんて、やっぱりわたしは極めつきの不運女らしい。

――夕子《ゆうこ》。おまえはほんとうに運が悪いねぇ。

十歳の七夕祭りのときに、母に言われた。はじめて浴衣を買ってもらって、楽しみにしていたのに、大雨で中止になった。でも、悲しかったのは、祭りが中止になったことより、母の言葉に、どこかおもしろがるような響きが混じっていたことだ。

道で犬に咬《か》まれたときも、母は揶揄《やゆ》するように言った。

——おまえは損をするために生まれてきたような子だね。

このときも咬まれた傷より、母の冷たい言葉のほうが痛かった。たぶん、母はわたしを嫌っていたのだろう。親子でも相性はある。おまえは望まない妊娠で生まれたと、ずっと言われた。堕《お》ろすタイミングを逸したので、産むしかなかったのだと。

父は酒癖が悪くて、ロクに仕事もしなかったから、母は生活苦の八つ当たりをわたしにしたのかもしれない。そんな母も、わたしが高校二年のときに乳がんで死んだ。父とはもっと以前、わたしが中学校に上がる前に連絡が取れなくなっていた。

母の直感が正しかったのか、わたしの運の悪さは並大抵ではなかった。小学校の遠足のとき、お弁当を食べようと、何気なく手をついたら犬のウンコがあった。ものすごいにおいがして、みんなが逃げた。小児喘息《しょうにぜんそく》、アトピー、蓄膿《ちくのう》、ヘルニアと、子どもがなる厄介な病気はみんなかかった。中学校のときには、クラス全員で苦労して飾った文化祭の生け花を、展示の直前に倒してだめにした。みんなが怒り、土下座して謝っても許してもらえなかった。通学の途中でカラスのフンが頭にかかったこともある。高校では雑巾バケツにつまずいて、好きだった男の子の前で転んでパンダ柄のショーツが丸見えになってしまった。死にたくなるほど恥ずかしくて、あのときほど自分の運命を呪ったことはない。

子どものころから鈍くさくて、要領も悪くて、みんなに嫌われていた。勉強も運動もだめで、何の取り柄もない。子供会のポートボールでは、最後に逆転のボールをキャッチし損ねて、みんなを失望させた。

母が亡くなってから、伯母の家に預けられたが、台所を手伝おうとして、醬油《しょうゆ》の一升瓶を割ったこともある。買ってもらったばかりの定期券を落としたり、バーゲンに行ったら目当ての品だけが売り切れていたり、電車でおじいさんに席を譲ると年寄り扱いするなと怒鳴られたり、することなすことうまくいかない。わたしの惨めな一生は、あんまり運が悪すぎて、そのまま書いても喜劇にしかならない。ほんとうは、とても悲しかったのに。

高校を卒業したあと、わたしは独り暮らしをはじめた。仕事は焼き肉屋の店員とか、ホテルの清掃係とか、老人ホームのヘルパーとか、いくつも変わった。そのたびに失敗したり、お客を怒らせたり、上司にいじめられたりした。今度こそがんばろうと思うけれど、うまくいかない。きっとわたしは、そんな星の下《もと》に生まれていて、自分ではどうにもできない運命にあるのだろう。

だから、できるだけ目立たないようにして生きてきた。だれにも見向きもされず、声もかけられない。仕事をやめるときも、だれもわたしを引き留めない。わたしは空気のような存在で、いなくなってもだれも気にも留めないのだ。

あるとき、わたしは駐車場の吹きだまりで、バッタの死骸を見つけた。二月の寒い日だった。バッタが真冬まで生きているはずもなく、きっと前の年の秋に死んだのだろう。だれにも気づかれないまま、この駐車場に吹き寄せられたにちがいない。胴体の緑の色が抜けて、ドライフラワーみたいになっていた。そっとバッタを拾い上げ、生け垣の根本に埋めてやった。両手を合わせ、成仏してねとつぶやく。わたしもいつか、だれかに手を合わせてもらえるかなと思いながら。

昨夜はエトルタでいちばん高級なホテルに泊まった。

人生は前向きでなければならない。だから、料理もいちばん高いコースにした。でも小柄なわたしには、どの料理も多すぎる。スープも前菜も、それだけで満腹になりそう。仕方がないから、二口か三口味を見て、あとは残した。お店の人には申し訳ないけれど、これ以上お腹に入らないのだと、身ぶりで説明をして。

ホテルの部屋がまた豪華だった。前室つきのスイートで、天蓋を掛けたベッドに高級な応接セット。猫脚のカウチがベッドの足元に置かれていた。これはナポレオンの妻ジヨセフィーヌが好んで寝そべったのと同じ形らしい。わたしも横になってみたが、とてもじゃないが大きすぎる。

わたしは身長一五二センチ、体重四四キロで、バストはもともとトップが七五センチ、アンダーが七〇センチの薄い胸だった。わたしはこの胸がずっとコンプレックスだった。コンプレックスならほかにもいろいろあるだろうなんて、突っ込まないでほしい。なぜ胸がそんなに気になるのか、自分でもわからない。母が乳がんだったことは関係ないと思う。母の胸は人並み以上で、形もよかった。なぜそれが遺伝しなかったのか。ほかは何もいらないから、それだけでも受け継ぎたかったのに。

胸は高校に入ってもほとんど成長しなかった。高校生くらいなら、胸の小さな子はいくらでもいたはずだ。なのにわたしだけがからかいのターゲットにされた。六月の衣替えのころから、「洗濯板」「ブラいらず」などと囃《はや》し立てられ、「貧乳」「上げ底」「えぐれ胸」と心ない言葉を投げつけられた。だから、二年生の修学旅行では、みんなと大浴場に入れなかった。担任に頼んで、教師用の部屋で内湯を使わせてもらったら、なぜかそれがクラスに洩《も》れて、よけいにからかわれた。

「胸が軽いと楽でしょ」

「オトコにじろじろ見られなくていいじゃん」

「胸があると肩凝りつらいよー」

毒をまぶしたような同性の慰めが耳に突き刺さる。だから、わたしは胸を大きくするために、涙ぐましい努力をした。毎日、牛乳を一リットル飲み、豊胸マッサージを欠かさず続けた。弁当には胸を成長させるという豆腐や山芋を詰め込み、肋骨《ろっこつ》の下にある豊胸のツボも刺激しまくった。「信じてやろう！　大胸筋エクササイズ」も信じて続けた。女性ホルモンを含むサプリメントを買い、ピンク色を身につけるとホルモンの分泌が高まると週刊誌で読むと、似合いもしないピンクの服ばかり着て、「ピンク馬鹿」と嘲られた。

努力はすればするほどやめられなくなる。卒業してからも、必死にお金を貯《た》めて豊胸エステや豊胸ヨガに通った。高価なバストアップ下着も買い、光豊胸、リンパ豊胸、超音波豊胸も試した。けれど、どれもこれもまやかしで、結局、時間とお金を無駄にしただけだった。

かくなる上は最後の手段、豊胸手術しかないと思った。どうしてわたしはそこまで胸にこだわるのか。決して男がほしいからじゃない。胸のせいで恋人ができないと思い込むほど、浅はかではないつもりだった。胸を大きくするのは自分のため。女として、せめてわずかな膨らみがほしかった。

思い詰めたらそれしか考えられないのは、わたしの悪いクセだ。でも、馬鹿だった。せめてきちんとしたところを選べばよかったのに、値段だけ見て安い美容整形に行ってしまったのだ。そこはシリコンとヒアルロン酸の注入で、自然なバストアップを実現するというクリニックだった。費用は二十万円。安全で手軽で、しかも効果は半永久的だという。そんなうまい話があるわけがないと、今ならわかる。でも、あのときはまだ二十二歳で、とにかく豊かな胸がほしいということ以外、何も考えられなかったのだ。

注入は全部で四回。まずヒアルロン酸を注射して、組織を広げてからシリコンを注入する。一回の穿刺《せんし》で、五〇ミリリットルくらいのシリコンを分散しながら乳腺の間に入れる。まんべんなく広がるようにと、医師は細かく注入した。わたしはそのていねいさを喜んだ。

できあがったバストは八六センチ。決して大きくはないけれど、それくらいがわたしにはお似合いだ。あまり欲張るとロクなことはない。

シリコンの注入が終わった直後は、自分でもうっとりするような仕上がりだった。自分の胸が愛《いと》おしくて、手の平をそっと当てたり、何度も向きを変えて鏡に映してみたりした。

仕事にも積極性が出て、その少しあとにはじめた仕事は、六年たった今も続いている。五反田《ごたんだ》にある「サウナメトロポリス」のマッサージ嬢。わたしはそこでタイ古式マッサージを担当している。

タイ古式マッサージは、指圧とストレッチが基本で、SENと呼ばれるエネルギーの流れ道に沿ってリズミカルに圧迫を加えていく。自分の足で客の脚を固定し、皮膚を緩め、筋肉をほぐし、関節を伸ばす。最初に基本を教わっただけだが、わたしの施術は評判がよく、指名の客もどんどん増えた。

アロマの漂う薄暗い部屋で、客の顔にタオルを載せ、ただ黙々とマッサージをする。短くて三十分、長いコースは二時間。この仕事はわたしに向いている。おしゃべりをする必要もないし、同僚に意地悪をされることもない。だから、わたしは自分でも本を読み、少しでもテクニックを高めるよう努力した。

でも、そこは超不運女のわたしのこと。いいことばかりがあるはずはない。わがままな客に困らされたり、身体に触りたがるセクハラ親父《おやじ》に悩まされたり。店長に頼まれて、ヤクザの事務所に出張マッサージに行かされたこともある。サウナの会社に関わりのある暴力団で、刺青《いれずみ》があるので来店できないというのだ。そんな汚れ仕事をさせられるのも、わたしがいつやめてもいいと思われているからだろう。店長は「柘植《つげ》さんのマッサージは評判がいいから」などと言っていたが、若い女の子に行かせて、やめると言われると困るので、古株のわたしばかり行かせるのだ。でも、わたしは仕事をやめるわけにはいかない。場合によっては、何百万円というお金が必要になるかもしれなかったから。

そのわけは、シリコンを入れたこの胸だ。はじめはきれいだったのに、注入から三年ほどで変形しはじめ、表面がでこぼこしてきた。それからさらに一年ほどすると、膨らみのあちこちにいやな痼《しこ》りができた。小さいので米粒くらい、大きいのは黒豆くらい。わたしは怖くなって、すぐに近くの医者に行った。母と同じ乳がんを心配したのだ。

診察した医師は、「がんではありませんよ」と嗤《わら》った。声に軽蔑の響きがこもっていた。わたしが安物の豊胸手術を受けたことが一目でわかったのだろう。わたしは惨めだったが、恥のかきついでだと思い、医師に訊《たず》ねた。

「この胸をもとにもどすことはできますか」

「うーん。これはちょっと特殊な方法だな」

指先で乳房を細かく押さえながら、医師は薄笑いを浮かべた。

「ひょっとすると、何百万もかかる手術になるかもしれない」

わたしはびっくりしてその医院を飛び出した。もとのクリニックに相談しようと思って行くと、不動産屋に変わっていた。ネットで調べると、わたしが豊胸手術を受けた「夢野クリニック」は、いい加減な治療で患者からの苦情が殺到し、三年も前に廃業に追い込まれていたのだ。知らなかった。信頼できるクリニックだと思ったのに。

それからわたしは懸命に貯金に励んだ。もともと胸の投資以外は無駄遣いをしないから、百五十万円くらいの貯金はあった。でも、それで足りるだろうか。手術すべきかどうか迷いながら、鬱々とした毎日を過ごしていたとき、あるセクハラ客にひどいことを言われた。

「何だ、この胸、気色悪い。作り物か」

薄暗いのをいいことに、わざと胸に触れてのひとことだった。

もう待てない。わたしは仕事を休んで、近くの外科医院に行った。わたしはまだ若いから、やりなおせるはず。それに自分の乳房も、少しずつ膨らんでいた。指で触るとわかる。シリコンとはまるでちがう自然な弾力の膨らみだった。だから、シリコンを取っても大丈夫。小さくてもいいから、ほんとうの自分の胸にもどすんだ。

ところが、わたしの胸を診察した医師は、むずかしい顔でこう言った。

「これはこのままにしておいたほうがいい」

どうして。せっかく一大決心をしたのに。説明を求めると、医師はレントゲン写真をボールペンで叩《たた》きながら言った。

「あなたの胸のシリコンは粒状になって乳腺に食い込んでるから、簡単には取れないんだ。これを取ろうと思ったら、たいへんな手術になる」

「でも、取れないことはないんでしょう。なら、お願いします。わたし、もとの胸にもどしたいんです」

「このままでも死ぬわけじゃないんだから、運が悪かったと思ってあきらめるんだね」

なぜそんな言われ方をしなければならないのか。わたしが安物の豊胸手術をしたのが悪いのはわかっている。でも、医師がそんなに簡単に患者にあきらめろと言っていいのか。

別のクリニックにも行ってみたが、似たようなことを言われただけだ。豊胸手術に失敗して、それだけでも恥ずかしいのに、もとにもどしたいと言ったら門前払い。愚かな整形女。そんな視線が突き刺さる。手術を後悔して自己嫌悪に苛《さいな》まれる者の苦しみを、どうしてわかってくれないのか……。

あのころのことを思い出すと、今でも胸が締めつけられる。惨めで、暗く、出口の見えない日々。

わたしははっと顔を上げる。いつの間にかうつむいて歩いていた。せっかくきれいなところに来たのに、地面ばかり見ていてはもったいない。エトルタの断崖に続く浜辺には、色とりどりのカヌーや小型ヨットが引き上げられている。その原色と白い砂のコントラストが美しい。舗装された遊歩道の先まで行くと、石の階段があった。ここからいよいよ崖の上に向かう。

シリコンを取り去る手術は、どこのクリニックでもむずかしいと言われた。わたしはとっさの思いつきで、大学病院ならどうでしょうと訊ねた。

「まあ、大学病院ならできるかも。でも、いきなり行っても診てもらえないよ。紹介状がなきゃ」

「じゃあ、紹介状を書いてください。お願いします」

希望の光を見た思いで、わたしは頭を下げた。しかし、医師の反応は冷ややかだった。

「あのね、大学病院はがんとか心筋梗塞とか、命にかかわる病気を治療するところなんだ。こんな美容整形の尻ぬぐいを持ち込んだら、僕が笑われるよ」

そう言って医師は紹介状を書いてくれなかった。わたしはあまりの悲しさに、涙も出なかった。整形手術を受けた女は、生涯、その烙印《らくいん》から逃れられないのか……。

でも、大学病院をあきらめることはできなかった。紹介状がなくても、ひとつくらい診てくれるところがあるのじゃないか。そんなふうに考えていたとき、サウナの客から思いもかけないことを聞いた。大学病院は紹介状なしでも診察してくれるというのだ。

「日本は皆保険制度だからね。保険証さえあれば、どこの医療機関にでも行けるんだ」

その客は医師会の関係者らしかった。それならまちがいないかもしれない。

わたしは不安と期待を胸に、家から近い文京《ぶんきよう》医科大学病院に行ってみた。十八階建ての宇宙ステーションみたいに立派な建物だ。見上げるような玄関が、紹介状のないわたしを威圧するようだった。総合受付に行き、受診票を書いてから、蚊の鳴くような声で「紹介状はありません」と先に言った。途中でばれて、ズルをしていると思われたくないからだ。断られるかと思いきや、何も言われず、診察ファイルを渡された。

キツネにつままれたような気分で、外科外来の待合室に行った。年配の人が多く、わたしのような若い患者はいない。みんな大学病院慣れしているようで、堂々としている。きっと特別な紹介状を持っていたり、強いコネがあるのだろう。わたしみたいに保険証だけの患者は一人もいないように見えた。

朝一番に受付をすませたのに、診察室に呼ばれたのはもう昼前だった。取調室のようなところに入れられ、無愛想な医師にいろいろ聞かれた。大学病院では、本番の診察の前に若い医師が予診をとるらしかった。シリコンを取ってほしいと言うと、医師は、「はあ?」というように身体をのけぞらせた。やっぱり場ちがいなのだ。もう帰ろう。いったん外廊下に出て、出口へ向かいかけたとき、名前を呼ばれた。仕方がないので、謝ってから帰ろうと診察室に入ると、思いもかけない運命が待っていた。

座っていたのは、四十代前半のいかにも優秀そうな医師だった。髪を軽くウェーブさせ、すらりとした長身に皺《しわ》ひとつない白衣をまとっている。涼しげな目、形のよい鼻、清潔そうな口元。まるで俳優のようなイケメンだった。

「こんにちは。准教授の岸上《きしがみ》です」

「はあ。あの、よろしくお願いします」

わたしは肩をすぼめ、どぎまぎしながら頭を下げた。まだ若いのに准教授。しかもこの美形。天は二物を与えることもあるんだと感心した。実際は二物どころではなかったのだが。

岸上は電子カルテの記載を読みながら、眉根を寄せた。やはりわたしは大学病院にはふさわしくない患者なのだ。整形手術に失敗したバカ女と思われ、別の病院へ行けと言われるにちがいない。

覚悟して目を伏せると、温かみのある穏やかな声が聞こえた。

「胸のシリコンを除去してほしいんですね。入れたのは六年前？」

「……はい」

「じゃあ、ちょっと診ましょう」

意外な言葉に、思わず惚《ほう》けたようになった。焦ってブラウスの前を開き、ブラも取ろうとしたが、ホックがなかなかはずれない。金具が曲がるほど力を入れてやっとはずすと、見るも無惨な乳房が露《あら》わになった。肌が汗ばむ。しかし、岸上は気にするようすもなく、人差し指と中指で皮膚をたどるように触診をした。

「うーん。これはちょっと厄介かも」

大学病院でもむずかしいのか。しかし、こんな偉い先生に診てもらったのだから、あきらめもつく。悪い状況に先回りして備えていると、岸上はパソコン画面のスケジュール表を見ながら、わたしに訊ねた。

「柘植さんは、来週でも入院できますか」

一瞬、何のことかわからなかった。横にいた看護師が呆気《あつけ》にとられたようすで、岸上の耳元に顔を寄せた。聞こえよがしにささやく。

「先生が担当されるんですか」

「そうだよ。何か問題でも」

正面切って聞き返され、看護師は憮然《ぶぜん》とした表情でもとの位置にもどった。

「柘植さんの都合が悪いのなら、次にスケジュールが空くのは、うーん、ちょっと先だな」

「いえ、来週で大丈夫です。何曜日に来ればいいですか」

わたしは夢中で身を乗り出した。このチャンスを逃すと、一生後悔するとでもいうように。

「じゃあ、火曜日に入院してくれるかな。手術は木曜日の午前。こちらの都合に合わせてもらうみたいで悪いけれど」

「とんでもないです。ありがとうございます。よろしくお願いします」

わたしは膝にぶつけるほどの勢いで頭を下げた。

まるで夢のようだった。あれだけ苦しみ、悩み、あちこちの開業医で断られ、悲しい思いをしてきたのに、飛び込みで入った大学病院で、あっという間に手術の予定が決まってしまった。しかも、イケメンの准教授が直々に担当してくれるという。これを幸運と呼ばずして何と言おう。わたしは入院案内の書類をもらい、天にも昇る気持で大学病院をあとにした。

翌週の火曜日、わたしは洗面具など入院に必要なものをそろえて大学病院に行った。部屋は七階の外科病棟。病室に入ると、若い医師が「受け持ちの岡田《おかだ》です」と挨拶に来た。岡田は大学を出たばかりの研修医で、主治医の岸上を補佐する役目らしい。これまでの病気やシリコンを入れたときのことなどを質問したあと、岡田はベッドの周囲にカーテンを引いて、わたしの胸を診察した。岸上やほかの開業医に比べるとぎこちないが、真剣さはいちばんだ。

診察のあと、「わからないことがあったら、何でも聞いてください」と言ったので、「よろしくお願いします」と頭を下げた。気さくで初々しい青年だ。

病室は四人部屋で、わたし以外はみんながんの患者だった。すでに手術を終えた食道がんと直腸がん、金曜日に手術予定の胃がんの三人。食道がんと直腸がんの人はもうすぐ退院の予定で、胃がんの人も早期らしく、部屋の雰囲気は暗くはなかった。

「あなた、岸上先生が担当なの。いいわねぇ」

五十代半ばの直腸がんの女性が言った。同年配の食道がんの人も起き上がってうなずく。

「ほんと。うらやましいわ。でも、あなたのおかげで、岸上先生がこの部屋に来てくれるんだから、余禄《よろく》ね」

「わたしも岸上先生に手術してもらいたいな。あの先生のメスさばきは神業的だっていうから」

四十代前半の胃がんの女性がため息をつく。

「そうなんですか」と小声で問うと、食道がんと直腸がんの二人が口々にまくしたてた。

「岸上先生はね、文京医大のブラック・ジャックって言われてるのよ」

「家柄だってすごいんだから。四代続いた医者の家系で、お父さまは都立病院の院長、お祖父《じい》さまは創陵《そうりよう》大の教授だったらしいわよ」

「それにスポーツマンだしね。夏は別荘でテニスとヨット、冬はスキーで、優雅な暮らしだって」

「奥さまも〝超〟のつくセレブなのよ。外交官のお嬢さまで、父親は元駐英大使。二人のお子さんは秀学院と聖英女子の付属に行ってるし」

「よくご存じですね」

「そりゃそうよ。何てったって評判の准教授なんだから」

三人のがん患者はそれぞれにうなずいた。

当の岸上は、その日の午後、さっそうとした足取りで病室に入ってきた。

「やあ、来ましたね。体調は悪くありませんか」

「はい」

「今日と明日で心電図や呼吸機能の検査をします。若い柘植さんには必要ないかもしれないけど、一応、全身麻酔ですから」

そう言ってさわやかに微笑《ほほえ》む。こちらの顔が赤らむほどの優しい笑顔だ。同室の三人も息を殺して岸上を見ている。

夕方、岡田がようすを見にきたので、わたしはそれとなく聞いてみた。

「岸上先生って、評判いいみたいですね」

「そうですよ。優秀だし、教授のウケもばっちりですからね」

岡田によれば、岸上は手術の腕ばかりでなく、研究面でも優れた業績をあげ、同期のトップでアメリカに留学し、若くして准教授に抜擢《ばつてき》されたエリート中のエリートだという。ユーモアもあるし、話もうまい。豪邸に住み、奥さんも美人で、車も高級外車を乗りまわしているらしい。容姿、才能、職業、家柄、どれをとっても非の打ちどころがない。まるで幸せになるために生まれてきたような人だ。わたしとは正反対。

「やっぱりすごいわねぇ」

「ほれぼれしちゃうわ」

「並みの人間とはできがちがうのよね」

同室の三人がいつの間にか話に入ってきて、それぞれに感心した。

「でも、けっこう気分屋で、困ることもあるんですけど」

岡田がわたしに秘密を洩らすようにささやいた。

「たとえばどんな」

「そうですね。ちょっと無神経というか」

「だれでもひとつくらい欠点はあるわよ」

直腸がんの女性が、岡田に荒っぽい言葉を投げた。「そうよ、そうよ」とほかの二人も同調する。たしかに岸上のように恵まれた人生を歩んでいれば、多少は無神経になるかもしれない。岡田は年かさの女性患者に恐れをなしたのか、頭を掻《か》きながら出て行った。


入院中、わたしは一人の看護師と親しくなった。わたしの部屋担当の林亜紀《はやしあき》。

入院する前、わたしにはひとつ憂鬱なことがあった。それは看護師の目線だ。整形手術の失敗などで入院すれば、彼女たちに軽蔑されるに決まっている。貧弱な胸を豊胸手術でごまかそうとした愚かな女。失敗して元《もと》の木阿弥《もくあみ》になった鈍くさい女。そう思われるにちがいない。

ところが、入院の説明をしてくれた亜紀は、そんな素振りをまったく見せず、むしろ好意的な口調でわたしをリラックスさせてくれた。

　亜紀はたまたまわたしと同い年だったが、それ以外はまるでちがった。彼女はいるだけで部屋が明るくなるような美人で、仕事もてきぱきこなし、いかにも優秀という感じの看護師だった。背も高く、姿勢もよく、胸だって形のいいDカップはある。そんな彼女が、どうしてわたしのような地味な患者に親切にしてくれるのか。

　入院の翌日、昼食帰りの彼女とすれちがったときも、わざわざホールのベンチに座って話をしてくれた。学校や職場でそんなふうにされたことのなかったわたしは、美人の彼女と並ぶだけでどぎまぎした。

「何か困ってることはない？　心配なこととか」

「ありがとうございます。大丈夫です」

「柘植さんみたいな手術は、大学病院じゃ珍しいから、わからないことがあったら何でも聞いてね」

　気さくな亜紀に、わたしは思い切って訊ねた。

「あの、入院してから言うのもおかしいんですけど、わたしみたいな患者が大学病院にいていいんでしょうか」

「どういう意味」

「開業医の先生に言われたんです。大学病院は命にかかわるような病気を治療するところだって。現にわたしの部屋も、がんの患者さんばかりだし」

「ああ、そういうこと。気にしなくていいわよ。あなたが無理やり入院したわけじゃないんだから」

「でも、外来のときも、看護師さんが何か岸上先生を咎《とが》めるように言ってたし」

わたしはベテラン看護師の聞こえよがしの耳打ちのことを話した。亜紀はちょっと目を逸《そ》らし、少し考えてからうなずいた。

「たしかにシリコンの除去手術みたいなのは、大学病院じゃやらないかもね。岸上先生は気まぐれなのよ。でも、柘植さんにはよかったんじゃない。岸上先生に手術してもらえるんだから。ツイてるのよ」

ツイてる、このわたしが。今まで一度も言われたことのない言葉だ。もしかしたら、これで人生が変わるのかもしれない。あり余る幸運に包まれた岸上から、わずかでもお裾分けがもらえるのかも。

亜紀の言葉に、わたしは夢見心地で病室にもどった。

その日の夕方、手術の説明を受けるため、ナースステーションの横の小部屋に呼ばれた。岸上と岡田と亜紀がいて、壁の蛍光板にわたしの胸のレントゲン写真が掛けてある。

「検査結果が出そろいました。いずれも問題なしです」

岸上がにこやかに血液検査や心電図の結果を見せる。亜紀が横でメモをとっている。

「明日の手術ですが、基本的には身体の表面の手術ですから、特に重大な危険はないと思います。明日の今ごろには、きれいさっぱり異物は除去されていますよ」

そう言って、岸上がちらと亜紀を見た。亜紀が含み笑いをし、すっと目線を流す。あっと思った。この二人は特別な関係にある。一瞬の動きだが、たしかにわかった。わたしの手術には関係はないけれど。

「退院は合併症さえなければ、手術の翌日でもけっこうです。抜糸は一週間後。外来でやります。それであなたの治療は完了です」

自信に満ちた目線、にこやかな口元、一抹の不安もない声音。このときの岸上ほど、信頼を感じさせる人にわたしは出会ったことがなかった。

「どうぞ、よろしくお願いします」

「頑張ってね」

亜紀がメモの手を止め、明るく言った。

部屋にもどると、またひとしきり岸上の話題で盛り上がった。どんな話し方だったとか、狭い部屋なら香水がわかったでしょうとか。

わたしは思いついたように聞いてみた。

「岸上先生って、不倫の噂《うわさ》とかないんですか」

三人は嬌声《きょうせい》をあげて否定した。

「あの先生にかぎって、そんなことあるはずないじゃない」

「愛妻家で有名なのよ」

「お子さんだってかわいがってるし」

別にわたしには関係ない。そのときはそう思っていた。わたしが望んでいたのは、シリコンをきれいに取ってもらうことだけだ。それさえきちんとしてくれたなら、何事も起こらなかったのに。


石段を登り切ると、五月のノルマンディーの風が吹きつけた。北フランスだけあって、日本の初夏の風より冷たい。崖の先端に向かって曲がりくねった道が続いている。わたしはだれもいない道を、風を正面に受けながら進んだ。

思えば、手術前夜のあのときが、わたしにはいちばん幸せな時間だったのかもしれない。手術はわたしにとって、新しく生まれ変わるための重大なセレモニーだった。不運と不幸にまみれた人生にサヨナラをして、前向きに生き直す。大学病院で、名医の誉れ高い岸上があれだけ自信たっぷりに説明したのだから、きっとうまくいくにちがいない。そうとしか考えられなかった。

ところが、手術は失敗した。しかも、取り返しのつかない形で。

わたしが手術室に入ったのは、午前十時過ぎだった。ストレッチャーから手術台に移され、麻酔科の医師が口にゴムのマスクを当てた。

「眠くなりますよ」

看護師が麻酔薬を注射する気配がして、直後にすとんと意識が落ちた。

次に目が開いたとき、わたしはもう病室のベッドにもどっていた。枕もとで岡田がせわしなく動いていた。ほとんど時間がたっていないように思えたので、わたしはかすれた声で、岡田に時間を訊ねた。

「今ですか。十一時四十分です」

彼はわたしと目を合わさずに答えた。手術は二時間くらいと聞いていたので、少し早めに終わったんだなと思った。ふたたび睡魔に襲われ、わたしはとろけるように眠った。

午後になって、徐々に傷の痛みがやってきた。両胸が圧迫され、痺《しび》れたようだった。奥から痛みとも灼熱感《しゃくねつかん》ともつかないものが湧き上がってくる。

亜紀が来て血圧を計ったあと、優しく言った。

「痛かったら言ってね。痛み止めの注射があるから」

わたしは無理をして微笑み、「もう少し、がんばる」と答えた。手術がうまくいったと思っていたからこそ、辛抱したのだ。ほんとうのことを知っていたら、とても耐えられなかっただろう。

岸上が夕方遅くになって病室に来た。わたしはベッドから顔だけ上げて言った。

「先生。お世話になりました。ありがとうございます」

「ああ、うん……」

歯切れが悪かった。ばつの悪そうな顔。岡田が後ろでうつむいている。その瞬間、わたしはある予感に貫かれた。悪いことが起こるときのいつもの感じ。不運ばかり続いているとわかるのだ。それでもわたしは気持を前に向け、さりげなく聞いた。

「わたし、明日、退院していいんですか」

岸上はひとつ咳払《せきばら》いをして、からんでもいない痰《たん》を気にするように答えた。

「柘植さん。ちょっと、大きな手術になったから、退院は、もう少しのばしたほうがいいかもしれない」

「そうですか」

わたしは持ち上げていた首を下ろした。これまで何度も経験した感覚。なんだ、やっぱりだめなのか。そんなあきらめの気持がすっと心に入り込む。

「今日は手術したばかりだから、疲れているでしょう。麻酔も残っているだろうし、詳しい説明は明日にしましょう」

岸上はそう言い残して、足早に病室を出て行った。岡田は申し訳なさそうに一礼してそそくさと岸上のあとを追う。

手術がどんな結果になったのか、ふつうの人なら早く知りたいと思うだろう。でも、わたしはちがう。どんな結果でも、どうせ耐えるしかないのだ。

胸の痛みが数倍になった気がした。身体の痛みより、心のそれのほうがつらかった。わたしはナースコールを押して、亜紀に鎮痛剤を頼んだ。せめて薬で眠ろう。意識があると、苦しい。

薬は十五分ほどで効いてきた。両胸の感覚が鈍くなる。眠ろうとまぶたを閉じると、耳元で涙の落ちる音がした。

翌日、岡田は朝いちばんに来たが、岸上はなかなか来なかった。准教授は忙しいので、説明は午後になると、岡田が申し訳なさそうに頭を下げた。

午後四時前になって、ようやく前と同じ小部屋に呼ばれた。岸上が深刻な面持ちで待っている。亜紀も神妙な顔で座っていた。

「どうぞおかけください」

一昨日《おととい》とは打って変わって沈んだ声だ。わたしは何を言われるのか、怖くて顔を上げられなかった。

「柘植さん。実はあなたの胸のシリコンは、異物反応で正常乳腺に癒着し、被膜拘縮《ひまくこうしゆく》の状態になっていたのです」

何のことかわからない。でも、うなずくしかない。

岸上は昨日と同じく、盛んに空の咳払いを繰り返しながら説明した。要するに、シリコンが乳腺に癒着していて、正常な部分といっしょに摘出する以外になかったというのだ。シリコンが塊になっていたらそこだけ取り除けたのだが、細かく分散して注入してあったので、全体を取る以外になかったのだという。

「つまり、シリコンだけじゃなく、おっぱいも取っちゃったということですか」

平静を装って言うと、岸上は亜紀に救いを求めるような目線を走らせ、口元を歪《ゆが》めた。

「残念ながら、そうです。乳頭は、残していますが」

わたしは包帯でぐるぐる巻きにされた板のような胸を見下ろした。岸上の弁解がましい声が耳を通り過ぎる。

「シリコンの状態は、メスを入れてみてはじめてわかったことです。こんなふうになっているとは、わたしも予測できませんでした。それでも少しでも乳腺を残そうと、いちばん細い鉗子《かんし》を使ったのです。でもだめでした。癒着を剝がしただけで、乳腺細胞が壊《え》死《し》するような状態でしたから」

「でも、シリコンがくっついていなかったところは残ってるんでしょう」

「いえ。シリコンは全体に広がっていましたから」

「右も、左も、ですか」

岸上が眉間に深い皺を寄せてうなずく。

「先生。新しい乳腺ができることはないんですか」

「乳腺は再生しません」

「でも、少しくらい、時間がたったら、また膨らんで……」

険しい顔で首を振る。わたしは恐ろしい考えに囚《とら》われた。

「じゃあ、先生。あの、もしわたしが将来、赤ちゃんを産んでも、母乳はあげられないんですか」

「残念ながら」

涙がこぼれた。どんな説明でも、泣くまいと思っていたのに。膝に載せた手に、雨だれのようにぽとぽと落ちた。それを拭う気力もない。

横にいた亜紀が小さなため息を洩らした。それはそうだろう。こんな不運で不幸な人間を、慰めろというほうが無理だ。

「ベストを尽くした結果が、こうだったのです。柘植さんのお気持はよくわかります。でも、あの状態ではどうしようもなくて」

「わかりました……。ありがとうございます」

わたしはうつむいたまま頭を下げた。亜紀が心配そうにのぞき込む。

「柘植さん。大丈夫」

「うん。ありがとう。わたし、何をやってもいつもうまくいかないから、今度の手術もどうかなって、心のどこかで思ってたの」

わたしは無理に強がって見せた。

いつまでもくよくよしても仕方がない。忙しい准教授の岸上が、わたしのためにこうして時間を割いてくれているのだ。それでよしとしなければ。

「岸上先生。シリコンは全部取れたんでしょう」

「それは、そうです」

「じゃあ、いいです。それが手術の目的だったんだから」

わたしは精いっぱい明るく言って、立ち上がった。岸上もほっとした表情で席を立つ。

「じゃあ、岡田君、柘植さんのガーゼを交換してあげて」

「わかりました」

岡田はわたしを処置室に案内し、丸椅子に座らせた。ゆっくりと胸の包帯をほどく。

亜紀が消毒用のワゴンを引き寄せ、綿球を用意した。

「じゃあ、ガーゼを取りますから」

黙ってうなずく。わたしは背筋を伸ばして胸を張り、じっと前方だけを見ていた。どんな胸になっているのか、岡田や亜紀の前で見る勇気はなかった。

「ちょっと冷たいですよ」

岡田がピンセットでつまんだ綿球を右腋《みぎわき》に当てる。ビクッと震える。けっこう大きな傷なんだ。

「じゃあ、反対側」

亜紀が新しい綿球をピンセットで渡す。

「はい。終わりました」

岡田が身を引くと、亜紀が手早くガーゼを当て、テープで留めた。包帯の代わりに、マジックテープのついた幅広のバンドを巻かれる。

部屋にもどって、ベッドに横になり、頭からふとんをかぶった。同室のみんなも、気配を察して何も話しかけてこなかった。

その夜、夕食には箸をつけなかった。消灯の直前に、ひとりで一階のロビーに降りた。吹き抜けのホールは常夜灯の明かりだけ。障害者用のトイレに入り、洗面台の前で、胸のマジックテープをはずした。バンドを取り、恐る恐るガーゼを剝がす。現れたのは、豊胸手術の前よりもっと平らな、情けないほど何もない胸だった。薄暗い光に、肋骨さえ浮き出ている。形だけの乳首が、しおれたように貼りついている。

――絶壁！

高校のときの男子の罵声がよみがえる。涙があふれた。熱い涙は頰を伝い、そのまま床に落ちた。胸に当たらないのが悲しい。でも仕方がない。自分で選んだ道だ。だれが悪いのでもない。岸上だって、ベストを尽くしたと言ってたじゃないか。名医でこの結果なら、あきらめるしかない。本来なら大学病院の手術じゃないのに、親切で受け入れてくれたのだから。

そう自分に言い聞かせたが、鏡に映った胸はあまりに痛々しかった。やっぱりわたしには運がない。わたしは悲しむためだけに生まれてきたような人間だ。運のある岸上に出会って、少しはあやかれるかと思ったのに……。

頭の上で、カモメが鋭く鳴いた。

ほら、顔を上げて。もうすぐ断崖の先端だよ。そうわたしを励ましているみたいだった。

わたしはバッグから絵はがきを取り出す。モネが描いた「エトルタの崖」。切り立った断崖の上に陽《ひ》が当たり、象の鼻みたいな岩は濃いブルーに染まっている。光と影のコントラストが見事だ。

わたしは絵はがきを片手に、ゆっくり崖の先端に近づく。いよいよだ。崖はぎりぎりまで柔らかな草に覆われている。ヨーロッパの観光地は、日本みたいに無粋な危険防止柵がないからいい。

文京医科大学病院を退院したのは、手術の三日後だった。抜糸はまだだったが、手術を待っている患者がいるのでと、岸上から暗に急《せ》かされた。

退院するまでの二日間、わたしは亜紀に自分の気持をぶつけた。身内も友だちもいないわたしは、彼女だけが話し相手だった。

「つらくて心が砕けそう。生きていても仕方がない。もう、死にたい」

亜紀は黙って聞いてくれた。あの悲しい時間を乗り切ることができたのは、たしかに彼女のおかげだったかもしれない。そのことは感謝している。でもあの女は、ほんとうはどんな気持でわたしの慟哭《どうこく》を聞いていたのか。

手術から一週間目、わたしは岸上の外来を受診した。抜糸は予診をとった無愛想な医師がした。そのあとで岸上が傷をチェックした。

「きれいに治ってますね」

わたしが黙っていると、岸上は手持ちぶさたをごまかすように言った。

「でも、ま、乳腺がなくなれば、乳がんになる心配だけはありませんから」

それでわたしが喜ぶとでも思っているのか。いつか岡田が言っていた「無神経」という言葉が胸をよぎった。この人は患者の気持もわからず、不運な人間の心も知らず、持って生まれた幸運と才覚で、これからもエリートの道を歩いていくのだろう。もう顔も見たくない。

わたしは礼を言って、そそくさと診察室をあとにした。

それからわたしはサウナの仕事にもどり、前と同じタイ古式マッサージに復帰した。

胸のことは忘れて、新しい気持で毎日を過ごそうと努めた。だけど、風呂とか着替えのときにはどうしても思い出す。手術のときの検査で、わたしの皮膚は異物に過敏であることがわかったから、新たにシリコンも入れられない。それにもう美容整形は懲り懲りだった。

そうやって数カ月が過ぎ、何とか心の傷も癒えかけたとき、突然、亜紀から電話があった。会って話したいことがあるという。手術のことは思い出したくないので迷っていると、亜紀は思いがけずこう言った。

「わたし、先月、大学病院をやめたの」

「どうして」

「個人的な理由よ。それより、あなたに大事な話があるの」

戸惑うわたしを尻目に、亜紀は強引に待ち合わせの段取りを決めてしまった。

会ったのはそれから四日後、場所は銀座の「ルノアール」。時間の少し前に行って待っていると、亜紀は十分ほど遅れてやってきた。大きなサングラスに派手な化粧。看護師の白衣姿とはまるで雰囲気がちがった。

「お待たせ」

わたしの前に座るなり、苛立《いらだ》たしげに脚を組む。バッグからタバコを取り出し、慣れた手つきで火をつける。

「久しぶりね。どう、元気」

「ええ。おかげさまで」

緊張しながら微笑むと、亜紀はひったくるようにサングラスを取り、ぐいと上体をこちらに傾けた。

「あのね、わたし、もう我慢できないの。あいつのことが許せない。あんなひどいやつ、地獄に突き落としてやりたいくらいよ」

「あいつって……」

「岸上よ。あなたにいい加減な手術をした」

ああ、またいやなことを聞かされる。直感的にそう思った。災難にばかり遭っている人間にはわかるのだ。わたしは聞きたくなかったが、亜紀はかまわずしゃべりだした。

「岸上がどうしてあなたの手術を引き受けたか知ってる？　息抜きよ。あいつは肝臓がんとか食道がんとか、重症の患者ばっかり担当してたから、たまに気楽な手術をやりたかったのよ。わかる？　外科医の気まぐれ。あなたへの同情とか、治療に対する真剣さなんかぜんぜんなかった。だからあんな手術をしたのよ」

どういうこと。気楽な手術って、わたしはあんなに悩んでいたのに。

亜紀はフンと鼻で嗤い、煙をわたしに吹きかけた。

「岸上はこう言ってたわ。重症続きで気が滅入《めい》る、たまには『お茶漬けみたいな手術』で気分転換したいって。ところがいざ手術をしたら、簡単に取れると思ってたシリコンが、乳腺に癒着していて剝がれない。それで面倒になって、まとめて取っちゃったのよ。時間をかけてていねいに取れば、乳腺は残せたのに」

面倒になって……取っちゃった……乳腺は……残せたのに。

亜紀の言葉が頭の中にこだまする。思わず耳を塞いだ。

「わたしもこんなこと、言いたくないの。でもね、あなたがあんまりかわいそうだから」

亜紀の言葉が、見えないナイフのようにわたしの身体を切りつける。逃げても逃げても、追いかけ、皮膚を切り、胸を突き、心を引き裂く。なぜわたしはこんなつらい目に遭うの。

「だいたい手術前の検査がいい加減だったのよ。がんじゃないから詳しい検査はいらないって、ぶっつけ本番でやっちゃったの。ＭＲＩとか超音波検査をしてれば、癒着があることはわかったはずよ。それを手抜きでやったから、あともどりできなくなって、挙げ句の果てに……」

やめて！　そう叫びたかった。今さらそんな話、聞きたくない。せっかく忘れかけているのに。でも、言えない。わたしはいつだって、言いたいことが言えずにきた。

「ひどいでしょう。わたし、他人事《ひとごと》ながら腹が立って、許せなくって。どう、あなた。こんなひどい医者をのさばらしておいていいと思う？」

かろうじて首だけ振る。亜紀は苛ついてタバコをもみ消し、すぐまた新しいのに火をつけた。

「あいつはね、医者の風上にも置けないヤツよ。傲慢で身勝手で、他人のことなんかまるで考えないのよ。あいつのことを恨んでる患者は多いわ。あなたなんかその筆頭よ。断じて許しちゃだめ。もっと怒らなきゃ。あんなやつ、天罰を受けて当然なんだから」

亜紀の声が尖《とが》った。わたしは亜紀の話にショックを受けたが、徐々に違和感を抱きだした。彼女はなぜ、今ごろこんな話をわたしにするのか。

「亜紀さん。あの、もしかして」

「何よ」

亜紀がさっと全身に見えないバリアを巡らせた。岸上と別れたんだ。とっさに直感した。それで病院もやめたのだろう。

「わたしの手術の話、どうして今ごろ教えてくれるんですか」

改めて聞くと、亜紀は気まずそうに口ごもった。

「それはあれよ。つまり、その、ほんとうのことだからよ。大きな事故のときとか、よくテレビで被害者の遺族なんかが言うじゃない。事実を知りたいって」

何か隠している。上目遣いに見つめると、取り繕うようにまくし立てた。

「手術のあと、あなたがあんまり落ち込んでたから心配になったのよ。思いもかけない結果だったから、きっとつらかっただろうなって。死にたいみたいなことも言ってたし。そこまで思い詰めていたのに事実を知らないなんて、あまりにあなたが気の毒で、それで黙っていられなくなって」

そうだろうか。死にたいと言っていたのを心配していたのなら、よけいに死にたくなるような話を、わざわざ告げるだろうか。実際、わたしは亜紀の暴露で、ほとんど生きる気力を失いかけたのだ。

「わたしは看護師として岸上の卑劣さが許せないのよ。あなたの大事な胸をめちゃくちゃにして、女性の尊厳を踏みにじったあいつが。医者として、いえ、人間として許せない。あいつのいい加減な手術のために、あなたは大切な自分の乳房を永遠に失ってしまって……」

ふたたび亜紀が言葉のナイフで切りつける。見えない血がほとばしる。涙で何も見えなくなる。

わたしは愚かで弱くて何の取り柄もない人間だ。でも、弱い者なりの意地はある。もし亜紀の言う通りなら、岸上は許せない。

でも、まず亜紀の言ったことを確かめなければならない。彼女はあまりに感情的だったから、嘘《うそ》や誇張があるかもしれない。わたしは研修医の岡田を呼び出して、話を聞くことにした。

病院の近くの喫茶店で待ち合わせると、岡田は戸惑いと緊張の表情でやってきた。

「こないだ、林さんに会ったの」

そう告げると、顔色が変わった。用件を察したのだろう。わたしは亜紀が言ったことをそのまま伝えて、真偽を訊ねた。話はすべてほんとうだった。

「岸上先生は、手術のときに何て言ってたの」

助手として手術についていた岡田は、すべてを知っているはずだ。わたしの問いに、彼は気の毒なほど青ざめて声をうわずらせた。

「……どうせ、命にかかわるオペじゃないし、こんな女、胸があってもなくても、同じだろうって」

シリコンが癒着しているとわかると、岸上は早々に剝離をあきらめ、乳腺ごとまとめて摘出する方針に変更したらしい。

「理由は？」

「……やっぱり、面倒だったからだと思います。すみません」

岡田は自分にも責任があるというように、頭を下げた。研修医が准教授に口出しできるはずもないのに。でも、わたしは彼の反省の気持につけ込んだ。

「悪いと思うなら、知ってること、全部話して」

岡田はうなだれ、両手で膝頭を握りながら訥々《とつとつ》と話した。岸上と亜紀が陰でわたしを「シリコン女」と呼んでいたこと、手術室から出てきたとき、岸上が面倒だから乳腺も取っちゃったよと言うと、亜紀は「整形に失敗しておまけに胸を失うなんて、バカね」と嗤ったこと、手術の翌日の説明のあとも、二人でわたしのことを「めんどくさい女」と言い合っていたこと、「お茶漬けみたいな手術」というのは、岸上が言ったのではなく、亜紀の言葉だったこと。

「林さんは、なぜ病院をやめたの」

「さあ……」

「岸上先生と別れたからじゃないの」

声を低めて言うと、岡田は目をしばたたき、観念したように答えた。

「そこまでご存じなんですか。僕も噂で聞いただけですが、林さんが岸上先生に離婚を迫って、逆にフラれたらしいです。岸上先生は、林さんのあと、内科の若い看護師と仲よくなって、それで林さんがキレて、ちょっとした修羅場になったらしくて」

やっぱりそうか。だんだん話が見えてきた。

「病院をやめる前、彼女は何か言ってなかった。わたしのこと」

「……言ってました。内輪の送別会で、飲んで荒れたときに、岸上先生のことを全部、柘植さんにばらしてやるって。あの女は死にたいって言ってたから、怒らせたら何をするかわからない。うまく焚《た》きつけて、岸上先生に復讐《ふくしゅう》させてやるって」

そういうことか。亜紀は自分の手を汚さずに、わたしを復讐の道具に使おうとしたのだ。彼女は美人でスタイルもよくて、仕事もばりばりできるかもしれないが、人間としては最低だ。

知らないうちに形相が変わっていたのだろう。岡田が突然頭を下げた。

「柘植さんには、ほんとうに取り返しのつかないことをしたと思っています。申し訳ありませんでした」

両手を突っ張り、頭を下げたまま動かない。わたしは、「もうすんだことだから」と告げて喫茶店を出た。

いちばん罪の軽い者が真摯に謝って、主犯も裏切り者も知らん顔。岡田には「すんだ」と言ったけれど、はじまるのはこれからだった。

目の前に「針」が突き立っている。それ以外は見渡すかぎりの水平線だ。

わたしはモネの絵はがきを片手に、風に髪をなびかせていた。わたしが立っていることの場所は、モネの絵でも光が射している。まっすぐに海に落ちる断崖の先端。

亜紀の話を確かめたあと、わたしは岸上への復讐を考えた。亜紀のためにではなく、永遠に失われたわたしの乳房のために。

けれど、現実的にはむずかしかった。ナイフで刺すとか、地下鉄のホームから突き落とすとか、カミソリで切りつけるとか、そうしたい気持はあったけれど、実際にできるだろうか。弱くて非力なわたしは、きっと失敗するにちがいない。それとも、命がけでやれば成功するだろうか。

あれこれ考えたけれど、よい考えは浮かばなかった。これまで不運で失敗ばかりのわたしだ。損をする者はいつも損をし、得をする者はいつも得をする。それが世の中だ。だから、ほんとうはいけないことだけれど、最後の手段を執ることにした。貯金から百万円おろして、熨斗《のし》のついた袋に入れて。

サウナメトロポリスから、歩いて十分ほどのところに小さなビルがある。事務所はその三階にあった。南童会系暴力団二山組《ふたやまぐみ》。わたしが何度かマッサージに派遣されたところだ。若頭《わかがしら》の吉村《よしむら》さんは、強面《こわもて》だが、マッサージのときは紳士だった。

恐る恐る事情を話した。相手が金持ちの医者だとわかったところで、吉村さんの顔が変わった。不倫もしていると言うと、優しげに目を細めた。

そこからあとは、組の人からの噂話でしか聞いていない。何でも岸上は、交差点の近くで急停止したベンツに追突し、車の修理費とむち打ち症の治療代、慰謝料などで二千万円ほど取られたらしい。看護師との不倫をネタに、口止め料や迷惑料なども取られたという。それ以外にも、以前にトラブルで泣き寝入りしていた患者が急に医療訴訟を起こし、医療ミスの隠蔽の疑いも出てきて、たいへんなことになっているらしい。当然、大学病院はやめざるを得なくなり、奥さんとも別居して、離婚は時間の問題とのことだった。岸上は財産をすべてむしり取られるまでは、つらい日々が続くのだろう。「あいつの人生は終わった」と、組の人は言っていた。お気の毒に。

　それから、亜紀もかわいそうなことになったと聞いた。どういう事情かは知らないけれど、彼女は今、鶯谷《うぐいすだに》にあるマニア向けの店でちょっとつらい仕事をさせられているらしい。彼女は美人でいい身体をしているから、きっとよく稼ぐだろう。わたしにはとてもまねのできないことだけれど。

　吉村さんはわたしが用意した百万円は受け取らなかった。逆に「これはあんたの取り分だ」と、三倍くらいの分厚さの封筒を差し出してきた。もちろん、わたしは断った。だって、こちらからお願いしたことなのだから。

　それに、わたしの銀行口座には、手術のために準備した預金が三百五十万円を超えていた。そのお金で、今こうして優雅なヨーロッパ旅行を楽しんでいる。印象派の絵が好きなわたしには、エトルタの崖はまずいちばんに訪ねたい場所だった。このあとは、アルルに行ってゴッホの跳ね橋を見る予定。マルセイユでおいしいブイヤベースを食べて、セザンヌが描いたサント・ヴィクトワール山も訪ねるつもり。

人生は前向きでなければいけない。岸上と亜紀のおかげで、すばらしい幸運に恵まれた人でも、いつまでも幸せとはかぎらないとわかった。つまり、その逆もないということ。だから、わたしも頑張ればきっと幸せになれる。他人の不幸に励まされるなんて、おかしなことだけれど。

水平線に向かって思い切り身体を伸ばすと、うしろから声が聞こえた。

「今日はいい天気だね。昨日までずっと雨だったんだ」

振り返ると、散歩の途中らしい地元のおじさんが立っていた。わたしにもわかる簡単な英語で話しかけてくれる。

「ほんとうに、すばらしいですね」

わたしは太陽に手をかざして笑った。昨日まで天気が悪かったのなら、荷物がロストになってパリで足止めされたのも、逆によかったということだ。オルセー美術館もムーランルージュもじっくり見られたし。

もしかしたら、わたしにもようやく運が向いてきたのかもしれない。

特殊治療

藤田宜永

医師は或《あ》る患者の病室の窓辺に立った。

薄ぼんやりと窓ガラスに映った彼の姿の向こうで、横なぐりの雨が窓を叩《たた》いていた。風がうなる。庭の樹木が左右に大きく揺れ、樋《とい》をつたって流れ落ちる雨水の音が、いっそう激しくなった。台風が近づいているのだ。

患者はベッドに寝たまま、横目で医師を見ていた。医師は、患者の視線を感じたのか、くるりと振り向くと、目尻にしなやかな皺《しわ》を寄せ、微笑《ほほえ》んだ。壁際に置かれた椅子に腰を下ろす。そして、医師はもどかしげな口調でこう言った。

「私が遭遇した奇妙な体験について語ることは、めったにないんだがね。時々、むしょうに、あの時のことを人に話したくなる。あの体験が私を襲い、包みこみ、語らずにはいられなくなるんだ」

「どんな体験をなさったんですか？」患者が訊《き》いた。

「いや、話してもとても理解してもらえないだろう」

　そう言われると、ますます患者は興味を持った。

「是非、聞かせて下さい。こうやってベッドで寝ているのが、退屈でしかたがないんです」

「そうか、君の暇な時間を埋めるには手頃な話かもしれん。よし、話して聞かせよう」

　医師は、顎を心持ち上げ、重い眠りにつくような感じで、ゆっくりと目を閉じた。眉間に皺が走った。だが、深刻そうな顔つきではない。ほんのわずかだが笑みさえ浮かんでいた。

「二十三年前の〝あの時〟も、台風が近づいていて、ちょうど今日のような天気の日だった……」


　その頃、私は、都内の大学病院で働く研修医だった。

　外科医で身をたてたいという希望を持っていた私は、東北の田舎から出てきて、一流と言われている大学の医学部を受験し、難なく合格した。医師国家試験にも一度でパスした。世間からみれば、輝かしい未来が待ち受けている青年だったわけだ。

　だが、私は、いつも心の奥に、不安とも呼べぬ不安が宿っているのに気づいていた。人生が、つかもうとしてもつかめない影絵のような、もどかしくも頼りないもののように思えてしかたがなかった。

その原因が何であるのか、私は何度も考えてみた。

医者の世界が、徒弟制度を色濃く残した、権威と権力で出来上がっている閉鎖的社会であることは、医者でなくとも薄々気づいていることだろう。だが、中に入ってみると、それは想像を絶するものだった。医術という、言わば職人の世界に近い仕事をやっているのだから仕方がないと自分に言い聞かせてはいたが、私は、その体質についていくことができなかった。

心に巣くう、とらえどころのない不安の原因が、そこにあるのではないか、と思ってみたこともあった。だが、そうではなかった。

私は人との付き合いが下手で、友人の数も少なかった。だが、そんなことを気にしたことは一度もない。むしろ宴会など人が大勢集まる場所は苦手で、下宿に帰って、近くを通過する私電の音を聞きながら、本を読んでいることの方が好きだった。

晴れない気持ちを抱えながら、それでも私は毎日、大学病院に通った。

駅から病院までは、何の変哲もない商店街が続いている。パチンコ屋から威勢のいい軍歌が街に流れ出し、レコード店の前を通ると、いつもその時その時の流行歌が聞こえてきた。

〝あの事件〟が起こった二十三年前には『いいじゃないの幸せならば』だとか『恋の奴隷』だとか『昭和ブルース』だとかいった曲が耳に入ってきた。しかし、流行歌に興味のない私は、それらの曲を、ただ街という舞台の効果音として耳にしていたにすぎない。

大学病院の隣が母校だった。時代が時代だったから、キャンパスからは全共闘の闘士のアジ演説が、しょっちゅう聞こえ、校門には、ガリ刷りのような禍々《まがまが》しい字で〃帝国主義打倒〃云々《うんぬん》と書かれたタテ看が置かれてあった。

だが、そんな学生たちの〃異議申立て〃からも私は遠いところにいた。ベタ塗りの壁のように漠然と拡《ひろ》がる灰色の心と共に、私は病院と下宿を往復していた。

しかし、その年、そんな私の心に小さな火が灯《とも》った。

病院に吹田澪《すいたみお》という女の研修生が勤め始めたのだ。

澪は非のうちどころがない美人だった。すらりと背が高く、大きな黒い瞳は硬質な光を放っていた。肌は小麦色。口も鼻も神様が設計図を引いて作ったとしか思えないぐらいにバランスよく配置されていた。

戦争で焼けなかった病院の暗い廊下は、彼女が通るだけで、貴婦人が身にまとったドレスの衣擦《きぬず》れの音がするような、雅《みやび》やかな宮殿の廊下に変貌した。

若い医師たちは色めき、看護婦の目には嫉妬が波打った。

同期の田崎《たざき》という研修医が、何か理由をつけては彼女に話しかけた。彼女の方も田崎に話しかけられるのが満更でもないような様子を見せていた。

田崎は、真面目で仕事熱心な青年医師だった。他の研修医の大半が、その時期からすでに教授の顔色を窺《うかが》い、すでにメスを握るよりもゴルフクラブを握ることに目を向けていたというのに、彼は教授にも思ったことをはっきりと言い、暇な時間も医学書を繙《ひもと》いているような男だった。

田崎と澪はお似合いだ、と私は納得していたにもかかわらず、田崎のいる位置に自分を置き換えて夢想することがしばしばあった。

私の心は、彼女の名前を耳にするだけで高鳴った。〝心というのは内臓の動きを表す器官〟であると定義した学者がいるが、まったくその通りで、彼女と目が合っただけで、胃袋まで、何かきゅっと締めつけられるような思いがした。

しかし、内気で奥手の私は、田崎を差し置いて、デートに誘うなど夢のまた夢だった。彼女を前にすると、たわいのない世間話ひとつ、口をついて出てこなかった。

灰色の心のほんの片隅で揺れる小さな光を内に秘めたまま私は、相変わらず、頼りない影を、病院のブロック塀に映しながら、通勤していた。

その年の秋のことである。同郷の後輩で、私と同じ大学の医学部に入った青年のために引っ越しを手伝ってやることにした。後輩は自動車免許を持っていなかったので、私がレンタカー屋でライトバンを借り、荷物を運んだ。引っ越しを無事に終えると、後輩は、新居で引っ越し蕎麦《そば》を御馳走《ごちそう》してくれた。酒も出たが車の運転があるので、と断った。その時、後輩の口から澪の名前が出た。私は、運転のことなど忘れて無意識のうちに酒に手を出していた。

「すごい美人だって噂《うわさ》なんですが、僕は一度も見たことがないんですよ。先輩、本当に皆が言うように、吹田さんって、いわゆる絶世の美人なんですか？」

「ああ。奇麗な人だよ」

もっと彼女の話を聞きたかった。そして、自分の気持ちを後輩に打ち明けたかった。だが、喉が締めつけられ、躰《からだ》にじんわりと汗をかいただけで、結局、何も言うことができなかった。

夜遅く、私はライトバンを運転して帰路についた。いつしか細かな雨が降り出していた。広尾駅の近くを通過しようとした時だった。路上に女が立っていてタクシーを拾おうとしているのが目に入った。

胃袋がまたきゅっと締めつけられた。

ライトバンを路肩に寄せた。ライトが眩《まぶ》しいのだろう、澪は丸く奇麗な弧を描いたおでこに庇《ひさし》を作り、私の方を見た。

私は窓から顔を出し「吹田さん、僕ですよ」と声をかけた。「お送りしましょう。この車でよければ」

酔いのせいか、思わぬ出会いのせいか、言葉は滑らかに口をついて出てきた。

澪は足早にライトバンに歩み寄った。

「こんばんは」澪は柔和な笑みを浮かべて挨拶をした。

「早く乗って下さい。風邪を引きますよ」

「それじゃ、渋谷駅まで送っていただけますか？」

彼女はすらりとした足をステップにかけて、助手席に乗った。

「家まで送りますよ。御迷惑でなければ」

「私の家がどこだか御存知ないの？」

その時、初めて彼女が葉山に住んでいることを思い出した。

「どこでもお送りします。明日も休みを取っているんです。どうせ暇ですから」

「そう。それじゃお言葉に甘えようかしら。この時間だと、横浜に出ても乗り継ぎの列車に間に合わないかもしれないんです」

私はライトバンを再び発進させた。第三京浜で横浜まで行った。

その間、何を話したかは、まったく覚えていない。ただ、終始、ハンドルを握る手に汗が滲《にじ》み、デートに誘うきっかけを探していたことだけは記憶にある。

葉山町に入った時は、すでに午前一時を回っていた。雨はいっそう激しくなり、横殴りの雨がライトバンを攻めたてた。

安全運転をしている私の車にトラックが後ろから迫ってきた。少しアクセルを吹かした。カーブの標識が暗闇に浮かんでいる。ハンドルを右に切った。と、その時、対向車の大きなライトがライトバンに向かって飛び込んできた。危ない、と思った瞬間、ブレーキ音が濡れた道路に響き渡った。

激しい衝撃が躰に走った。澪の悲鳴が聞こえたように思う。トラックがカーブを曲がりきれず、飛びこんできた。意識があったのはそこまでだった。

　私は夢を見ていた。

　手足がなくなった私が、沼地のようなところで、躰を上下に動かし、〝歩行〟している夢だった。もがく。躰に泥がへばりつき、息苦しい。ふと見上げると澪が私を覗《のぞ》きこんでいる。僕の躰はどうしたんだ。縮んだのか。私は澪の差しのべた腕の方に移動する。澪さん、助けてくれ。僕だ僕だよ……。

　気がつくと、白い天井が見えた。いや、正確に言うと、それが天井であると認識するまでに、かなりの時間を要したような気がする。頬に汗が垂れた。呼吸が荒くなっている。首を動かそうとしたが、包帯をきつく巻かれているので、うまく動かない。右脚にギプスが嵌《は》められているのが見えた。

目の前に男の顔が現れ、私を覗きこんだ。白衣を着ているところを見ると、医者らしい。

　その医者は、私を見て微笑みかけたが、何も言わなかった。

黒々とした髪をオールバックにした初老の男である。目も鼻も彫りが深く、しっかりとへの字に結ばれた口に頼もしさが感じられた。

「まだ完治したわけではないが、もう大丈夫。峠は越えた」野武士のような太い声が言った。

私は口を動かした。だが、声が出ない。

「ゆっくり休みなさい。すべて順調だよ」

包みこむような穏やかな笑みを残して、医者は部屋を出て行った。

声は相変わらず出ない。話し方を忘れてしまったかのようである。

ひとりになった私は部屋を見回した。病室であることは間違いない。少しずつ記憶が戻ってきた。

葉山に向かう国道で事故に巻き込まれた。そして、近くの病院に運びこまれ、手術を受け助かったということらしい。

そこまで頭の整理がついた時、目の前が真っ暗になった。

澪さんはどうしたのだろう。澪さんは助かったのだろうか。ああ、もしも、あの事故で死んでいたら……。

私は布団の外に手を出そうとした。関節は動いた。だが、両手は包帯にくるまれていて自由が利かない。それでも、その手で、ナースステーションに通じるブザーを探した。だが、見つからない。ベッドと壁の間に垂れ下がったままになっているのかもしれない。

だが、それを確認することはできなかった。

何とか躰を横にしてベッドを出ようとしたが、麻酔をされた時のように、腰から下は何も感じなかった。

躰から血が引き、躰がフワリと浮いたような感覚にとらわれ、気を失った。

再び、前回と同じような夢を見た。手足を失い、小さくなった躰の私を、今度は澪と初老の医者が覗きこんでいた。

次に目を開けた時は、看護婦が微笑んでいた。

「院長、お目覚めです」

看護婦に代わって、例の初老の男が顔を見せた。

「先生、澪さんは……」今度は声が出た。

「心配はいらない。彼女は無事だ」

私は目を閉じ安堵《あんど》の溜《た》め息《いき》をついた。冷静さが戻ってきた。躰に力を感じた。

「ここはどこの病院ですか？」

「葉山にある外科病院だ。名前は吹田外科病院」

「それじゃ、澪さんの……」

医者は大きくうなずいた。「私は澪の父親で、この病院の院長です。君も澪も九死に一生を得た。しかし、無謀な運転をする人間が増えたものだね」

院長が看護婦の方に目をやり、合図を送った。看護婦は、私の手に巻かれていた包帯を外した。院長が私の手に触れた。私の躰に鳥肌がたった。院長の手は冷たく、ほんのわずかだが湿っていたのだ。

「元に戻っているね」院長はひとりごちた。

私は久し振りに、私の手と対面した。動かしてみる。頭脳から出る指令に従い、正常に反応した。だが、怪我《けが》をする前とひとつだけ違う点があった。十本の指すべての第二関節のちょうど上に、青黒い筋のようなものが見られたのだ。まるでリングを取った跡みたいな感じがした。

「この跡は何ですか？」私は院長に目を向けた。

「事故の際、君の手の指がすべて、突っこんできたトラックと、後ろを走っていたトラックの間にはさまれ、捩《ね》じられ、骨は砕け、結局、引きちぎられた」

院長は、相変わらず穏やかな笑みを口許《くちもと》に浮かべて、淡々とした口調で言った。想像しただけで、身の毛がよだち、私は眉を顰《ひそ》めて目を瞑《つぶ》った。

「だがね」院長は私の態度など気にせず、同じ調子で話を続けた。「幸いなことに、雨に濡れた歩道に転がっていた君の指を、勇敢な救急隊員が拾って、病院に運んでくれた。私はすぐに接着手術を行ったんだ。その傷跡はそのうちに消えるよ」

「この首の包帯はまだ取れないんですか」

「もう少し、そのままにしておいた方がよかろう」

「澪さんの容体は？」

「そのうち会えるよ」院長はそう言って、じっと私を見つめた。

その目はぞっとするほど澄んでいて、澪の目の輝きにそっくりだった。

看護婦が注射の用意をした。

「何をするんですか？」私が訊いた。

「君にはまだ休息が必要なんだ」

「ちょっと待って下さい。僕の家族は、ここに入院していることを知ってるんですか？」

「もちろんだよ。だが、君はずっと昏睡《こんすい》状態だった。だから、面会謝絶だったんだ。警察も事情聴取に来たが、同じ理由で私が断った。心配はいらんよ。もうじき、皆に会えるようになる。さあ、もう一休みしなさい。君にはまだ充分な治療が行われていないんだ」

「ど、どういうことですか？」

院長の口許から笑みが消えた。看護婦が注射器を持ってやってきた。抵抗しようにも足が動かない。右腕に痛みが走り、やがて意識を失った。

どれだけ眠らされていたのかは分からないが、目を開けると、窓のカーテンは下り、辺りは真っ暗だった。

同じ夢を見、うなされた記憶は頭の隅に残っていた。

ドアの向こうから薄ぼんやりと明かりがもれている。

何かがおかしい。なぜ、このようにしょっちゅう眠らされるのだ。院長の態度も解せない。他に何の治療を施さなければならないというのだ。

しばし天井を見つめていた私は、意を決して、躰をベッドから落とした。肢体の感覚は戻っていた。右肩が激しく床にぶつかった。躰中の神経が、すさまじい刺《とげ》のようになって内臓を刺し貫いてくるような衝撃を覚えた。私は喉の奥で悲鳴を上げた。仰向《あおむ》けになり、しばらくの間、必死になって呼吸を整える。脂じみた汗がこめかみを伝った。

気を紛らわせようとして、とりとめもないことを考えた。

二十歳の時に盲腸で入院した。かなり悪化していて、あと数時間、遅れていたら腹膜炎を起こしていたそうだが、たいして痛みは感じなかった。病室まで車椅子が用意されたが、それが自分のためのものだとすら気づかなかったぐらいだ。

私は車椅子には乗らず、太った眼鏡をかけた看護婦と共に、それを押して病室に入った。「変な患者さん」看護婦が笑った。「たいして痛くないんですよ」私は答えた。その経験から、私は痛みには強い、と信じていたのだが、盲腸の痛みなど物の数ではない、ということがその時初めて分かった。

痛みといえば、アメリカ帰りの医者が、大リーガーは自打球を当てても、それほど痛がらないが、どうして日本の野球選手はあんなに痛がるのだろう、と言っていたことがあった。こんなに激しい痛みでもアメリカ人なら、私のように七転八倒しないのだろうか？

大リーガーの話をしてくれた医者は、アメリカ帰りゆえに、派閥には入れずパージされていた。アメリカ帰りということで辛酸をなめさせられたといえば、かの野口英世がそんな経験をした医者だと聞いたことがある。だが、私の知り合いの医者は、そんなに立派な医師ではなく軽佻浮薄《けいちょうふはく》な人物であった。

痛みが遠のいた。やっと腹這《はらば》いになれた。両肘で這うようにしてドアに向かおうとした。右肘を前に出そうとした瞬間、私は不思議な感覚にとらわれた。腰が誰かに操られているかのように、自然に持ち上がり、脚が頭の方に寄ってきた。一瞬、屈伸運動をしているみたいな姿勢になる。そして、次に頭の部分が前に移動した。口から涎《よだれ》と共に、声がもれた。尺取り虫のような動きだ。あの夢で見た自分の動きと同じだ。

這え。普通に這え！　私は自分に言い聞かせた。だが、脳の指令を受けると、躰は尺取り虫運動を開始するのだった。

悪夢の続きを見ている。そうに決まっている。こんな馬鹿なことが起こるはずはない。

私は、小学校の時の体育の時間を思い出した。クラスメートに馬鹿にされるほど、子供の頃から躰が硬かったのだ。その棒のような躰が、何の苦労もなく曲がるなんてことはありえない。

這って外に出るしかない。だが、そう思っただけで、私の躰は、想像だにできない動きを取った。自分の躰に恐怖を覚え、しばし、私は床にうずくまった。動悸《どうき》が激しく、あえぎ声がもれた。

これは夢ではないのか。頭が混乱をきたした。動揺のせいだろう、痛みすら感じなくなっていた。

どんな〝歩行〟だろうが、部屋を出なければならない。いや、この病院を出なければならないのだ。

気力を取り戻した私は、再びドアに向かって〝歩行〟を開始した。

ドアにたどりつくと、把手《とって》に手を伸ばした。青黒いリングのような傷跡が目に入る。

ドアノブを握り、回した。鍵はかかっていなかった。

ドアがほんの少し開いた。這いつくばったまま、廊下に頭を出した。

消灯時間をとっくに過ぎているらしく、廊下には予備灯がついているだけで、人気《ひとけ》はまったくなかった。

ただ、数メートル先の部屋にだけ、煌々《こうこう》と明かりがついていた。ナースステーションのようである。

私は、明かりを目指して這って行こうとした。ドアをそろそろと開けた時、しゃべり声が聞こえた。

私は頭を引っこめ、じっと様子を窺った。

ふたりの人物がナースステーションから出てきて、暗い廊下に立ち、何か話をしていた。ひとりは院長だと分かった。だが、もうひとりの人物を見た時、私は我が目を疑った。院長と一緒にいる女は濡だった。彼女の姿からは、つい先頃、事故に遇《あ》い大怪我をしたことなどまったく想像できなかった。すらっとした脚。ゆるやかなウェーブのかかった髪、そして、神様が設計したバランスのよい顔。身振りを交えて話す態度も、軽やかな足取りも、怪我をする前とまったく同じだった。

足音が廊下に響いた。彼らはナースステーションの角を曲がり、姿を消した。

エレベーターが停《と》まる音がした。ドアが開き、閉まる。

確かめたい。すべてのことを確かめたい。その思いが、私を廊下に這い出させた。尺取り虫歩行をしながら、ナースステーションに向かった。看護婦に見られたくない私は、極力物音をたてずに這い続けた。

病室とナースステーションの間に左にのびた通路があった。奥にエレベーターがあり、〝関係者以外使用禁止〟という札が立っていた。

エレベーターは地下一階で停まっていた。手を伸ばしてエレベーターのボタンを押した。モーター音が響いた。看護婦に見つからないことを願いながら、周りに視線を走らせた。やがてエレベーターが昇ってきて、私の前でドアが開いた。それで私のいる病棟が三階にあることが分かった。

エレベーターに乗ると、地下一階のボタンを押した。

病院の地下にあるものを私は想像した。機械室、調理場、職員の休憩所、薬剤部、解剖室、ボイラー室、事務所、そして霊安室……。

エレベーターが停まり、ドアが開いた。

エレベーター内の照明の光で通路が照らし出された。両側が壁になった細い通路が、暗闇の中にのびていた。ドアのようなものは見当たらない。私はエレベーターを降りた。

光がなくなる。恐ろしくて、床に這わせた手がブルブルと震え出した。通路の先が穴になっているかもしれない。私はおそるおそる、尺取り虫運動を繰り返しながら奥に進んだ。

震える手を前に伸ばした。冷たいコンクリートの感触が伝わってきた。両側は相変わらず壁のようだ。何メートル進んだのか分からない。手に何かが触れた。布切れのようだ。脱ぎ捨てられたシャツらしい。頭が壁にぶつかった。いや、壁ではない。ドアだ。

私は、手でまさぐってドアノブを探した。ドアが開いた。湿った空気が私の頬を撫《な》でた。

何かが蠢《うごめ》いている音がする。部屋ならば電気があるはずだ。ドア枠にしがみつき、スイッチを探した。あった。電気をつける。

口からか細い悲鳴がほとばしった。

泥沼のような土が剝《む》き出しになっていた。その中央に裸の女が立っていた。躰中に何かがへばりついている。タラコのような形をした赤黒いものだ。

私は身動きひとつできない。女は虚《うつ》ろな目を私に向けていたが、まったく無表情だった。手元で何かが蠢いた。全長三、四センチぐらいの扁平《へんぺい》な円筒型の小動物。緑灰色《りょくかいしょく》のものもいれば、黄褐色の、醬油《しょうゆ》をたっぷりと吸った数の子に似ているものもいた。小動物は私の掌《てのひら》に上ると吸いついた。

私は再び悲鳴を上げ、気を失った。


不快な目覚めが訪れた。私は、天井を見つめたまま、声をたてずに涙を流した。ここがどこで、今がいつで、なぜこうなったのか、何も分からなかった。

昨晩、いやもっと前なのかもしれないが、地下室で見た、あの光景を思い出そうとした。すると、コンクリートに心臓をこすりつけているような、実に不快な感覚に襲われた。

だが、考えることを放棄する気にはならない。あれは一体、何だったのか。

私は、できるだけ科学的に、筋道をたてて考えようと努めた。

ここは病院には違いない。私が助かったのだから、院長と名乗る男は、彼の言った通り外科医なのだろう。

医者だとすれば、実験や研究をしている可能性は高い。となると、あの小動物を、実験動物と考えれば、あの地下で養殖されていたとしても不思議はない。

あっ！　私は天井に向かって短い叫び声を上げた。

突然、死んだ祖母のことを思い出した。私の故郷は、冬になると必ず一メートル以上の雪が降る寒村だった。祖母はよく霜焼けに悩まされていた。霜焼けができると、彼女は、その部分に小動物をのせた。

ヒルだ。そうだ。あれはヒルに違いない。医学用に育てられた養殖ヒル。

私は、両手を目のまえにかざしてみた。切断した指を接着した後の治療に、ヒルを使うという話を新聞か何かで読んだ記憶がある。指を接着しても、静脈血がつまってしまうことがしばしばあるのだ。通常、点滴によって、静脈の血栓を溶かし、詰まりをなくすのだが、薬を使うと、患者の人体にとっては決してよくない。ヒルを使えば、薬物を使用するよりも、ずっと安全なのだ。ヒルは血を吸う。その性質を利用して治療するのである。

難問が解けた時の受験生のように、至福の喜びで頬が緩んだ。

しかし、それはほんの一瞬のことだった。頬から血の気が引き、顔が引きつった。

左足の先に違和感を覚えたのだ。布団を一気にめくった。赤黒く膨れたタラコのような動物がU字型になってぶらさがっていたのだ。

ヒルが血を吸って膨れているのだ。私は、何とか取り除こうとしたが、ギプスを嵌めた脚が邪魔をして、手が届かない。それでも必死で手を伸ばしていると、ドアが開いた。

院長が入ってきた。穏やかな笑みを浮かべて、私に近づいて来る。

「取って下さい。ヒルが吸いついているんです！」

「おう、こんなところに迷いこんでおったのか」院長は淡々とした口調でそう言い、ヒルを私の足から取り除いた。そして、それを窓際にあったテーブルの上に置き「たっぷりと御馳走をいただいたようだね」と話しかけた。

私は天井に目を向けたまま、黙っていた。

院長が口を開いた。「地下室のものを見たんだってね」

「ヒル。おそらく、医学用に使用するチスイビル」私は放心したような声でつぶやいた。

「その通りだ。君の手の指の接着手術後に、ヒルに血を吸わせたんだ」

「なぜ、僕の躰が尺取り虫のような動きをするのか、知りたい」やっと言葉になった。

院長は窓辺に立ち、私に背を向けた。

「私は、君に澪を差し上げたい」

「澪さんを僕に？」

「そうだ。澪と結婚してもらいたいんだ」

「それと、僕の躰の動きとどのような関係があるんですか？」

「君は澪が好きかね？」

一瞬、顔が火照《ほて》った。「ええ。僕は澪さんが好きです」

「澪も、君を愛している」院長がくるりと振り向き、私の方に近づいた。「君は、澪と結婚する気があるかね」

「あります。澪さんと一緒になることは、僕の唯一の願望だと言えます」

「その願望は叶《かな》う。だが、まだ克服すべき問題がいくつかあるんだ」

「問題？」

「君の意識だ。意識をどうやって処理できるかが難問でね」院長が含み笑いを浮かべた。「もう少し、簡単に君の意識を処理できると思っておったんだが、意外に手強いんだな、これが」

「何を言っているんですか？　僕の意識をどうしようというんですか？」

私は、澪との結婚という話に心を奪われ、初めの質問の答えを聞いていないことを思い出した。

「尺取り虫運動についての答えを聞かせて下さい」私は強い調子で言い、院長を睨《にら》んだ。「それに、おかしなことはまだたくさんある。あなたと澪さんが、あの地下に下りて行ったっきり、どこにも姿が見えなかった。あの地下室に裸の女がいて、ヒルに血を吸わせていた。一体、この病院はどうなっているんですか」

「あの女は看護婦のひとりだよ」院長がこともなげに言った。

「他にも疑問がある。大怪我をしたはずの澪さんが、なぜ、あんなに早く回復したんですか？」

「君の疑問はいちいちもっともだ」院長は大きくうなずいた。

私は答えが聞けると思った。しかし、院長は、私に背を向けるとドアに向かった。

「答えろ。何が何だかさっぱり分からない」めったに声を荒らげることなどない私だったが、その時ばかりはヒステリックな声でわめきたてた。

しかし、院長は私を無視し、病室を出て行った。

私は、興奮して躰が震えた。すると、躰が波動運動を起こした。

再び、ドアが開いた。澪が戸口に立ち、例の美しい目を私に向け、かすかに微笑んでいた。彼女はハイヒールの音をたて部屋に入ってくると、ベッドの端に腰を下ろした。そして、じっと私を見つめたまま、唇に彼女の唇を寄せた。

私はなすすべもなく、躰を硬直させているだけだった。

澪が私から顔を離した。

「一体、何がどうなっているんだ？」私は弱々しい声で訊いた。

「私たちが結婚する場合、あなたが、呑《の》み下さなければならないことがいくつかあるのです」

「澪さん、僕の躰は……」

「最後まで話を聞いて」澪が私の手を握った。

院長の手と同じように、冷たくほんのりと湿っていた。

「地下室へ下りた私と父が、どこに行ったのかを知りたいそうね。私たちは、どこにも隠れたわけじゃないのよ。あなたは、あの地下室で、私たちを見ています」

「僕は、あの地下室で沼地とヒルと裸身の女を見た。女は君ではなかった。まさか……君は……」

澪が立ち上がった。「私たちはヒルよ。チスイビル」

「そんなことが信じられるか。君があのぬめぬめしたヒルなんて信じられない」

「そう悪く言うものじゃないわ。あなたの指の血がスムーズに流れるのは、我々ヒルのおかげよ」

「君は人間の姿をしている。それが作られたものだというのか」

「いいえ、私はヒルであり、同時に人間なのよ。ただ怪我の治りは、普通の人間よりも早い。怪我をしても、器官はすぐに元通りに戻ってしまうの。だから、あんな事故に遇っても、すぐにこうやって歩いたり、しゃべったり、あなたにキスをしたりできるのよ。私、あなたを信じる」

「どういう意味だい？」

「私がヒルの生活を持っていても、あなたは私を愛して下さると信じる」

澪の黒い瞳が、一段と輝きを増した。そして、ブラウスのボタンを外し始めた。スカートを脱ぎ、下着だけになる。

私の体内にじーんと熱いものがたぎった。

あっと言う間に、彼女は裸になった。均整の取れた美しい裸体。目のやりどころに困り、照れくさい思いをしながらも私は、彼女の裸体に見入っていた。

しかし、突然、澪の裸体は収縮を始めた。昔、流行《はや》ったダッコちゃん人形の空気の栓を抜いたように、澪の躰は歪《ゆが》み、左右に揺れながら縮んでいく。澪が苦痛の悲鳴を上げた。

私はベッドから転がり落ち、彼女を助けようとした。だが、何もできなかった。

澪は、躰から閃光《せんこう》のようなものを放ちながら、どんどん小さくなった。まるで床に躰が埋められていくみたいだった。縮んでいくに従って、彼女の悲鳴は聞こえなくなった。提灯《ちょうちん》を畳んだような丸い膨らみのまま、床に残っているスカートが目に入った。その横で、何かが蠢いた。

今度は私の方が叫び声を上げた。床に仰向けに横たわったまま、私は呼吸困難になった患者のようにあえいだ。

一匹のヒルがスカートの端で蠢いていたのだ。スカートの端に触れるとヒルは、尺取り虫運動を始めた。

私は目を瞑った。澪か。そんな馬鹿な……。

腕に何かぬめっとしたものが触れた。はっとして腕を引いた。二の腕が目の前にあった。躰が硬直し、身動きが取れなかった。

ヒルが私の腕に吸いついていた。緑がかった黄褐色のヒルが次第に色を濃くしていく。血を吸っている。

このまま放っておけば、血で躰を膨らませ、赤黒いタラコのようになるのだろう。

そう思った瞬間、無我夢中でヒルをつかみ、ドアの方に向かって、投げ捨てた。ヒルはぺたっと床に張りついたまま、しばし動かなかった。だが、しばらくすると、尺取り虫運動をやりながら、再び私の方に向かってきた。私はベッドに逃げようとした。私の躰も、ヒルと同じような動きを始めた。

やっとの思いで、ベッドに這い上がった。ヒルはベッドの足元でじっと動かない。

冷静さが少し戻ってきた。私は、澪がヒルであるということを何とか呑み下そうとした。しかし、できない。こんなに気持ちの悪い、吸血動物を澪だとは思えない。たとえ思えたとしても、愛するどころか、同じ部屋にいると思うだけで、身の毛がよだつ。

何かが狂っている。私は、自分が悪夢の中にいると思おうとした。窓に目をやった。鈍い秋の陽射《ひざ》しが、紅葉しかかった葉の間からこぼれ落ち、病室の隅にたまっていた。

頬に涙が伝った。頬が濡れると私は、やはり、これは現実なのか、と愕然《がくぜん》とした。ヒルを見た。じっと動かないヒルが哀れに思えた。

「澪さん、僕は駄目だ。ヒルになった君を愛したりはできない。本当のことを言うよ。気持ちが悪い。そばにいられるだけで、吐き気がする。君と結婚できるわけがない。夜、ベッドで僕の血を吸う君と暮らせるはずがないじゃないか」

私はヒルにそう語りかけ、再び天井を見つめた。どれぐらいの時間そうしていたのか分からない。床でかすかに物音がした。見るとヒルが床を動き回っていた。その動きがどんどん速くなった。犬が自分の尻尾を噛《か》もうと旋回するようにヒルが回り始めた。そして、急に背中を三角に立てたまま、ぴたりと動きが止まった。

血を吸った時のように、躰が膨れ始めた。どんどん大きくなり、再び、澪の悲鳴が病室に響き渡った。

美しい裸身が戻ってきた。放心したように澪はしばしそこに立っていたが、急に裸であることに気づいたようで、少し頬を赤らめ、そそくさと衣服を身につけた。

私は、澪の顔をまともに見られなかった。

「これで、あなたにもお分かりいただけたと思います」澪は、ベッドの端に腰を下ろすと、しめやかな声で言った。

「さっきの言葉、聞こえたかい？」私は天井を見つめたままつぶやくように言った。

「ヒルになった時は、何も分かりません。ヒルなんですからね」

「まったく記憶にないというのか」

「ええ。記憶にあるのは、ヒルに変わるまでの時間です」

「じゃ、僕がヒルである君を拒否し、ドアに投げつけたことは、まったく覚えていないのか」

澪は黙って首を横に振った。

「はっきりと言うよ。ヒルである君とは結婚できない。僕は、正直に言って気持ち悪かった。こんなことが起こるはずもないと思っていたが、僕は君を気持ち悪いと思った」

澪は一瞬、悲しげな表情をしたが、すぐに取り繕った。そして、笑顔と共にこう訊いた。「今の私はどう？　この姿の私なら愛せるの」

「今のままの君なら、以前と同じように好きだよ」

「ヒルであると知っていても、人間の姿形をしていたら好きなのね」

私はうなずいた。

「嬉《うれ》しい」澪が感慨深げな声でひとりごちた。

「なぜ、嬉しいんだ？」

澪は答えず、院長が先程やったように、ドアの方に向かった。そして、ドアを静かに開けた。院長がそこに立っていた。ずっとそこに立っていたらしい。

「お父様、可能性はありますわ」澪が父親に言った。

「分かっている」院長は満足げに微笑んだ。

「可能性って何のことです？　いい加減にしろ。何がどうなってるのか教えろ」私は院長に食ってかかった。

ふたりは見舞い客用の椅子を持ち、ベッドの横に座った。

「私と澪は、君を澪の結婚相手に選んだ」

「それは……」

「まあ聞きたまえ。実は、私としてはだね、君の同僚の田崎君が適任ではないか、と思っていたんだが、澪は田崎君を好きにはなれなかった。それに、よく調べてみると、田崎君は現実世界とのズレがない」

「ズレ？」

「つまり、人間世界に対して、ある種の欲望を抱いている。ありていに言えば、彼は、大学病院で権力を握りたがっている」

「まさか、田崎は医学に対して純粋な気持ちを持っていますよ」

「確かにそうだ。だが、無意識には大学で権力を握りたいという深く屈折した欲望をも持っておるんだ」

「あなた方は、我々人間の気持ちが読めるんですか?」私は無理やり、笑おうとしたが、顔が引きつっただけでうまく笑えなかった。

「ある程度は、読めます」澪が答えた。

「君は、人間世界で生きることにもどかしさを感じている。そうだね?」

「ええ。僕は何と言ったらいいのか分かりませんが、しっくりと嵌まっている場所がないような気がしています」

「それなんだ」院長が笑った。「君の意識下を調べたが、君は、この世にある欲望や思想や権力に、何の興味もなく、しかも、根底に何とも深遠な不安を抱いていることが分かった。存在の不安とも言える、現代人特有の不安を持っている。現世には、君に適した居場所はない、ということだ。そして、むろん、無意識にではあるが、その不安を解消したいと思っている。我々にはそのような人間、しかも医者が必要なのだ」

「よく分からない。なぜ、僕のその深い不安が必要なんですか?」

「お父様、初めから話して上げなければいけませんわ」

「そうだね」院長は娘の膝に手を置いた。そして、私の方に目を向けた。「この地には、昔、吹田仁八郎《じんぱちろう》という科学者が住んでいた。彼は、ヒルの医学的効用を研究していたんだ。我々は、その際に養殖されたチスイビルの子孫、いや縁《ゆかり》の者なんだ。吹田先生は周りからは変人扱いされていて、村人たちに悪魔のように、忌み嫌われていた。ある日、村の男たちが土砂崩れに遇い死亡してしまうという事故が起こった。それは単なる天災であったわけだが、村人は、吹田という呪われし者が住んでいるからだ、と決めつけ、ここに建っていた彼の家を焼き払い、ヒルたちの棲《す》む沼で吹田先生を惨殺し、沼は埋められた」

「じゃ、その時、吹田先生が成仏できずに、あなた方のような不可思議な生き物を作りだしたというんですか？」

「まあ、そうだが、それは正確な言い方ではない。沼が埋められ、吹田先生が殺された時、不思議なことが起こった。吹田先生の亡霊と、逃げまどうヒルが合体してしまったのだ。だから、我々はヒルであり人間でもあるわけだ」

「ヒルというのは何年ぐらい生きる動物ですか？」

「普通は二年ぐらいです。一年目に成熟に達しなかったヒルの中には三年生きるものもいますけれど」澪が答えた。

「じゃ、ヒルとしてあなた方は、すぐに死んでしまうということですね」

「生涯、ヒルとして生きていればそうなるのだが、我々は特殊な生き方をしているから、人間並みに生きられるんだ」院長が言った。

「どういうことです？」

「ヒルとしての我々が二年生きるとして、それを時間になおすと約一万七千五百二十時間だ。しかし、我々が日にヒルに戻るのは、三、四十分。多くても一時間なのだ。つまり、日に一時間、ヒルとして生きると、一万七千五百二十日、生きられる。それを年になおすと約四十八年間になる。日に三十分だけヒルとしてすごせば、その倍、九十六年間、生きられる計算になる。むろん個体差はあるが、我々の平均寿命は、人間のそれとそれほど変わらないのだ」

「話が横にそれてしまったわよ、お父様」

「そうだね。ヒルと吹田先生の彷徨《さまよ》う魂が合体し、我々が生まれたわけだが、我々の種を保存維持していくためには、必ず、人間と合体する必要がある。しかも誰でもいいと言うわけではない。この病院で医者や看護婦として働ける者でなくてはならないし、我々の種の在り方を受け入れる体質を持っている人間でなければならないのだ」

「僕が、あなた方の在り方を受け入れる体質を持っていると言うのですか？」

ふたりが同時にうなずいた。私は虚ろな笑みを浮かべ、ふたりを見やった。

「僕は、ヒルである澪さんを気持ち悪いと思った。そんな人間があなた方の仲間になれるわけがない」

「あなたがヒルである私を受け入れられないのは、とてもよく分かります」澪が優しく言った。「突然、あなたの前に異様な得体の知れない小動物が現れ、それを人間である私だと思えと言っても無理な話だわ。あなたは忌み嫌い拒絶し、何かの間違いだ、悪夢だ、と思ったでしょう。そして、私のことを考えると、悲痛な思いにかられたかもしれない。でも、よく考えてみて下さい。あなたの大学病院での生活は、得体の知れない動物と接しているのと、どれぐらい差があるのかしら。灰色のコンクリートでできた大学病院に違和感を感じ、もどかしく生きているのがあなただったでしょう」

「確かに僕は、何となく、すべてにズレを感じて生きている。でも、君にだけは違った。君にだけは、何か確固たる存在感のようなものを感じていた。その君が、やはり、うす汚れた大学病院の壁と同じ、得体の知れない物に変化する。それには僕はついていけない」

「君もヒルと人間の間を相互に行き来する我々の仲間になればいい。澪と一緒にヒルの世界にトリップすればいいのだ」

「向こうの世界には何かいいことがあるんですか。僕と澪さんは、すべての垣根を取り払って、ヒルとして素晴らしい時をすごせるのですか?」

「残念ながら、ヒルとしての生活が楽しいか苦しいかは我々には分からない。ヒルになると、人間の意識が消え去ってしまう。だから、何も覚えていないんだ」

「そんな馬鹿な……」私は彼らから目をそらせた。

「君は、今の人生にズレを感じている。深い違和感を抱いている。そうだね?」院長が念を押すような口調で言った。

私はうなずいた。

「では訊くが、ズレていない、という状態は、どのようなものなのか教えてくれないか」

私は答えに窮した。漠然とズレを感じているが、それでは何が理想なのかと訊かれても何とも答えられないのだ。

「ズレていない状態とは、つまり人間の中の〝私〟が消え去ることでしかないのだよ。〝私〟が消え去れば、その後のことは無としか言いようがない。無。我々が完全なヒルに変わった時は、無なのだ。無は無だから、君にその時の体験を話してくれと言われても、答えられないんだよ」

「じゃ、澪さんと一緒にヒルになっても、澪さんなのか、僕なのか何なのか、何もかも分からない、ということですね」

「その通りよ。ヒルは雌雄同体だから、もう男も女もないのよ」澪がくすっと笑った。

「澪さんが、ヒルに変わる時、そして、ヒルから人間に戻る直前、悲鳴が聞こえた。僕には苦痛の叫び声に思えたけれど、僕が間違っているんですか？」

「あなたの言う通りよ。人間の私から、〝私〟が抜け出ていく時は、初めは、かなりの苦痛を感じます。人間としての〝私〟が破壊されるのですから、当然です」

「嫌ですよ、僕は。そんな苦痛は味わいたくない」

「最後まで聞いて。確かに苦痛を伴うのですが、しかし、それはほんの一時のことです。それをすぎると、解体されていくことが快感に変わり、次第にこの世では味わえない快楽となっていくのです。ヒルに変わる瞬間まで、人間の〝私〟が残っていて、おぼろげながらも、その〝私〟が快楽を手に入れるのです。その瞬間だけが、人間の〝私〟が経験できる無の喜びなのかもしれません。ヒルから人間に戻る時も同じです。ヒルであった時の残像が私の中におぼろげながらに残っていて、快感を感じます。しかし、人間に戻る直前には、また苦痛が訪れます。赤ちゃんが生まれる時に似ているような気がします。赤ちゃんが生まれてくる時、泣き声を上げるのは、この世に出ることを拒んでいるからだと思いませんか？」

「その体験を経ると、人間に戻った時、何か変化が起こりますか。僕の人生が輝いて見えたりするのですか」

「いや、そんなうまい具合には行かない」院長が口をはさんだ。「人間に戻った君は、以前と同じように、人生にズレを感じ、もどかしく生きていくだろう。だが、ひとつだけ違うのは、澪の言った苦痛と快楽だけは記憶に残る。人間は、他人を通してしか自己という存在を確認できない、という説があるが、それと同じように、その苦痛が快楽を実感させてくれる。だから、苦痛と快楽はいわば分かちがたく結びついておるんだ。その記憶は、決して、普通の人間の味わえるものじゃない」

私は黙った。何をどう言ったらいいのか分からなかった。

「君が眠っているうちに、我々は君に特殊な手術を施した。君の歩行が尺取り虫運動をするのは、そのせいなのだ。ヒルは波動運動と尺取り虫運動のふたつの動きをするのだが、君の場合には尺取り虫運動だけが、顕著に現れるようになったらしい」

私は、躰をのけぞらせて院長を見た。

「あなたは、小さな動物になる夢を見たわね」澪は、私の態度になどまったく興味を示さずに言った。「躰が縮み、のたうちまわっている夢を。あれは夢ではなく、あなたに我々が施した手術の時の記憶なのよ」

「じゃ、僕は、あの夢を見ていたと思っていた瞬間に、ヒルに変えられていたというのか」

「手術はもう一歩で成功するんだがね」

「じゃ、今は失敗したままだというんですか」

「失敗とは言えない。変化の途中で手術を中断しておる、というのが正確な言い方だろう。ヒルの機能は、もう君の体内に、何と言えばいいのかな、移植された。首に包帯が巻かれ、右脚にギプスが嵌まっているのは、事故の怪我の治療のためではないんだよ。ヒルには三十四の体節があるんだが、包帯とギプスで被《おお》われた部分には、その一部が現れておるんだよ」

「元に戻して下さい。この経験は誰にも言いませんから、普通の人間に戻し、僕をこの病院から出して下さい」

「元に戻すには、すこぶる危険な手術が必要で、下手をすると命を落とすか、ヒルでも人間でもないフリークな生き物として生きなければならなくなる場合もある」

「私のように、ヒルと人間を交互に生きる方が、あなたにとって一番いいのよ」澪があの澄んだ黒い瞳で私を見つめた。「あの得体の知れない、手応えのない人生だけを送るよりも、ヒルの世界と人間の世界を往復する方が、あなたには向いている。あなたの居場所は、その往復運動の中にある。私は、心からそう思っているの」

「駄洒落《だじやれ》を言う気はないが……」院長がにやりと笑った。「人間世界で生きるのが昼だとすると、ヒルの世界は夜だ。昼と夜。生と死。その間の苦痛と快楽を味わえるのだから、決して、悪いことではないよ」

「今のままでは、躰がヒルで心が人間という、悲惨な状態にもなりかねないのよ」澪が私の手を握った。

「なぜ、手術は成功しないいんです。僕が気づかないうちに、そうなっていたら、覚悟もできたかもしれないのに……」

「さっきも言ったが、君の意識は、我々が考えていたよりも手強いんだよ。ヒルの器官を〝移植〟すると、人間の意識は、多少、抵抗はしても溶け去るんだが、君の意識は、ヒルの姿形をあたえても、なかなか消えないのだ。ヒルとして、君は物事を考えてしまう。君の夢は、きっと苦痛に満ちたものだったと思うよ」

「あなたの意識が溶け去らないので、私たちは、あなたに地下室に下りていく我々を見せ、後をつけさせました。そして、私自身が、あなたの前で、人間からヒル、ヒルから人間に変化する姿を見せたのです。それは一種の賭けでした。ヒルになった私には意識はない。哺乳類であるあなたを見れば、吸いついていって、血を吸おうとする。その時、あなたが私を殺すことだって可能だったんです。でも、あなたは私を殺さずに、何とか事実を呑み下した。ですから、次の手術の時には、あなたの意識に変化が起こるはずです」

「我々に身を委ねてはくれないかね」院長が私を覗きこむようにして言った。

私は、真っ白な壁を見つめたまま黙っていた。彼らもじっと動かない。風がそよぐ音がかすかに聞こえた。

目を瞑ると、そこに自分の子供の頃の姿が浮かんだ。魚釣りをしている私、縁日で綿《わた》飴《あめ》をなめている私、新しいランドセルを買ってもらった時の私、試験で満点を取って親に頭を撫でられている私……。そんなに悪い人生ではなかった。しかし、高校に上がる頃から、私は変わった。躰がふわりと浮いていて、躰のどこかにいつも風が吹きこんでいた。

普通に楽しいこともあったし、普通に辛《つら》いこともあったが、何かそれらの喜怒哀楽も、薄いベールの向こうで起こっていた他人事《ひとごと》のように思える。

私は目を開けた。

「澪さん」私の声は、自分でもびっくりするくらい澄んでいた。「僕は君と一緒になります」

澪は何も言わなかった。私は彼女の目すら見なかった。澪が感激に打ち震えていることは見ずとも分かったのだ。

再び夢の中にいた。私は洗面器の底のようなところにへばりついていた。

院長と澪が私をじっと見つめていた。澪が微笑みかけ、私の背中を小指で撫でた。私は、澪の笑みに安堵を覚えた。

しかし、その安堵感は少しずつだが、おぼろげになり、意識の奥底から違う欲望が顔を出した。私は悲鳴を上げている。澪の笑みを失いたくない。だが、その欲求も希薄になった。そして、何やら這い回りたくなった。澪の指にすがりつきたい。その意識だけはあったが、それも霧散した。血が吸いたい。そう思った瞬間に、何も分からなくなってしまった。

目を開けると、澪が私の顔を覗きこんでいた。

「成功したわ。あなたは、私と同じ種となれたのよ」

「夢を見たけれど、君の指の血を吸いたいと思ったところで、終わってしまった」

「その夢の向こうに、ヒルの生活が待っていて、あなたは約四十分、ヒルとして生きていたのよ」

「何も覚えていない」

「前にも言ったでしょう。ヒルはヒル。人間に戻ったあなたには何の記憶もないのよ」

「苦痛など感じなかった。そして快楽もなかった」

「それはこれから味わうことよ。〝ヒルド・ニポニカ〟と三回、心の中で唱えれば、四十分だけヒルに変身できる。年に一度訪れる交尾期には、十数時間をヒルとして生きなければならないけれど」

「ヒルド・ニポニカって何のことだい」

「チスイビルの学術名よ。ヒルドはラテン語で医者の意味。だから〝ニッポンのお医者さん〟というのが、我々がヒルになった時の正式の名前なの。まさに、私たちのことでしょう」澪が微笑んだ。

「ヒルからどうやって人間に戻れるんだい。ヒルに人間のような意識がないとしたら、誰が指令を出すんだ」

「そのことは心配しなくてもいいわ。あなたも私も、四十分たったら、自動的に人間に戻ることになっているのよ。個体差はあるんだけど、だいたい、我々の種族は、そのぐらいの時間で人間世界に戻ってくることになっているの。さあ、立って」

「立てないよ。例の尺取り虫運動が始まってしまう」

「あの運動は、ヒルになった時にしかでなくなったわ。あなたの手術は成功したと言ったでしょう。首の包帯も脚のギプスももう取れているわ」

首に手を当てた。包帯はなくなっていた。布団から脚を出してみた。傷ひとつない脚が現れた。

私は立ち上がり、屈伸運動をした。事故の後遺症もヒル手術の跡も何もない。

窓辺に立った。手術後、かなりの時間が経過したようだ。手術前は、秋晴れの穏やかな空が拡がっていたのに、今は、横殴りの雨が窓を叩いていた。入江に波が砕け散るのが見えた。風がうなり、樹木が左右に大きく揺れていた。台風がきているのかもしれない。

澪が私の横に寄り添い、私の腕を取った。

「さあ、ふたりで一緒に〝ヒルド・ニポニカ〟を三回、唱えましょう」

私は彼女に誘われ、病室の中央に立ち、裸になった。澪が目を輝かせて私を見た。私はうなずき、目を瞑った。そして、〝ヒルド・ニポニカ〟と三回、唱えた。

躰が熱くなり、むず痒《がゆ》いような感覚を覚えた。だが、そのうちに躰が冷えてきた。歯の根が合わない。膝がガクガクと揺れる。指が抜けていくような感覚が襲ってきた。歯を食い縛った。だが、抗しきれず悲鳴を上げた。指がねじれながら抜け、次に腕が、脚が、そして、胴が外れていくのだった。私はもがき、暗い穴に吸い込まれていく私の肢体を取り戻そうとした。しかし、もとより手足が先になくなっているのだから、取り戻しようがない。躰が急にプレスされたように圧縮された。再び、悲鳴を上げる。どんどん躰が縮んで行く。飛行機がエアポケットに入って、急に高度を下げた時に感じるような、嫌な感覚が私をとらえた。

私は転がり、波打ち、落下して行った。

しかし、ある時点で、揺り籠に乗せられたような穏やかな感覚が戻ってきた。器官がすっと体内から抜け出ていく度に、えも言われぬ快感が訪れた。極楽だと思った。これが一生、続けばいいと思った。だが、そのうちに目の前が暗くなり、何も分からなくなった……。

何かを感じている自分が戻ってきた。湯舟につかっているような気分だ。暗闇が晴れていく。躰が動く。揺り籠に乗せられ、私は再び、これまでに一度も味わったことのない快楽の中にひたりきっていた。頭が少しずつ鮮明になっていく。手錠や足枷《あしかせ》を嵌められたような痛みをかすかに覚えた。躰がねじられ、突き上げられるような衝撃に襲われた。指を感じた。手が接続された……。私はあらがい、悲鳴を上げている。しかし、どんどん意識が戻ってきて、肢体の感覚が蘇った。泣き叫ぶ自分の声が遠くに聞こえた。

気がつくと、私は病室の真ん中に立っていた。呆然《ぼうぜん》と立ちすくんでいた私を待っていたのは、澪の微笑みだった。

苦痛と快楽の残り香が私を包みこんでいた。澪に手を差し伸べ、微笑み返した。

風がうなり、雨つぶてが窓を叩いていた。

話し終えた医師は、穏やかな笑みを浮かべて、患者を見つめた。

「いやあ、すごい話ですね」患者は感嘆の声を上げた。

「信じてないようだね」

「先生は、作り話がうまい」

医師は深い溜め息をつき、再び窓辺に立った。窓にぼんやりと映る彼の顔は暗かった。

「作り話じゃないんだ」

「その言い方、真に迫る感じがするなあ。先生は俳優になっていても、きっと成功しましたよ」

「私は、ひとり娘を君に嫁がせたい」医師がぽつりと言った。

「先生の娘さん？　僕は会ったこともないんですよ」患者の声に不安の色が混じった。

医師が窓辺を離れ患者に近づいた。いきなり、布団をめくった。

「ど、どうしたんですか、先生」

患者の右脚に包帯が巻かれている。医師はそれを素早く解いた。

患者が悲鳴を上げた。

ふくら脛《はぎ》の部分に、血を吸って膨脹《ぼうちょう》した赤黒いヒルがへばりついていた。

「娘は、通勤の途中で君を見初《みそ》め、恋いこがれておった。だから、君の足の指が切断され、接着手術を行った際、治療に加わったんだ。ところが君が好きなものだから、こうやって手術後も離れない。君と一緒になれるまでは、いつまでもくっついている気らしい。ヒルになると人間の意識はなくなるはずなんだが、この子に限って、変身がうまくいかなかったらしいんだ。まあ、正直に言って出来のいい子ではない。だが、気立てはいいし、見てくれも悪くない。君は優秀な成績で医学部を卒業しているし、また、私が若かった時のように、人生に手応えを感じられず、居場所を失っている。だから、私としては、君にこの娘と一緒になってもらい、吹田病院を継いでもらいたいと思っているんだ。どうだろう、君……君……」

医師は患者を揺すった。だが、患者は気を失ってしまっていた。

医師は大きな溜め息をつき、脚にへばりついている娘をいとおしそうに見つめた。

風がうなり声を上げ、相変わらず横殴りの雨が降っていた。

共犯者

遠藤周作

「まあ、胃潰瘍の少しこじれた奴《やつ》と思いますな。念のため更に精密検査をやりますから入院の手続きをして下さい」

額に汗をにじませた医師がそう言うと、夫の大井健三は笑っているのか、泣いているのか、わからぬように顔をゆがめた、満智子がその夫に従《つ》いて行こうとすると、

「奥さん、御主人の食餌療法について御説明しますから……」

医師は眼《め》くばせをして引きとめた。満智子はその医師の顔をみあげ、それから夕暮のながい廊下を遠ざかっていく夫の背中に視線を送った。

夏の西陽《にしび》が木造の病院の窓からながれこんでいる。その西陽をうけた夫の痩せた背がいかにも気力がなくて、影のうすいもののように見えた。満智子にとっては結婚後、七年の間、一度も心の惹《ひ》かれを感じたことのない男の姿だった。

「で、如何《いかが》でございましょうか」

消毒薬の臭いのする暗い診察室のなかで医師と向きあうと、彼女は和服の膝の白いハ

ンドバッグに両手をきちんと重ねてたずねた。診察着のポケットから折れまがった煙草《たばこ》をとりだして医師は口にくわえたが、それから思いきったように、

「どうも、疑わしいですな」と言った。

「やはり……」

「ひょっとするとそうじゃないかと思います。もっとも腹部を切開してみないことには胃癌《いがん》とも何とも断定できんのですが。しかしレントゲン写真にも首をひねる箇所がありますし、血液のアルブミンも減少しとられるようです……」

「手術しますと」満智子は自分の指がハンドバッグに食いこむのを感じながら声をあげた。

「……助かります……でしょうか」

「それも切ってみんことには断定できませんが……根治手術ができれば」

医師は困ったように眼をそらし、急いで煙草に火をつけた。暗い診察室のなかで満智子は紫煙がゆっくりと立ちのぼっていくのを眺めた。ふしぎなほど心が平静だった。山のなかの人影のない真昼の灰色の沼のようにそれは静まりかえっている。衝撃があまりに大きいためなのか、それとも自分が夫の不幸に無感動なためなのか満智子自身にもわからない。夫はひょっとして死ぬかもしれない。それと共に自分の運命も変るのである。しかしこの実感が彼女にはどうしても起きなかった。

「いずれにしろ」と医師は声をひくめて言った。「今、申しあげたことは御主人にあくまでも秘密にしておいてください」

それから傷にはりつけたガーゼをはぐように急に彼はこの話をうちきると診察室の扉をあけた。

夫の大井健三が胃腸の不調を訴えだしたのはつい二ヵ月ほど前からである。もともと頑健な体格の持主という男ではなく、すぐ風邪を引いたり首がこるとこぼしていた。薬品マニヤといっても良いくらいで、常々新聞広告や週刊誌をみては新しい強肝剤やビタミン剤を次から次へと買っては飲んでいる。食事のあと錠剤を口に放りこみ、下品な音をたてて茶をふくんだこけた頰をもぐもぐさせる夫を満智子はいつもうとましいような眼つきで見おろしていた。

結婚後、七年の間、満智子は心から夫を愛したという経験がなかった。それならば何《な》故《ぜ》この男の妻になったのかと言われても返答のしようがない。幼い時に父親をなくし母一人、娘一人という家庭に育った彼女は、伯母の遠縁に当る公務員の大井健三と見合をした。男の兄弟のない彼女の眼にはいかにも律義な役人らしい、酒も煙草も飲まない健三が律義で真面目な青年のようにみえた。

だが結婚してみると、律義で真面目だと思われたその性格が砂を嚙《か》むように味けないものとして映りはじめた。日がたつにつれ夫が伝書鳩《でんしょばと》のように公社から帰宅してくることも、女遊び一つできない身持のよさまでが満智子には小心で勇気のない男の姿に思われてくる。子供のない二人がほとんど話題のない夕食をすませると、夜ねむるまでの時間は長く、退屈だった。テレビのクイズを見ながら、一人でこった肩を左手で叩《たた》いている健三のそばで満智子は何時《いつ》までも素知らぬ顔をしていた。

精力の弱い夫は夫婦の営みでも満智子を満足させたことはなかったが、しかし、そんな場合でも彼女は体を夫に委《まか》せても接吻《せっぷん》だけはできるだけ許すまいとした。営みが終ったあと、彼女は闇のなかで眼をひらき「女は愛さぬ男にも体を与えるが本能的に愛している男以外には唇を与えない」という昔よんだ小説の言葉を心のなかで嚙みしめていた。

二ヵ月ほど前から健三は胃の調子がおかしくなりはじめた。みぞおちが何時ももたれた感じで、なにかを食べると、胃から腸にかけて軽い痛みを感ずると言うのだ。

「痛いというほどの痛さじゃないんだが。鈍痛だな。押えるとかすかに奥にひびく」

はじめは軽い胃炎だろうと思って、例によって薬屋から売薬などを買っては飲んでいるらしかった。しかし一週間たっても二週間たっても調子は良くならない。そのうち、便秘と軽い下痢とを時々、もよおすようになった。

「あなた、癌じゃないの」

いつものように長い、退屈な夜、編物をしていた満智子はなにげなく言った。と、突然、夫は腹をさするのをやめて、小鳥のように怯《おび》えた眼でこちらをふりむくと、

「癌だと思うか」

「冗談ですよ」

それっきり、夫はうつむいて黙りこんでしまった。その細い眼に走った怯えた光が例によって満智子にいつもの軽蔑心を起させた。

(なんという小心な男だろう)

翌日、健三は公社の帰り珍しく本屋にたちよって一冊の本を買ってきたが、それは癌のことをわかりやすく書いた本だった。その本の頁をめくりながら夫はそこに書かれた一つ一つの症状をたしかめるようにバンドの下を押えていた。

「これは癌かもしれん」

「どうして」

「みぞおちが張るのが一番あやしいんだ……」

みぞおちが張るような感じだけではなかった。

健三はそのうちに本に書かれたすべての症状が自分に当てはまると言いはじめた。不安に怯え、眉と眉との間に暗い影を漂わせた夫の痩せた黝《あおぐろ》い顔を満智子はうすら笑いをうかべながら受けとめた。彼女はもちろん夫が癌だとは信じていなかった。例によって自分で勝手に病気をこしらえあげ、一人で不安がっている男の姿が満智子にはみにくく見えたのである。

「しかし……ぼくは別に酒も煙草もやってこなかったんだから大丈夫かもしれないねえ」

妻が黙っているので健三は自分で自分を慰めるような言葉を呟《つぶや》いた。

「酒や煙草をのまなくたって」突然、満智子は夫を苛《いじ》めたい衝動にかられて、「癌になる人は癌になるわよ」

「そりゃ、そうだが……」

「心配なら、医者に診てもらうのね」

健三が入院した病室の窓からは中庭の大きな橡《とち》の樹《き》がみえた。橡の樹の葉は病室の硝《ガ》子《ラ》戸《ス》にうつり、それだけがむき出しの病室に人間らしい色どりを与えた。

自分が癌ではなかったと信じこんだ夫は今度は子供のような悦《よろこ》びかたを示した。その顔をみると流石《さすが》に満智子も胸がしめつけられるような気がして自分が今まで良い妻ではなかったことが悔まれた。けれども夫がやがて死ぬかもしれぬという事実はまだ彼女の心には実感として浮びあがってこなかった。普通の細君ならたとえ夫を愛していなくても、こうした非常の事態には当然はげしいショックに襲われるはずなのに、そのショックさえ感じない自分の心が満智子には怖《おそろ》しいもののように思われた。

健三が入院して二日目の夕暮に公社で同じ課の夏川が果物籠をさげてあらわれた。べ

ッドの上に起きあがって幾度も頭をさげる病人に、

「いや、そう礼を言わんでもいい。こっちは課長の代理で課からの見舞を持ってきただけなんだから」

少し相手を小莫迦《こばか》にした口調で夏川は訂正した。夫とほぼ同じ年輩の彼が真白なYシャツからみせている陽焼けのした腕が妙に満智子の眼にしみた。

「一時は癌かと心配したんだよ」健三はまばらな不精髭《ぶしようひげ》ののびた肉のない頬をなぜながらまた同じ言葉を繰りかえして、「そうじゃなくて安心した」

「そうかね」

夏川はそんな病人の心理などに全く興味をしめさず、

「ぼくなぞゴルフをやっているから胃病も寄りつきはせん」

話しながら時々、満智子の顔をぬすみ見るのだった。それはいかにも頑健な自分と病弱な亭主とを見くらべてみろと言わんばかりで満智子はいささか不愉快な気持がした。

面会時間の終りを告げるベルがもう暗くなった廊下でかすれた音をたてると、夏川は煙草をもみ消して椅子からたちあがった。

「奥さんももうお帰りでしょう。そこまで御一緒しますよ」

びっくりした満智子は健三の顔を窺《うかが》ったが、夫は例によって気弱そうな笑いを痩《こ》けた頬にうかべただけだった。その意気地のない笑いかたがかえって満智子の反撥心《はんぱつしん》をそそ

り、

「じゃ、あたしも」

と肯《うなず》かせた。

夏川とつれだって病院の門を出ると大通りの商店街には既に灯がともっていた。

「奥さんはどちらまで」

「新宿から小田急に乗りますの」

「じゃ、新宿までタクシーで送りましょう」

この時も夏川は満智子の返事もきかず手をあげて通りかかった車をとめた。満智子はその強引さにイヤな気がしたが、同時に夫のような男性の持たぬ無言の圧迫感を感じて黙って車に乗りこんだ。

勤めから帰宅を急ぐ人々や車で雑踏する新宿駅の前で車をおり、満智子が礼をのべようとすると、

「奥さん。お差支《さしつか》えなければお茶でも飲んでいきませんか」

夏川はなぜか急に小声で言った。

「でも……」満智子が尻ごみをすると、

「いや、実は御主人の御病状なぞ奥さんから伺いたいですからね。兎《と》に角《かく》、明日、課長にも報告せねばなりませんしな」

そう言われれば満智子も首をふることはできなかった。

夏川は新宿をよく知っているらしかった。ラモとかいう大きな喫茶店のボックスにおさまると彼は冷たいタオルで顔や首をふきながら、

「大井君が羨ましいですな。あなたのような美しい奥さんがおられるんだから」

「まあ……」満智子はあかくなったが悪い気持はしなかった。「そんなこと、おっしゃると御家《おうち》にお戻りになって叱られますわよ」

「いや、その点は大丈夫だ」夏川は狎々《なれなれ》しい笑いをうかべて、「こっちは今、チョンガーですからな。女房に五年前に死に別れましてね。再婚ということも考えんことはないですが、奥さんのような人にはめぐりあえませんでね。ゴルフばかりやって気をまぎらわしていますよ」

満智子は素知らぬ顔をして、

「でも大井のように病弱なのよりずっと御幸福《おしあわせ》ですわ」

と話題をそらした。夏川は煙草に火をつけて、

「ところで、大井君の容態はどうなんです」

「検査で入院させましたが……結局、手術はどうしてもやらねばならぬようでございます」

胃癌の疑いがあると言いかけて満智子は口を噤《つぐ》んだ。夏川に話すべきかもしれなかっ

たが、医師からは開腹結果がわかるまでは患者のためには誰にも言わぬほうがいいと注意されていたのを思いだしたからだった。

「大井君は自分で気をやんで病気になったんじゃないかな。奥さんの前だがどうも、あの人は神経が細いですからな」

夏川はうすら笑いを口にうかべた。健三がこの同僚にもみくびられていることが痛いほどその笑いで満智子にも感ぜられた。

喫茶店を出て新宿駅まで来ると夏川はあっさりと頭をさげた。だが礼を言って二、三歩、あるきだした満智子に彼は突然、声をかけた。

「奥さん……今度、いつ会えますか」

夫が横にいない布団で寝るのは久しぶりの経験だった。灯を消して眼をつぶりながら満智子は自分と同じように病院の寝台で一人横になっている健三のことを思いだそうとした。しかし蘇《よみがえ》ってくるのは今日、夏川に言われた、

「奥さん、今度はいつ、会えますか」

という言葉だった。

（人を莫迦にしている）

健三を軽蔑している夏川が自分まで軽くみてああいうことを言ったのだろうと思うと、

帰りの電車のなかで彼女は腹がたった。しかし口惜《くや》しさが少しずつ鎮まると、今度はその言葉が妙なひびきをともなって思いだされるのである。

闇のなかで彼女は夏川の陽やけのした逞《たくま》しい腕をふと心にうかべた。夫が入院している時にそういう想像をしてはいけないと思いながら、しかしその精力的な風貌が、はっきりとしたイメージで蘇ってきた。と同時に毎晩、胃のあたりを押えながら蒼《あお》ぐろい肉の痩けた顔で週刊誌を読んでいる夫の姿がうかんでくるのだった。

「大井君が羨ましいですな。あなたのような美しい奥さんがおられるんだから」

みえすいたお世辞と知りながら満智子は心のなかでその言葉を味わいながら自分が十七、八の娘のように莫迦莫迦しい想念に浸っていることに気がついた。しかし健三のような男と結婚しなかったならば、自分にももっと張りのある生活がひらけたかもしれぬことを考えざるをえないのだった。

数日ほどたってその日の午後、健三の胃鏡検査が行われた。入院前に既に胃カメラやXセンの診断はうけていたのだが、一番苦しい胃鏡はあとまわしにされていたのである。

夫がタオルやチリ紙をもって検査室に出かけたあと、満智子が病室の片付けをしていると看護婦が電話のかかってきたことを告げにきた。

看護婦室の受話器に耳をあてると夏川の声である。その声をきくと満智子は背後にいる看護婦たちがひどく気になった。夏川の用件は公社から改めて見舞金が出ているが今日、何処《どこ》かでお渡ししたいと言うことだった。

見舞金が出ているならば病院まで届けてくれればよい筈《はず》なのに、それを態《わざ》々《わざ》、病院以外の場所で手渡ししたいというのは誘いの口実だと満智子はすぐ気がついた。しばらく黙った彼女はやがて、はいと一言だけ返事して受話器をきった。彼女はこんな返事をしたのは看護婦たちの前でみっともない会話をしたくないからだと自分に言いきかせた。

病室に戻ると胃鏡検査をすませた健三が真青な顔をして寝台に横たわっていた。唾液が血色のわるい唇のまわりにまだ残っていた。夏川から電話のかかったことを満智子はだまっていた。そのくせ彼女は夫を団扇《うちわ》であおぎながら、

(あたしが今日、行くのは夏川さんに会いにいくためじゃない。ただ見舞金を受けとりにいくためなんだ)

と自分に呟きつづけるのだった。

午後六時にこの間と同じように新宿駅の前でおりると、夏川は競馬新聞をよみながら電話ボックスのそばにたっていた。

「ああ、来ましたな」

病院からここまで呼び出したことをすまないとも言わず夏川は先にたって歩きだそうとした。それはいかにもノコノコとここまで出てきた満智子を見くだしたような態度に感ぜられたので、

「あたし」と満智子は立ちどまって、「今日はここで失礼しますわ」

「まあ、ええじゃないですか。こんなところでお金を渡すのは危いし……それにこちらのようなチョンガーとも飯でもつき合ってくださいよ。いつも独りで外食するのは寂しくてたまらんですからな」

相手はまるめた競馬新聞で自分の掌《てのひら》を叩きながらそんなことを言うのである。伊勢丹にちかい裏路《うらみち》のうなぎ屋に満智子は案内された。

「奥さん、酒を飲んでもいいですか」

「どうぞ」

満智子はできるだけ男から離れた位置に正坐《せいざ》した。女中に料理を注文したあと、夏川は内ポケットに手を入れて、

「些少《さしょう》ですが公社からの大井君へのお見舞です」

急に改った口調で白い紙袋を机の上においた。

食事がすむと夏川は車をひろって満智子を東北沢まで送ってきた。家は車道から車の入らぬ路の奥にあったから、二人はタクシーを乗りすてたあと、夫婦のように肩を並べて歩きだした。満智子は近所の人にこうした姿をみられはせぬかと気がかりだったが、一方ではひそかに何かを期待する気持もないではなかった。家の門までくると夏川は足をとめて、

「奥さん、今度はいつお目にかかれますかね」

満智子の顔をじっと窺いながら小声で言うと、素早く彼女の手を引いて顔を寄せてきた。抵抗する満智子の体が玄関の前の茂みにぶつかり、バシ、バシと枝と葉の音がした。

「離してよ。近所の人にきこえるから」

「じゃ、別のところに行こう」

「声をたてるわ」

「たてるんだな。こっちは構わないんだ」

まさか大声をたてるわけにもいかないので、夏川の幅ひろい体のあとを満智子は黙って従っていった。

「強引な人ね」

「強引がこちらの身上だ。あんたのことはすぐ好きになった」

「あたしは大井の家内ですよ」

「あの男の細君になったって……あんたが満足しているはずはないだろ」

夏川が無理矢理に連れていった参宮橋の旅館は小田急電車の線路のすぐ近くにあった。電車が通りすぎるたびに、窓硝子が細かな音をたててなるのである。たった二度しか会わぬ男とこんな事になった自分自身を満智子はあさましく思い、憐《あわ》れに感じた。

（これも、みんな、あなたが悪いんだ。そうよ、あなたが悪いんだわ）

満智子は片手で腹を押え、片手で薬を飲んでいる健三の気力のない姿を努めて心に浮びあがらせながら心の中で呟いた。そのくせ、間もなく死ぬかもしれぬ夫に申訳ないという気持は少しも起きなかった。気味のわるいほど夫のことはなにも感じないのである。

(女って、誰もこんなものかしら)

満智子は夏川のピースの箱から煙草をとりだして口にくわえ、そのまま灰皿の中に捨てた。

「おい、なにを考えている?」

「あのね」寝巻からむきだした白い腕の上に顔をのせて満智子はものうげに呟いた。

「大井はガンなのよ」

「ガン?」

「胃癌。本人は勿論《もちろん》、知らないけれど」

「じゃ、もう駄目なのか」

「でしょう」

「すると」夏川は布団から急に身を起してじっと満智子を窺った。「あんたそれを承知で……ここについて来たのか」

「誘ったのは夏川さんでしょう」

「そりゃそうだ。……だが大胆な人だな。おっかない奥さんだな」

「あたしが大胆なんじゃないわ。女っていざとなれば皆、こういうものらしいわ」
するると、夏川は黙って靴下をはき、急いで身支度をはじめた。満智子は布団の上から
その夏川を見あげながら今まで強引にみえた彼の姿が消え、その代りに健三と同じよう
に、臆病で、いざとなれば尻ごみをする小心な男性の姿を彼の上に発見したのだった。
予想していたことだが、夏川からはそれっきり連絡もなければ電話もかかってこなか
った。その上、ふしぎなことに満智子自身の気持のなかにも夏川の存在は一晩で消え去
っていた。健三を裏切ったという罪悪感は一向に感じなかったが、しかし彼女は何かの
埋め合わせでもするように甲斐甲斐《かいがい》しく夫の看病に励みはじめた。
「どうして笑っているんだ」
寝床の上から健三は、病人をあおぐのをやめて、唇のあたりにうすら笑いをうかべて
いる妻にたずねた。
「笑ってなんかいないわ」
「この頃、飯が咽喉《のど》につかえるような感じがするが……」
「そう……」
満智子はあの夜、健三が癌だと聞かされるや否や、怖しそうな表情で自分を眺め、そ
そくさと身支度をはじめた夏川の姿を思いだして可笑《おか》しかったのである。そのような男

に何かを期待していた自分も可笑しかった。満智子はあの男と自分とがいつか一緒になることを別に考えていたわけではなかった。ただ健三と結婚したことによって自分に喪《うしな》われたものを夏川が埋めてくれるかもしれないという望みはあの夜、たしかに心のなかにひそんでいたようである。

夫の手術は一日一日と迫ってきた。毎日午後には心電図をとられたり、血液の凝固時間が調べられたり、なにかの検査がある。

手術日が明日という夕方には麻酔科の医師が病室を訪れて聴診器をあてていった。その医師が部屋を去ったあと、突然、健三の上役の施設課長がたずねてきた。予想もしなかったことなので、健三は寝巻の裾をしきりに合わせながらしきりに頭をさげていた。

「思ったより血色もいいじゃないか」

課長は病人に一応の見舞をのべると、部屋の隅の電気ヒーターで茶をわかしていた満智子に、失礼するから構わないでくれと言った。

その課長を満智子だけが病室の外まで送ると、クレゾールの臭いの漂う廊下で相手は突然、足をとめた。

「奥さん。変なことをうかがうようですがね、うちの課の夏川君はたびたび、こちらに来ましたか」

「はあ」驚いて満智子はうなずいた。

「二度ばかり」

まさか、自分と夏川とのことを知っている筈はないと思ったが、やはり胸の動悸《どうき》がうった。

「御主人が入院される前も夏川君とも会われていましたか」

「外では存じませんが、……あたしがお会いしたのも今度が始めてです」

課長はその返事の真否を疑うように満智子の顔を見つめていたが、

「松浪《まつなみ》とか佐野とか言う男の名を聞かれたことは」

満智子が首をふると、

「いや、有難《ありがと》う。奥さん、すみませんがこの話は大井君に黙っといてください。なにね一寸《ちよつと》、困ったことができまして、大井君に直接きけば良いんですが、手術前の体に障ってもいけんと思いまして……」

課長は黙っていてくれと言ったが、病室に戻ると満智子は今の会話をそのまま健三に伝えた。

「そうか……」

話を聞き終った夫はしばらく黙ったまま、闇の迫った窓をみつめていた。

「あなた、何かがあったの」

「黙っていなさいお前は」

突然、健三は蒼ぐろい顔をこちらにむけると烈《はげ》しい声で怒鳴った。結婚以来、健三からこのような言いかたをされたのは始めての経験だった。満智子は身内が燃えるような怒りを急に感じて病室から出ていこうとした。その背後から、

「何か書くものと封筒とを取ってくれないか」

「自分でとったらいいでしょう」

廊下に出たが何時までもそこにいられないので屋上まで登った。屋上で涼しい風に吹かれていると昂《たかぶ》った気持も少しずつ鎮《しず》まってくる。気持が鎮るとさきほどの施設課長の言葉が妙に頭にひっかかってきた。

（一体なにがあったのだろう）

顔だけは強張《こわば》らせたまま病室に戻ると、夫は病室の暗い電気の下で寝台の上に腹這《はらば》いになったまま、なにかを紙に書きつけていた。そのだるそうな痩せた姿をみると流石に明日の手術のことが思いだされて満智子は、

「すみませんでした」

と小声であやまった。

翌朝、病室に泊った彼女はまだ窓の外が暗いうちに看護婦に起された。

「大井さん、体の毛をそりますから」

シャボンと剃刀《かみそり》とを用意した看護婦が健三の体の上に前かがみになると、二人の影が

壁にうつった。緊張した空気が病室にも満智子の体のなかにもみなぎりはじめた。外は小雨がふっている日だった。

　毛ぞりがすむと別の看護婦が灌腸《かんちょう》をうちにきた。

「このあと何をするんですの」

　病人を助けながら満智子がそうたずねると、眼鏡をかけたその看護婦は、

「あとは基礎麻酔の注射を打つだけです」

と答えた。

　その看護婦が去ると、健三は笑っているのか泣いているのかわからぬような顔をして、

「ぼくは酒を飲まぬから麻酔に弱いだろう……だから眠る前に頼んでおくが」

と枕元に手を入れて白い封筒をとりだした。

「これは昨晩書いたんだがな……もし手術で万一のことがあったり、そのあと駄目になったら、こいつを昨日の施設課長さんまで届けてくれんか」

「縁起でもないこと言うの、よしてよ」

「だから万一の場合と言っているんだよ」

　満智子は仕方なくその封筒を受けとってハンドバッグの中に入れた。

　午前九時、二人の看護婦が運搬車を引いて病人を連れに来た。もう麻酔のきいた健三はうすい眼を小鳥のように開いたり閉じたりしながら廊下を運ばれていく。五階の手術

室の前までくると、満智子は流石に妻らしく、

「あなた、しっかりよ」

と病人のうすい胸の上に手をおいて囁《ささや》いた。

手術室にむきあった廊下の固い長椅子に満智子はポッンと腰をかけた。手術室の中からはことりという物音もしない。廊下にも人影はない。急に満智子は、自分が全く孤独なことを感じた。と同時に今まで実感としてどうしても捉えられなかった健三の死や自分の将来が苦しいほど胸をしめつけてきた。

(あたしはこれからどうなるのかしらん)

彼女はたちあがって手術室の扉にちかづいた。だが厚い扉の奥からはかすかな音さえ聞えなかった。廊下の窓のむこうに曇った空が拡《ひろ》がり、小雨が病棟の屋根をぬらしていた。

満智子はその時、手に握りしめていたハンドバッグの中に健三が今朝、手渡した封筒のあることを思いだした。今となってはその封筒が自分の気持の支えになるような気がして、急いでハンドバッグに手を入れた。

しっかり糊づけをしていなかったとみえ、封筒の端は半びらきになっている。小指を入れて破れぬように封を開き、中の紙片をとりだすと、健三の力のない右下りの文字が眼に飛びこんできた。

「医者は胃潰瘍とかくしていますが、自分の自覚症状からみて癌ではないかと考えております。私が死亡した場合を考慮して課内における収賄事件について御報告しておきます。先月末、施設課の夏川君は業者の佐野、松浪両氏の饗応《きようおう》を受け」

震える指で次の紙をめくった。そしてその最後の行に、

「私は自分が潔白であることも申し添えておきます」

という文字の書かれているのを読んだ。

茫然《ぼうぜん》として満智子は廊下にたっていた。夏川のことなどは、どうでもよかった。あの健三が自分の病気が癌であることを知っていたとは今まで満智子自身も気がつかなかったのである。その衝撃のほうが彼女には大きいのだった。

「奥さん」

手術室の扉が開いて、丸い手術帽をかぶった医師が強張った顔をだした。手術着に赤い血痕が飛びちっていた。

「奥さん」

満智子は気が遠くなりそうなのを怺《こら》えながら足をふんばった。

「開腹の結果、御主人は癌じゃありませんでした。大分ひどくなっていましたが本当の胃潰瘍です。もう助かります」

一ヵ月たった。健三の退院が近づくころ、ある朝の新聞にあまり大きくないが公社の

収賄事件が報道された。うすぼけた丸いかこみの中に夏川の写真がのっている。

「ひどい男だな」

健三は寝巻の上から腹部の傷痕を押えながら呟いた。

「こちらが癌で死ぬものと思って、検察庁でもすべての責任をぼくにかぶせたんだからね。死人に口なしと思ったんだろう」

夫の顔をぬすみ見ながら、満智子はそっと夏川の写真の上に視線を落した。突然彼女の耳にはこの男の言葉が蘇ってきた。

(強引はこちらの身上だ。奥さんのことはすぐ好きになった)

そのくせ、自分が夫をこの男と共に裏切ったという罪悪感は満智子の心には一向に起きなかった。夏川と同じように、あの時、自分も夫の死を無意識で計算していたにちがいないのに彼女はそのことも考えなかった。もちろん刑務所にいる夏川のことなど、どうでもよかった。

「あなたは、何もかも手術前から知っていたの」満智子は夫の夏布団をかけなおしながら訊《たず》ねた。

「何もかもって」

「自分の病気のことや夏川さんのことや、そのほかのことも……」

そのほかという言葉に意味をこめると、

「ああ、何もかも知っていたさ」

健三はうなずいた。しかし勿論、夏川と妻とのことを知っている筈はなかった。

「あの手紙はどうした」

「捨てましたわ。手術で助かったんですもの」

視線をそらして彼女は窓まで歩いていった。

長い夜

馳 星周

1

ミーナが血を吐いた、とアセンがいった。涼子は皿に伸ばそうとしていた箸を宙でとめた。

「ミーナって、あのミーナ？　血を吐いたの？」

涼子は聞き返した。アセンの日本語はお世辞にも上手だとはいえなかった。おまけに店の中は騒がしかった。北京語に広東語、上海語、福建語、タイ語が飛び交っていた。だれかがカラオケを大声で歌っていた。

「そうよ。昨日ね、血、吐いたって。たくさん、たくさん」

アセンはもどかしそうに日本語を口にした。聞き間違いではなかった。

「病院にいったの？」

涼子は英語で訊《き》いた。アセンの英語は日本語よりはましだった。

アセンは首を振った。唇をへの字にしてビールの入ったグラスを傾けた。

「病院はお金がかかるよ」

唇のまわりにビールの泡――アセンは舌で舐《な》めとった。

「それはそうだけど……」涼子はサラダを頬張った。ドレッシングは真っ赤だった。涼子は顔をしかめた。額に汗が浮き上がった。「ミーナ、少しぐらいならお金あるでしょう？」

「ミーナ、また日本人に騙《だま》されたんだよ。金がないんだ。金がないオーヴァーステイは病気になっちゃいけないんだけどね」

アセンは眼鏡を外してレンズをシャツの袖で拭った。どこか意地の悪そうだった表情がそれで一変する。年相応――二十四歳の青年の顔つきが浮かびあがる。

「ミーナ、そればっかりじゃない」

涼子は声を張りあげた。隣の席の上海人が振り返った。

「うるせえぞ、くそアマ」

北京語だった。それぐらいの意味はわかった。一年前までつきあっていたマレーシア人は広東語と北京語と英語を話した。広東語と北京語の卑語はたいてい理解できるようになっていた。そのマレーシア人は運が悪かった。警官に職務質問されて、強制送還された。

電話するよ、手紙書くよ——入管の面会所でそのマレーシア人は涙を流しながらいった。だが、電話はかかってこなかった。手紙も来なかった。

「おまえこそうるさい、馬鹿」

涼子は北京語でいった。相手の目が丸くなった。

「やめなよ、涼子」

言葉を続けようとすると、アセンに遮られた。

「どうして止めるのよ？」

「相手は上海人だよ。なにされるかわからないよ」

「あんたたちマレーシア人だって、危ないやつは危ないじゃないのよ」

「上海人はもっと危ないよ」

涼子はため息をついた。アジア人とつきあっていると、話が嚙《か》み合わないことがよくあった。日本ではこうなのだと説明しても、彼らは耳を貸そうとはしなかった。諦観——結局、それ以外に取る道はない。

「ミーナね、涼子に会いたがってるよ」

アセンがいった。日本語だった。涼子はもう一度ため息をついた。箸をテーブルの上に投げだした。あれだけあった食欲がいつの間にか消えていた。

「わたしは別に会いたくないよ」

涼子はいった。すぐに後悔した。アセンの視線が落ちるのがわかった。

「だって、アセン、みんなトラブル抱えたときだけわたしに会いたがる。そんなのフェアじゃないよ」

涼子は訴えるようにいった。

「だけど、頼れる人、涼子しかいないよ。おれたち、オーヴァーステイだからね」

アセンはいった。英語だった。涼子を非難するような口調だった。

涼子はアセンから視線を逸《そ》らせた。満席の店内。黄色と褐色の肌の客たち。日本人は涼子だけだった。煙草《たばこ》の煙で店内の空気は濁っていた。客たちの話し声が壁に反響していた。カラオケの大型モニタでは、香港の有名歌手がナルシシズムを隠しもせずに君が恋しいと訴えていた。

ミーナの顔が脳裏に浮かんだ。タイから来たといい張るミャンマー人。日本に来たのは三年前だといっていた。錦糸町のやくざの元で管理売春をやらされていた。日本に来るために作った借金を返済するのに二年かかった。やくざから解放されると大久保にやってきた。フリーの娼婦《しょうふ》として働いていた。日本の男が好きだった。日本人が欧米人に憧れるのと同じ気持ちを日本の男に抱いていた。だから、よく騙された。身体《からだ》を売って稼いだ金を騙し取られていた。

どうして簡単に騙されるのよ――三カ月前、酒に酔って説教がましいことを口にした。

ミーナは怒って、もう涼子とは友達じゃないと宣言した。それ以来、電話がかかってくることもなくなった。

それなのに、自分が困ると助けを求めてくる。

みんなそうだった。だれもがそうだった。

「で、ミーナはどこにいるの？　前と同じアパート？」

アセンがうなずいた。

「じゃあ、行こうか」

涼子はグラスに残っていたビールを一息で飲み干した。

アセンがいった。眼鏡をかけなおした顔は表情がよく読みとれなかった。

「行ってくれるの？」

「だって、仕方ないじゃない。その代わり、お勘定、アセンの奢《おご》りだからね。いい？」

アセンはうなずかなかった。いやだともいわなかった。

2

大久保通りの狭い歩道は人で溢《あふ》れていた。路上を行く人間の半数以上がアジア人だった。涼子がはじめて大久保を訪れたときから比べても、アジア人の数は激増していた。

ただ、エスニック料理が好きなだけだった。知り合いに、大久保にうまいタイ料理の店があると聞いてやって来ただけだった。それが、今では日本人の友人より、マレーシア人やタイ人の友人の方が多くなっている。

涼子が行ったタイ・レストランは『ワット・アルン』という名だった。客の三割が日本人、残りがタイ人とマレーシア人、それにシンガポール人だった。涼子にはマレーシア人とシンガポール人の違いがわからなかった。区別できるのはタイ人だけだった。マレーシア人とシンガポール人は大半が中華系だった。似たような顔と似たような名前を持っていた。話す言葉も似通っていた。ただひとつ、涼子が理解できたのは彼らが日本人とは違うということだけだった。

『ワット・アルン』の料理は美味《おい》しかった。ただ辛いだけではなく、微妙な味わいがあった。病みつきになり、週末になると通い詰めた。土曜の『ワット・アルン』にはいつも同じ顔ぶれがいた。みんな、月曜から土曜まで働いていた。羽目を外して遊ぶことができるのは土曜と日曜の夜だけだった。彼らは開けっぴろげだった。遊ばないのは損だといわんばかりに食べ、飲み、歌った。トイレで嘔吐《おうと》するものが必ずいた。彼らは吐いたあとでも酒を飲んだ。苦しい顔ひとつせずに、口を大きくあけて笑った。色目を使ってくる男たちもいた。そんな男たちは徹底的に無視した。無視しても、彼らは日本の男のように鼻白むことがなかった。

『ワット・アルン』に行けば、日本人社会に必ずつきまとってくるわずらわしさとは無縁でいられた。英語を話す者が多かったせいで、コミュニケーションには困らなかった。疲れているときは耳を閉ざせばよかった。北京語も広東語もタイ語も、聞く気にならなければただのノイズと変わらなかった。

そのうち、次は別の店に行こうと誘われるようになった。世界が広がった。そして、どっぷりと深みにはまった。

彼らはいつも悩みを抱えていた。警察や役所に行くこともできなかった。彼らは自分の抱えている悩みを涼子に話すようになった。

最初はそれが嬉《うれ》しかった。彼らの仲間入りができたと思った。いまは、負担に感じることが多くなった。

悩みを打ち明けるときも彼らは開けっぴろげだった。こちらの気持ちを斟酌《しんしやく》するということがなかった。お願いします——変なアクセントの日本語で涼子に頼めば、悩み事は解決すると信じていた。そして、いつも涼子は押し切られた。やりたくもないことをやらされた。

いくつもの悩みとトラブルが耳を通り抜けた。

涼子はくたびれていた。

3

ＮＴＴ新宿裏の古ぼけたマンション。ミーナはそこに住んでいた。もっと綺麗《きれい》なマンションに引っ越ししたいといつも訴えていた。日本人がするようにしたい——ミーナのそれが願いだった。

四階建のマンションにエレヴェータはなかった。アセンと一緒に階段をのぼった。アセンはずっと無言だった。踊り場の床をゴキブリが這《は》い回っていた。生ゴミの匂いが鼻をついた。三〇五号室がミーナの部屋だった。アセンがドアをノックした。

「涼子を連れてきたよ」

アセンは英語でいった。すぐにドアが開いた。ドアの隙間から顔を覗《のぞ》かせたのはリサだった。リサはおカマだった。女より綺麗なおカマだった。タイで性転換手術を受けたといっていた。大久保のホテル街に立って客を引いていた。リサを買う客はだれもリサが男だということに気づかないという評判だった。

「涼子」

リサは涼子を見て微笑《ほほえ》んだ。光の加減でリサの顔はのっぺりとして見えた。涼子はリサの顔を覗きこんだ。リサは化粧をしていなかった。刺青《いれずみ》をいれた眉だけが部屋から差し込む光に映えていた。

「ミーナはどうなの?」

涼子は英語でいった。リサは首を振った。

「よくないわ。とにかく、入りなさいよ」

リサが身体を引いた。涼子は部屋の中に足を踏み入れた。湿って温まった空気が身体にまとわりついてきた。ミーナの部屋にエアコンがないことを思いだした。思わず、顔をしかめた。アセンに背中を押された。玄関は狭かった。靴を脱いで部屋にあがった。生ゴミの匂いが消えた。代わりに、香辛料の刺激臭が鼻をついた。

部屋の間取りは一DKだった。六畳ほどのダイニングキッチンと四畳半の部屋がひとつ。ダイニングには粗末なテーブルセットが置いてあった。テーブルの上には鍋が置いてあった。蓋が開いていた。鍋の中身はお粥《かゆ》だった。リサがミーナのために作ったのだろうと思った。リサは料理が上手だった。女より女らしかった。

リサがダイニングを横切って奥の部屋に入っていった。タイ語でミーナになにかを話しかけていた。涼子は漫然とダイニングの中を見渡した。

テーブルセットと食器棚は粗大ゴミ置き場から拾ってきたものだった。冷蔵庫は故買屋から格安で買ったものだった。

アジア人たちとつきあうようになる前はごみ捨て場からなにかを拾ってくるなど考えたこともなかった。故買屋からなにかを買ったこともなかった。日本人社会に溶けこんでいれば無縁の世界がいくらでもあった。日本は均質社会だといわれるが、少なくとも大久保や新宿界隈《かいわい》には均質な世界などなかった。綺麗な世界があった。汚い世界があった。国境を越えた友情があった。異なる文化間の激しい対立があった。ダイナミックだった。隙間から覗き見している分には楽しかった。どっぷりはまると、これほど疲れる世界もなかった。

涼子は日本人が嫌いだった。日本の社会に違和感を抱いていた。だからといって欧米に視線を向けるのもいやだった。だから、大久保の異人たちのあいだに溶け込めたのだと思っていた。今では、日本人にもアジア人にもうんざりするようになっていた。そんな自分に嫌悪感を抱いていた。

キッチンのまわりの壁は染みだらけだった。ガスコンロの上に中華鍋が乗っていた。台所は思っていたより片づいていた。たぶん、リサがやったのだ。ミーナはだらしない女だった。ミーナが部屋を掃除するところを見たことがなかった。

「涼子」

奥の部屋の方から声がした。戸口にリサが立って涼子に手招きしていた。涼子はリサの方に足を向けた。リサが踵《きびす》を返した。その背中を追った。ちらりと振り返る。アセンはテーブルの上に尻をのせていた。

四畳半の部屋に安物のパイプベッドがひとつ。窓枠につり下げた衣類がカーテンの代わりだった。気をつけないと日光が繊維を焼いて変色してしまうとミーナは嘆いていた。カーテンぐらい買えばいいのにと涼子はいった。ミーナはそうねというだけだった。アジア人の金銭感覚が涼子には理解できなかった。

ミーナは青白い顔をしていた。眉間に苦しげな皺《しわ》が寄っていた。リサがミーナの枕元に膝をついた。タイ語でなにかを囁《ささや》いた。涼子が来たわよ——言葉を理解できなくても意味を悟ることができた。

ミーナの目がゆっくり開いた。目は血走っていた。潤んでいた。

「涼子……」

ミーナの口が動いた。か細い声だった。元気なときのミーナは大声で話した。大声で笑った。ミーナのこんな声は聞いたことがなかった。

涼子は唇を嚙んだ。リサの傍らで同じように膝をついた。ミーナのそばに顔を寄せた。

「だいじょうぶ、ミーナ？」

「だいじょうぶよ、涼子。ちょっと、疲れただけね。わたし、働きすぎたよ」

疲れただけには見えなかった。ミーナは死にかけているように見えた。

「だいじょうぶじゃないよ、ミーナ。どうしてこんなになるまで放っておいたのよ。自分の身体でしょう」

「わたし、日本の病院、行けないよ、涼子」

「そんなことないわよ。お金はかかるけど——」

言葉の途中で、涼子は口を閉ざした。涼子は何人かの個人開業医を知っていた。みんな、大久保界隈で病院を経営していた。健康保険なしでも、パスポートを所持していなくても、ヴィザを持っていなくても診察してくれる医者たち。彼らがいなければ、何人ものアジア人が死んでいたはずだった。だが、彼らもボランティアで病院を経営しているわけではなかった。診察するかわりに料金も取る。保険の利かない医療費は目の玉が飛び出るほど高額なことが多かった。

また、男に騙された——アセンはそういっていた。金のないオーヴァーステイは病気になっちゃいけない——現実だった。

涼子はリサの横顔に視線を当てた。リサは肩をすくめた。

「いくら騙し取られたの？」

涼子は訊いた。答えたのはミーナだった。

「百五十万だよ、涼子」

「そんなに？」

涼子は嘆息した。涼子が知っているだけで、ミーナは三人の日本人に騙されていた。合計で三百万近い金を騙し取られていた。全額、ミーナが自分の身体を売って稼いだ金だった。

ミーナを騙すのは簡単だった。日本人の男であればよかった。愛してるというだけでよかった。結婚しようといえれば、事はもっと簡単だった。

日本人は、外国人は危険だと思っている。うっかり気を許せば大変なことになると思っている。だが、現実は日本人が考えているより複雑だった。日本人を騙す外人がいた。外人を騙す日本人がいた。どっちもどっちだった。

他の娼婦ならそんなことにはならなかった。彼女たちは稼いだ金を故郷に送金する。そのために日本に来ている。したくもない仕事をやっている。ミーナは他の女とは違った。日本に来ること自体が目的だった。日本で金を稼ぎ、日本で暮らすことを夢見ていた女だった。身体を売るのは、それが一番手っ取り早い仕事だからだった。

だからミーナは気前がよかった。大久保界隈では人気者だった。中華系マレーシア人のアセンがミャンマー人のミーナの面倒を見るのは、ミーナがアセンに気前よく金を貸すからだった。

リサがミーナの面倒を見るのはリサが世話好きだったからだ。

「しょうがないよ」ミーナは言葉を続けた。「斎藤さん、わたしと結婚してくれるといったよ。嘘《うそ》じゃなかったよ」

「嘘に決まってるじゃない」涼子は声を荒らげた。「どうしてお金渡したのよ?」

ミーナは睫毛《まつげ》を伏せた。弱々しい言葉を続けた。

「斎藤さん、嘘つきだと思いたくなかったよ」

涼子は拳を握った。口を開けばまたきつい言葉を吐いてしまいそうだった。ミーナは自分が好きになった日本人が嘘をついていることを知っている。知っていて目をつぶっている。わざと騙されているのではないかと思うこともしばしばあった。そのことでよく口論した。涼子が声を荒らげれば、ミーナはそれ以上の大声で反論した。いつもならそれでもかまわなかった。だが、今は——ミーナの病気が深刻なのは、医者でない者にも一目瞭然だった。

「わかったわ。そのことはまた、ミーナが元気になってから話そう……それで、今、お金いくら持ってるの？」

ミーナは答えなかった。目を閉じ、苦しそうに息をした。

「十万円ぐらい」

リサがいった。

「たったそれだけ？」

リサがうなずいた。涼子は嘆息した。少なすぎた。それっぽっちの金ではなにもないのと一緒だった。

「ミーナがお金を貸してる人たちがいるでしょう？　その人たちに返してもらえば、いくらかにはなるんじゃない？」

リサは首を振った。

「二カ月前、殺人事件、あったでしょ？」

涼子はうなずいた。大久保駅近くのカラオケスナックで中国人同士が諍《いさか》いを起こし、片方が死んだ。そういう事件が起こると、大久保は普段の喧騒《けんそう》が嘘のように静かになる。警察が動き回っている間は、オーヴァーステイの人間は息を潜めているしかないからだった。

「あの時、いっぱい、捕まったね。みんな、強制送還」

リサは名前を挙げた。知っている名前もあれば、知らない名前もあった。

「みんなミーナからお金借りてたの？」

リサを途中で遮って訊いた。

「そう、みんな。お金たくさんじゃないけど、みんな、ミーナに返さないで帰されちゃったよ。残ってる人、ほんの少しだけ」

「アセン！」涼子は振り返った。「あんた、ミーナにいくら借りてるの？」

「……二十万円ぐらいだよ」

少し間があってから、アセンの声がした。

「すぐに返せる？」

返事はなかった。

「アセン、聞いてるの？」

「すぐ返す、無理だよ」

不貞腐《ふてくさ》れたような声だった。涼子は首を振った。最初からあてにはしていなかった。アセンは赤坂の中華レストランでウェイターのアルバイトをしていた。仕事熱心だと評判だった。店主にも気に入られ、他のアルバイトよりいい時給をもらっていた。それなのに、アセンはいつも貧しかった。アセンの問題はギャンブルだった。理知的な顔をしていて、実際、学もあるくせに、ギャンブルには目がなかった。

「なんとかしなさいよ」

無駄だということはわかっていた。それでも、いわずにいられなかった。アセンからの返事はなかった。

「まったくもう……」

涼子はベッドに顔を向けた。ミーナは目を閉じたままだった。

「なにかしてほしいことある、ミーナ？」

ミーナが目を開けた。懇願するような視線が涼子に向けられた。息苦しさを感じた。

「元気、なりたいよ、涼子。それができなかったら、ミャンマー、帰りたい」

か細い声が伝える言外の意味——助けて、涼子。

「とりあえず、病院に行こうよ、ミーナ。お金払うの、少し待ってもらえると思うから。病気治して、元気になったらまた働いて、それでお医者さんにお金返せばいいでしょう」

気休めだった。昔は医者も診察料を待ってくれた。今では即金で払うことを要求される。だれもツケを払わなかったからそうなった。とりあえず十万円があれば、診察を受けることはできるだろう。問題は、その後の治療費だった。

頭に銀行預金の残高が浮かんだ。涼子は頭を振ってそれを打ち消した。どれだけ親しくなっても、どれだけ相手が困っていても、金だけは貸さないと決めていた。医者と同じだった。昔は頼まれると嫌とはいえず、小額の金を貸し与えていた。大抵の人間は約束した期限の間に金を返してきた。数は少なかったが、金を返さない人間もいた。彼らは知らんふりを決めこむか、涼子になんの連絡も入れずに帰国した。その度に心が傷んだ。何度も傷つけられた心は、固い鎧《よろい》を覆うようになっていった。それをとめることは、涼子にはできなかった。

「明日、迎えに来るから、一緒に病院に行こう、ミーナ」

涼子はいった。ミーナは目を閉じた。大きく息を吐きだした。期待が外れたといわれたような気がした。

4

「ミーナ、いつから調子が悪くなったの？」

冷えた麦茶を飲みながら、涼子は訊いた。リサは化粧をはじめていた。扁平《へんぺい》だった顔に立体感ができていくのを眺めるのは、いつものことだが驚きだった。

「春ぐらい。咳《せき》するようになって、すぐに疲れたっていうようになって、顔の色悪くなって、痩せてきて」

「その頃はまだ、お金あったんでしょう、ミーナは？　病院に行けばよかったのよ」

「それはそうだけど……」

リサは口紅を塗るために口を閉じた。真っ赤なルージュがリサにはよく似あった。

「みんな病院行きたくないよ。お金使いたくない。涼子、わかるでしょ」

「まあね」

涼子は煙草をくわえた。火をつけようとして思いとどまった。リサがじっと煙草を見つめていた。

「ごめん、うっかりしてた」

涼子は煙草をしまった。リサは煙草が嫌いだった。憎んですらいた。リサの手首の内側にはひどい火傷《やけど》の痕がある。父親に煙草を押しつけられてできた火傷だった。女々しい息子への折檻《せっかん》だった。リサの父親はリサに男らしく育ってほしかった。リサの心は生まれたときから女だった。リサが性転換したとき、父親は自殺を計ったという。自殺は未遂に終わった。リサは日本で稼いだ金を父親にあてて送金している。リサは煙草を見ると心が落ち着かなくなるという。

「煙草、吸ってもいいよ、涼子」

「いいよ。特に吸いたかったわけでもないし」

「女の人煙草吸うの、ＯＫ。男の人煙草吸うの、だめ。怖くなるよ」

「吸わないから、気にしないでいいって」

涼子はまた麦茶に手を伸ばした。グラスは濡れていた。麦茶はぬるくなっていた。耳を澄ます——聞こえるのは小滝橋《おたきばし》通りを行き交う車の音だけだった。アセンは金策に行くといって出ていった。奥の部屋からはなにも聞こえなかった。ミーナは眠っていた。死体のように眠っていた。

「ミーナ、なんの病気？」

リサがいった。涼子は首を振った。

「わかんないよ。病院に連れていかなきゃ」

ミーナの蒼醒《あおざ》めた顔を見たときに脳裏に浮かんだ言葉はエイズだった。だが、すぐに思い直した。ミーナは性病には異常なぐらい気を遣っていた。日本に来たばかりのころ、客から淋病《りんびょう》を移されたことがあるといっていた。泣きながらやくざに訴えると、逆に殴られたといっていた。性病にかかるのは、客じゃなくて女がしっかりしてないからだといわれたといっていた。ミーナは客に必ずスキンをつけさせた。オーラルセックスは許さなかった。

だが——性病でないとすればなんなのか。わからなかった。

「病院、高いよ。ミーナ、お金ないよ。涼子、どうする？」

リサはファンデーションのケースの蓋を閉じた。完璧に作り上げられた顔が涼子を見つめた。

「リサ、ミーナにお金貸してあげられる？」

「だめ」

リサは即座に答えた。

「ミーナが元気になったら、絶対に返させるから」

「だめ。わたし、ミーナ、好きよ。だから、ミーナ病気になったら、面倒見る。でも、お金貸す、だめ。それ、話ちがう。わたしのお金、わたしとわたしのファミリィのお金。わたしだけ違うから、わたし、勝手に使えない」

涼子は視線を天井に向けた。蛍光燈のまわりを小さな虫が飛んでいた。リサのいい分はよくわかった。同情すらできた。涼子も同じだった。日本人にしかできないことを頼まれれば、大抵のことは引き受ける。だが、金の話は別だった。これいじょう、好意を持っている人間から裏切られたくなかった。傷つけられるのはうんざりだった。

「わたし、仕事行くよ」

リサが腰をあげた。真っ赤なミニの臍《へそ》の見えるTシャツにデニム地のショートパンツ。胸はこんもりと盛りあがり、脚はしなやかに長い。ため息が出るようなプロポーションだった。

「わたしも行く」

涼子はグラスの底に残った麦茶をシンクに捨てた。死人のようなミーナとふたりきりにされると思うとぞっとしなかった。リサの後を追うようにして玄関に向かった。リサは真っ赤なピンヒールをはいていた。デニム地のショートパンツと赤いピンヒール――リサにお似合いだった。

「ミーナ、だいじょうぶかな」

ドアを閉めるとき、リサが振り返って部屋の中を見た。涼子は首を振った。

5

『ワット・アルン』は七分ほどの入りだった。顔見知りはその内の一割程度だった。大久保の外人社会は入れ代わりが激しい。やっと信頼関係を築いたと思ったら、次の日には姿を消しているということも珍らしくなかった。

　涼子はカウンターに座った。カウンターに客はいなかった。すぐに、女店主のユウコがやってきた。

「久しぶりね、涼子」

ユウコは丸い顔に満面の笑みを浮かべた。ユウコはマレーシア人だった。タイ人でも日本人でもなかった。ユウコという名前も本名ではなかった。意味のない日本名を名乗るアジア人は無数にいた。

「最近、涼子がこないからみんな寂しがってるわよ」

ユウコの日本語は上手だった。日本に来て十年。店を開いて六年。正規の労働ヴィザを持っている数少ないアジア人だった。マレーシア大使館にコネを持っていた。客の中には大使館員もいた。三人のタイ人を雇って店を切り盛りしていた。

「嘘ばっかり」涼子は肩ごしに振り返った。「ほとんど知らない人ばっかりよ」

「この前の殺人事件で、みんな捕まるか、帰るかしちゃったからね。いい迷惑よ。どこかの馬鹿が酒に酔って人殺して、おかげで街に警察がいっぱい出て、職務質問されて終わり。みんなオーヴァーステイだから」

「そういうときは外に出ちゃいけないんでしょう？」

「そうだけど、働かないとならないから……お腹空《す》いてない？」

涼子は首を振った。

「トムヤムクンでも飲む?」

「ビールにするわ」

ユウコが声を張りあげた。タイ語だった。しばらくするとカウンターの奥の厨房《ちゆうぼう》から、男が出てきた。新顔だった。褐色の肌に幼いとさえいえる顔をしていた。片手に小振りのビール瓶を持っていた。どこかびくついた視線で涼子を見た。

「日本に来たばかり?」

涼子はユウコに訊《たず》ねた。

「そう。ムエタイの選手なのよ」

ユウコは拳を握った両手を胸の前で構えた。ムエタイはタイ式のキックボクシングのことだった。涼子は男を見た。細い身体だった。Tシャツから伸びた腕は筋肉質だった。

男はビール瓶とグラスを涼子の目の前に置いた。逃げるように厨房に戻っていった。

「日本選手と試合するんで呼ばれたんだけど、わざと負けろっていわれたらしいのよ。それで、試合当日になってすっぽかして、そのまま大久保に来ちゃったのよね。ムエタイの選手なんて放っておくとマフィアのボディガードにされちゃうから雇ってあげてるの。でも、まだ慣れてないし、だれかが自分を探してると思ってるのよ」

よくある話だった。『ワット・アルン』に来はじめのころは、この手の話を聞くのが大好きだった。波瀾万丈《はらんばんじょう》の物語がそこら辺に転がっていた。一番のお気に入りは、蛇頭の手引きで船で密入国してきた中国人たちの話だった。彼らは命を張っていた。運がよければ日本にたどり着き、そうでなければ死んでいた人間たちだった。

今では——うんざりしていた。どれほど波瀾に富んだ物語でも、それが繰り返されればただの日常になってしまう。

涼子はビールをグラスに注いだ。ビールはシンハービールだった。

「ユウコも飲む？」

涼子はいった。ユウコは微笑んだ。カウンターの内側に手を伸ばしてグラスを取った。涼子の隣りのストゥールに腰をおろした。涼子はユウコのグラスにビールを注いだ。

「乾杯」

ユウコがグラスを掲げた。

「乾杯」

涼子はユウコのグラスに自分のグラスをぶつけた。グラスを口に運び、傾けた。アセンと食事をしながらビールを飲んだ。ミーナの部屋で麦茶を飲んだ。腹がぽちゃぽちゃしていた。それでも、飲みたい気分だった。アルコールに強い体質だったら、もっと強い酒が飲みたかった。

「ユウコ……」涼子はグラスをカウンターの上に置いた。「ミーナ、覚えてるでしょう?」

「ミーナ? ああ、ミャンマー人の淫売だね」

ユウコは娼婦が嫌いだった。娼婦が客連れでやってくると、露骨に顔をしかめた。彼女たちの境遇を理解していても、許すということができなかった。ユウコは熱心なクリスチャンだった。

「あの淫売がどうしたの?」

「病気なのよ。さっき見てきたんだけど、どうも重病みたい。死人みたいな顔色してたわ」

「病院に行けばいいじゃないの」

涼子は首を振った。

「最近、男に金を騙し取られて、病院に行くお金がないのよ」

「それは困ったわね」

ユウコはいった。ちっとも困ったような顔ではなかった。

「診察費ぐらいならなんとかなるんだけど、あの様子だと、入院しなきゃならないと思うのよね。そうすると、全然お金が足りないわけ。ユウコ、どうしたらいいと思う?」

「放っておきなさい。ああいう女たちは神様の教えを守らないから、罰が当たるのよ」

「でも、死ぬかもしれない人をそのままにはできないでしょう。汝《なんじ》の隣人を愛せよだっけ？　どれだけ罪深い人でも、助けてあげなきゃ」

ユウコは顔をしかめた。瓶に残ったビールを自分のグラスに注いだ。空になった瓶を振りながら厨房に向かって叫んだ。涼子の方に顔を向け、静かに口を開いた。

「そんなに重い病気なの？」

「昨日、血を吐いたんだって。さっき見てきたけど、顔色も凄《すご》く悪かった」

「性病？」

涼子は首を振った。

「違うと思う。ミーナ、そういうことには気をつけてたから」

厨房からムエタイの選手が出てきた。両手にビール瓶を持っていた。涼子とユウコの前にビールを置き、逃げるように戻っていった。

「ユウコさん、ミーナにお金を貸してくれそうな人いないかな？」

涼子はビールを飲みながらいった。

「そんな人がいたら、わたしが借りるよ」ユウコは微笑んだ。横顔は寂しげだった。

「今は不景気だし……日本人もガイジンも。だいたい、死ぬかも知れない人にお金貸す人、いないでしょう」

「そうだよね」

涼子は煙草をくわえた。火をつけた。吐きだした煙を目で追った。日本に来て知りあったアジア人同士の繋《つな》がりは濃い。日本人には馴染《なじ》めないほど濃厚なつきあい方をする。その癖、ドライなときは徹底してドライだった。そうした矛盾を抱えて、彼らは平然と生活していた。

「涼子はお金ないの？」ユウコの眉が跳ねあがった。「そんなに心配なら、あなたが貸してあげればいいのよ」

「そうしてあげたいんだけど、わたしもお金ないのよ」

涼子の目尻が軽く痙攣《けいれん》した。平気で嘘をつく自分に、神経が反抗しているのだと思った。

「早く結婚しなさい。お金持ちの男見つけて、結婚するの」

「ミーナの話とは関係ないじゃない」

「女は結婚しなきゃだめよ。結婚して子供を産んで、育てる。神様がそうするように女を作ったの」

ユウコはぴしゃりとした口調でいった。涼子は煙草を吸った。反論する気にもなれなかった。

「どうしたらいいんだろう、わたし」

「放っておきなさい」

「それができないから悩んでるのよ。ユウコさん、力を貸して。お願い」

涼子は煙草を灰皿で消した。両手を合わせて、ユウコに拝んだ。ユウコは涼子に似ていた。口ではきついことをいっても、頼まれればいやとはいえないタイプだった。

ユウコはストゥールを回転させた。背後で騒いでいたタイ人たちに話しかけた。タイ語のやり取りが続いた。ユウコがなにかをいい、タイ人たちがお互いになにかをいいあう。そして出た結論をユウコに伝える。意味は皆目わからなかった。涼子はビールを飲みながら待った。

突然、ユウコが身体をねじ曲げ、涼子の肩をゆすった。

「ビッグニュースだよ、涼子」

「どうしたの？」

「最近、上海から来た中国人のひとりが、医者だって。その医者なら、安く診察してくれるかもしれないよ」

涼子は唇を舐めた。ミーナの病気が重いのは確実だった。診察するだけでは気休めにしかならない。それでも、病名ぐらいは知ることができる。

「その中国人、どこに行けばあえる？」

涼子は訊いた。ユウコがタイ人たちに話しかけた。答えが返ってきた。ユウコの眉が曇った。

「どうしたの？」

涼子はもう一度訊いた。ユウコがゆっくり顔を向けてきた。

「王唯《ワンウェイ》に聞けばわかるって」

ユウコは静かにいった。涼子の目が丸くなった。

王唯。大久保や歌舞伎町で暮らすアジア人ならだれでも彼のことを知っていた。涼子も何度も耳にしたことのある名前だった。

王唯は歌舞伎町で暗躍するマフィアの一グループのボスだった。

6

「本当に行くの？」

アセンがいった。心なしか顔色が青かった。眼鏡の奥の目が泳いでいた。

涼子はうなずいた。迷った末に出した結論だった。やれるだけのことはやってみる。いくらマフィアのボスといっても、まさか、いきなり殺されることはないだろう。ミーナに金を貸せない自分はそれぐらいのことはしてみるべきだった。

だから、アセンの携帯に電話をかけて呼び出した。アセンは王唯の居場所を探しだした。

涼子とアセンは区役所通り沿いの雑居ビルの前に立っていた。ビルの三階は中国クラブだった。そこに王唯がいるとアセンがいった。

「こんなこと頼んでごめんね、アセン」

涼子はいった。相手は北京語と上海語しか喋《しやべ》らない。アセンには通訳をしてもらうつもりだった。

「いいよ。ミーナにお金、借りてるから。涼子ひとりで行かせるのもできないから」

アセンの英語は語尾が震えていた。

「じゃあ、行こう」

自分にいいきかせるように涼子はいった。エレヴェータのボタンを押した。ドアがすぐに開いた。涼子とアセンはエレヴェータに乗りこんだ。三階のボタンを押した。

三階にはふたつの店が入っていた。どちらも中国クラブだった。重厚そうなドアの隙間からカラオケの音が漏れてきていた。

アセンは左手に進んだ。『上海灘《シャンハイなだ》』という看板が白く光っていた。ドアの前でアセンが振り返った。確認するような視線を涼子に向けた。涼子はアセンの目を見たままうなずいた。アセンがドアを開けた。途端に大音量のカラオケが鼓膜を震わせた。

ドアの向こうに黒服を着た男がふたり立っていた。ふたりは双子のように似ていた。ふたりは反射的に笑顔を浮かべた。涼子に気づくと、その笑顔は不審の色に取って代わられた。

アセンが北京語で男たちに話しかけた。男たちが不機嫌な表情で首を振った。アセンが食い下がった。男たちは顔を見合わせて相談しはじめた。アセンは「お願いします」を意味する北京語を何度も口にした。

「等一下《タンイーシア》」

右側の男が、ちょっと待てと北京語でいった。左側の男が店の奥に消えていった。

「謝謝《シェシェ》、先生《シエンシャン》」

アセンがいった。男はそれには応じなかった。

「なんて説明したの？」

アセンの耳元で涼子は囁いた。アセンが振り返った。

「日本人が老板《ラオバン》にお願いしたいことがあるから会わせてくれって」

アセンは老板という言葉を北京語で発音した。社長とかボスを表す北京語だった。

涼子とアセンは口を閉ざした。ぴくりとも動かないまま、奥に消えた男が戻ってくるのを待った。カラオケの曲が変わった。張學友《ジャッキーチュン》のヒット曲をダミ声が歌いはじめた。曲のサビの部分が演奏される前に男が戻ってきた。男は顎をしゃくった。ついて来いという合図だった。アセンは動かなかった。涼子はアセンの背中を押した。アセンが歩きはじめた。

店の中は広かった。客は四組しかいなかった。空いた席に茶を引いている女たちが座っていた。女たちはみな、スリットの深いチャイナドレスを着ていた。店の中央の壁際に小さなステージがあった。センスの悪いスーツを着た中年男がステージでマイクを握っていた。張學友を歌っていた。

黒服の男は一番奥の席に向かった。その席にいるのは男が四人と女が五人だった。四人の男は若かった。マフィアには見えなかった。だが、歌舞伎町の中国マフィアたちはいつだってマフィアには見えないものだった。

黒服の男は席の真ん中に座っている男に耳打ちした。男は鷹揚《おうよう》にうなずいた。アセンと涼子に視線を向けて笑顔を浮かべた。北京語でなにかをいった。アセンがそれに答えた。

男——王唯は四人の中でも一番若く見えた。白い肌に切れ長の目をしていた。仕種《しぐさ》は芝居じみていたが、それが似合っていた。

王唯は両脇に座っていた女たちになにかをいった。女たちが立ちあがった。王唯は空いた席を両手で叩《たた》いた。座れという意味だった。

「謝謝、老板」アセンがいった。「座れって」振り向いて英語でいった。

涼子はうなずいた。足がすくみそうだった。それでも、覚悟を決めたという顔で、王唯の右側に腰をおろした。アセンは反対側に座った。

「お楽しみのところ、申し訳ありません」

涼子は王唯にいった。アセンが通訳した。王唯はソファの背もたれに斜めに体重を預けた。値踏みするような視線を涼子に向けた。涼子を見たまま、アセンに北京語で訊ねた。アセンの顔が強《こわ》ばった。

涼子は唇を噛んだ。王唯の北京語は汚い言葉だった。汚い言葉だけは意味がわかった。この女とはもうやったのか——王唯はアセンにそういった。

「不是《ブーシー》」

アセンは強い口調で否定した。彼女は友達だといった。王唯の顔に人を馬鹿にしたような笑みが浮かんだ。おれとやりたくて会いに来たのか——王唯はいった。涼子は意味がわからないふりをした。アセンは口を閉じてうつむいた。

「最近、日本に来た上海人で、医者の資格を持ってる人がいるって聞いてきたんです。紹介してもらえないでしょうか？」

涼子がいった。アセンが通訳した。王唯は笑みを浮かべながら対面に座っていた男になにかをいった。男が答えた。王唯がアセンにうなずいてみせた。アセンが英語でいった。

「丁 果《ディングウォ》って男だって」

名前だけが北京語で発音された。王唯が口を開いた。アセンがなにかをいった。王唯がいい返した。強い口調だった。人を恫喝《どうかつ》する響きがあった。アセンの顔が赤くなり、次いで青くなった。涼子はふたりの顔を見比べた。どんな意味の言葉が交わされたのかは想像もできなかった。

「どうして医者に用があるのか教えろって」

アセンは不貞腐れたようにいった。涼子は口を開いた。

「友達が重い病気にかかってるんです。お金がないんで、日本の病院には行けないんです」

アセンが通訳する。王唯の顔から笑みが消えた。王唯は北京語でなにかをいった。アセンが北京語でそれに答えた。涼子はうなずいた。簡単な北京語だった。意味がわかった——その病人は中国人か？　違います。

王唯が口を開いた。アセンが通訳した。

「どうして日本人が外国人の世話を焼くんだって」

「彼女は友達だから」

涼子は北京語でいった。王唯の目が丸くなった。

「普通話《プートンホア》が喋れるのか？」

普通話とは北京語のことだった。涼子は首を振った。

「ちょっとだけです」北京語でいった。

「ちょっとだけ話せます。聞くの、ぜんぜんできません」

アセンの日本語のような北京語だった。

「そうか」王唯はいった。「おまえのことは知っている」北京語が続いた。涼子には理解できなかった。涼子はアセンに視線を向けた。

「大久保の屋台村で涼子のこと、見たことがあるって。マレーシア人やタイ人と仲良くしてたから、珍しい日本人だと思ったって」

王唯の言葉が続いた。アセンが通訳した。

「どうして外国人とつきあうんだって」

「日本人より、彼らといる方が、楽しいから」

王唯の顔に苦笑が浮かんだ。王唯は口を開いた。アセンがそれを英語に直した。

「日本には白人や黒人もいるじゃないか」

「あの人たちは嫌いです」

涼子は北京語でいった。きっぱりとした口調だった。王唯が仲間の男たちになにかをいった。笑いが起こった。涼子はアセンを見た。アセンは首を振るだけだった。

「王さんにお願いすれば、中国人の医者のいるところを教えてもらえると聞いてきたんです。お願いします。教えてください」

男たちの笑いを断ち切るように、涼子は声を張りあげた。笑いが消えた。王唯は不機嫌な表情を浮かべた。アセンが涼子の言葉を訳した。王唯はそれに答えた。

「紹介してもいいけど、ただではできないっていってる」

アセンがいった。

「さっきもいいましたけど、病気にかかってる人もわたしも、お金はないんです」涼子は懇願するようにいった。「我們没有銭《ウオメンメイヨウチエン》」北京語でつけ加えた。

王唯の顔から表情が消えた。レンズのような目で涼子を見た。涼子は背筋が寒くなるのを覚えた。服の上から裸を透視されているような感覚だった。

王唯が口を開いた。それまでの人をからかうような響きは消えていた。冷たく、静かな声だった。

「年はいくつだ？」

冷たい言葉は簡単な北京語だった。

「二十八です」

涼子は答えた。首をひねった。王唯の質問の意味が理解できなかった。

王唯が仲間になにかを話した。涼子の真向かいに座っていた男がそれに答えた。人の名前のように聞こえたが確かではなかった。北京語のやり取りが続いた。アセンの方を見てもアセンは首を振るばかりだった。男が片手を開いて王唯に突きだした。五十万という北京語が聞こえた。王唯がうなずいた。王唯はアセンに向かってなにかをいった。

アセンが口を開いた。

「お金以外にも誠意の見せ方はあるからって……」

アセンの語尾はぼやけて消えた。アセン自身も戸惑っているようだった。涼子は両手を組み合わせた。強く握った。胸の奥底で芽生えた不安が急速に膨らんでいった。

「どうしろっていうんですか？」

アセンが涼子の言葉を王唯に伝えた。王唯が答えた。

「パスポートを持ってこいって」

アセンがいった。

「そんな……」

涼子は絶句した。王唯は涼子の様子にはかまわず、北京語を続けた。アセンがそれを訳した。

「日本人のパスポートが欲しいって人がいるんだってさ。その人に涼子のパスポートを売ればいいお金になるから……涼子はただ、パスポートを落とすか盗まれたかしたって届ければいいだけだって」

「そんなこと、できるわけないじゃない」

涼子は思わず叫んだ。

「おれにいわないでよ。おれはただこいつの言葉を通訳してるだけなんだから」

アセンが口を尖《とが》らせた。王唯が拳でアセンの脇腹を突いた。アセンは脇腹を押さえて呻《うめ》いた。王唯がなにかをいった。アセンは呻くのをやめてうなずいた。北京語でなにかをいった。王唯は表情のない顔を涼子に向けた。口を開いた。

「友達のためだったら、それぐらいできるだろう」アセンが王唯の言葉を訳した。「涼子も損しないって」

涼子は唇を噛んだ。視線を膝に落とした。パスポートがどんなことに使われるのかは容易に想像ができた。そんなことに加担はしたくなかった。だが、蒼醒めたミーナの顔が脳裏から離れなかった。

「少し考えなきゃ……もし、パスポートを渡すとしたら、いつまでに持ってこなきゃならないのかな？」

涼子はアセンにいった。アセンは王唯に話しかけた。

「今夜だ」

王唯は簡潔にいった。取りつく島もないという口調だった。

「そんな……無理よ」

「でも、涼子。そうしないと、医者の居場所、教えてもらえないよ。こいつらマフィアなんだよ。人助けなんかしてくれるわけないからさ」

アセンがいった。目尻に涙が浮かんでいた。王唯に小突かれた脇腹をさすりつづけていた。

「でも──」

涼子のか細い声は王唯の声にかき消された。

「いやなら別にかまわないってさ」アセンが英語でいった。「涼子の友達がどうなろうが知ったことじゃないからって。決めるのは涼子だって」

涼子は唇を舐めた。王唯の顔を見た。冷たい目が見返してくるだけだった。懇願が通じるような相手ではなかった。情に訴えても無駄だった。目の前にいるのは人間の形をした人間以外のなにものかだった。

「わかりました」涼子はいった。「パスポート、持ってきますから」

意思とは無関係に口が動いていた。アセンが唖然《あぜん》とした顔で涼子を見た。

7

「涼子、マジ?」

アセンがいった。もう、何十回と繰り返された質問だった。涼子はアセンの問いを無視した。視線を窓の外に向けた。タクシーは小滝橋通りから早稲田通りに入ったところだった。涼子のアパートがある中野には数分で到着する。

見慣れているはずの街の夜景がいつもと違って目に映っていた。輪郭がぼやけている。どこかが歪《ゆが》んでいる。

大久保に通うようになって、三年以上の月日が経《た》っていた。いろんな人間と交流があった。中には、あいつとは関《かか》わりを持つなと複数の人間から忠告を受けるようなものもいた。さまざまなことを頼まれ、傷つき、倦《う》むようになってきた。それでも、大久保に行くのをやめられなかったのは楽しかったからだった。危険を感じなかったからだった。喧嘩《けんか》はよくあった。だれかがだれかを刺したという話もよく聞いた。だが、自分自身に危険が忍び寄ってくる気配は微塵《みじん》もなかった。アジア人たちに囲まれてはいても、そこは日本だった。紛れもなく日本だった。

だが——今夜ですべては暗転した。平和だと思っていた場所には鮫《さめ》のような人間たちが潜んでいた。今まではそれに気づかなかっただけだった。涼子は、自分が侮蔑している日本人となんら変わらなかった。

「ねえ、涼子」

アセンが焦《じ》れた口調でいった。

「うるさいわね、わかってるっていったでしょう」

涼子は顔を歪めていい放った。

「だけど涼子、あいつら、マフィアなんだよ」

アセンは泣きそうな顔をしていた。

「それもわかってる。そんな顔しないでよ」

パスポートを渡す――犯罪に加担する。恐ろしかった。不安だった。自分が信じられなかった。このまますべてを忘れてしまおう――そう思うたびに、蒼醒めたミーナの顔を思いだした。

「なんでこうなっちゃったのかな……」

涼子は呟《つぶや》いた。

8

丁果は貧相な男だった。医者には見えなかった。王唯の手下が丁果を連れてきたときは、騙されたのだと思った。世界観が一八〇度変わるような葛藤の末にパスポートを差しだしたというのに、体よく裏切られたのだ、と。

だが、丁果は正規の資格を持った医者だった。北京の大学を出ているといった。上海で開業医をしていたといった。中国で医者をするより、日本に来て働いた方が金になるといった。

丁果はミーナを診察していた。涼子とアセンはそれを見守った。

ミーナの胸ははだけられていた。ミーナの胸には張りがなかった。適度に脂肪が乗って滑らかだった肌は干からびているように見えた。ミーナは痩せていた。痩せ細っていた。死にかけていた。

聴診器もペンライトもなかった。丁果は人差し指と中指の二本の指で、ミーナの身体のあちこちを触診した。ミーナは苦しそうに呼吸するだけだった。涼子はアセンの手を握った。アセンが握り返してきた。

おもむろに丁果が立ちあがった。ミーナの身体に丁寧に布団をかぶせた。昏《くら》い目をアセンに向けた。顎をダイニングの方にしゃくった。涼子とアセンは部屋を出た。丁果がついてきた。

「どうなの？」

涼子はアセンに訊いた。アセンは北京語で丁果に質問した。答えが返ってきた。アセンの肩が震えた。もう一度、アセンは質問した。悲鳴のような声だった。丁果は静かにそれに答えた。

「どうなってるのよ、アセン？」

アセンが振り返った。アセンの顔はミーナの顔と同じように蒼醒めていた。

「アセン？」

「ちゃんと診察したわけじゃないから確かなことはいえないけど、たぶん、癌《がん》だって」

アセンはいった。「今すぐにでも病院に連れて行かないと、ミーナ、死んじゃうってさ」

涼子はアセンの腕に縋《すが》りついた。それでも、膝から力が抜けた身体を支えることができなかった。涼子は床にくずおれた。心臓が不規則に鳴っていた。

「嘘……」

絞りだすようにいった。

「どうする、涼子？」

アセンがいった。涼子は首を振った。なにも考えられなかった。

9

涼子はリサの携帯に電話をかけた。リサはすぐに出た。

「リサ？　涼子よ」

「ミーナ、どう？」

「お医者さんに診てもらったの」

「それで？」

「癌だって。早く病院に連れて行かなきゃ、手遅れになるかもしれないって」

返事はなかった。

「リサ？　聞こえてる？」

返事はなかった。しばらく間を置いて、嗚咽《おえつ》が聞こえてきた。リサの泣き声はいつまでたってもやまなかった。

10

朝の陽射《ひざ》しがカーテンの隙間から差し込んでいた。

涼子は麦茶を飲み干して腰をあげた。

「じゃあ、リサ、行こう」

「うん」

リサも腰をあげた。リサの顔はやつれていた。眼窩《がんか》が落ちくぼんでいて美人が台無しだった。涼子の顔も大差なかった。ふたりで、夜通しミーナを看病した。看病しながら、何度も話し合った。

涼子には五十万の貯金があった。リサにはまだタイに送金していない稼ぎの残りが四十万円あった。涼子が三十万、リサが二十万を出すことになった。その金を当座のミーナの入院費に当てることにした。ふたりとも憔悴《しょうすい》しながら、銀行が開く時間が来るのを待っていた。

「ミーナ、すぐ戻ってくるからね」

部屋を出る前にミーナに声をかけた。返事はなかった。涼子とリサは顔を見合わせた。お互いに首を振り、ドアを閉めた。階段を降りるときに、リサがよろめいた。その拍子に赤いヒールが折れた。不吉な予感が涼子の胸をかすめた。

「だいじょうぶ、リサ?」

涼子はリサに手を貸した。リサは憮然《ぶぜん》とした表情で両足のヒールを脱いだ。

「平気よ、こんなの」

リサはヒールを階段の下に投げ棄《す》てた。裸足《はだし》で階段を降りはじめた。

「子供のときは裸足でいることの方が多かったんだから」

そういって笑った。無理のある笑顔だった。涼子はなにもいわなかった。

新大久保の駅前で貯金をおろした。三十万。前金として渡せば、医者も文句はいわない額だった。

「わたし、夜になったらちゃんとお金用意するから」

リサがいった。リサの金は台湾人が経営する地下銀行に預けてあった。地下銀行は昼過ぎにならないと金を引きだせなかった。

「気にしなくていいよ、リサ」

涼子はいった。リサの腰に手を回した。リサも同じように涼子の腰に手を回した。お互いに支えあうようにしてミーナのマンションに戻った。リサは裸足のままだった。

「ミーナ、だいじょうぶよね」

リサがいった。声が濡れていた。

「だいじょうぶよ。わたし、ミーナのためにパスポートまで取られたんだから。これでだいじょうぶじゃなかったら、許さないわよ」

涼子はわざと明るい声を出した。リサの気分につきあっていると、涙が零《こぼ》れ落ちそうだった。

マンションの階段をあがった。捨てたばかりのリサのヒールが消えていた。

「あんなもの、だれが持って行くのよ」

リサが吐き捨てるようにいった。

「修理して売るつもりなのかしら」

涼子はいった。

ミーナの部屋のドアを開けた。

「帰ってきたよ、ミーナ。これから病院に行こう」

靴を脱ぎながらミーナに声をかけた。返事はなかった。涼子とリサはダイニングを横切った。奥の部屋に入った。蒸し暑い空気が澱《よど》んでいた。ミーナは布団にくるまれたまま、目を閉じていた。

「ミーナ、辛《つら》いだろうけど、起きて。病院に行くのよ」

リサが声をかけた。ミーナは起きなかった。

「ミーナってば」

涼子はベッドの傍らにたった。掛け布団に手を伸ばした。その手が宙で凍りついた。

「ミーナ？」

返事はなかった。

涼子はミーナの口に顔を近づけた。ミーナは息をしていなかった。

「ミーナ⁉」

涼子はミーナの身体を揺すった。反応はなかった。ミーナは死んでいた。

「冗談やめてよ、ミーナ」

身体を震わすような悲鳴が聞こえた。リサだった。リサはミーナの身体にしがみついた。身をよじって泣きはじめた。

涼子は呆然《ぼうぜん》と立ち尽くした。

病は気から

氷室冴子

とうとう病院へ行くことになった。

あまりの体調の悪さに、例の人間ドックとかいうものに入ることにしたのである。

そう決めた瞬間から、私の中では、いうにいわれぬ不安が渦巻き始めている。

何がイヤだといって、病院に行くくらいイヤなものはない。

まず、注射がコワイ。

これはもう、理屈もなにもない、幼稚園児の頃の種痘にまでさかのぼる恐怖である。

注射されるくらいなら、神サマのお力で病気が治るとかいう新興宗教に入信した方がましだと、本気で思っている。

それに薬もイヤだ。

薬局で買う市販のお薬は、最近めっきりカプセルづいていて、さもなきゃ糖衣錠だったりして、どちらにしても飲みやすい。

しかるに、病院でくれるお薬はナゼか粉薬が主流で、しかも、やたらと苦い。（ウチ

の近所の病院だけが、特別にそうかもしれないけど）

良薬は口に苦しとか言うけど、そんなバカなことがあるもんかと思う。これだけ医学が進歩してるのだから、お薬の味くらい、甘かったり美味だったりしてもいいではないか。

苦いお薬を飲むと、きまって胃液があがってくるような気がして、げんなりしてしまう。

さらには病院に行くと、もうそれだけで重病にかかったような気になってしまって、どうも落ちつかない。

先生が重々しく、

「いや、単なる風邪でしょう」

とおっしゃっても、きっと何か、悪い病気なんだ、両親の方に内密の連絡がいくかもしれないと、心は千々に乱れる。

先生の白衣とか、消毒薬の匂いとか、その他モロモロの病院の雰囲気が、何か常ならぬ危機感を醸し出している（ような気がするのである）。

家に帰って、一人もんもんと悩み、意を決して母親に電話して、

「病院から、何か連絡いかなかった？　ね、正直に言って。心の準備はできてるから」

と努めて冷静に尋ねると、母親は母親で、

「え、おまえ、病気なの⁉ どんな⁉ まさか、ふしだらをして……！」

と絶句して、事はいよいよ紛糾する。

ふしだらというのは、今はもう死語に近いはずなのだけれども、どっこい私の母親の中では、しっかり生きている言葉なんである。

母親にとっては、娘はいくつになっても娘らしい。

もうすぐ三十路《みそじ》にかかろうという女に、ふしだらも何もないと思うのだが、なにせ大学卒業直後、家を出て一人暮らしをするという私に、当座の生活費の足しにとそっと三万円を握らせ、言ったセリフが、

「ふしだらだけは、するんじゃないよ」

であった。

思えば、すごい母親である。

ともあれ、母親のこういう反応を確かめて、なるほど、病院から連絡がいってないのは本当らしいと一安心するわけだが、それでもまだ半信半疑で、穏やかならぬ日々を過ごすことになる。しかし、これはまだいい方で、一番コワイのは、嘘《うそ》もかくれもない異常が見つかった時なんである。

一年ほど前、咳《せき》がなかなか止まらず、夜っぴて咳をし続けて、しまいには涙まで流れ出し、喉と鼻が詰まって呼吸もままならない状態となった。

このままだとチッ息死するかもしれない、しかし病院に行って、もし本当に重病だったらどうしようと数日間迷ったあげく、清水《きよみず》の舞台から飛び降りるつもりで、病院に行った。

聴診器を胸に当てた先生は、「うーむ」「む、ム」「ふ、む」と意味ありげに唸《うな》り、イロイロ問診触診なさった末に、

「ふーむ。肺炎かもしれませんよ」

と厳かにおっしゃった。

そのとたん、頭はクラクラ、耳はガンガン、手はブルブルと震え、椅子から転げ落ちそうになった。

肺炎といえば、昔懐かしい少女小説で、継母《ままはは》にいじめ抜かれた汚《けが》れなき少女が、雨の夜に家を飛び出し、

「アァ、お母様ッ。私を置いて、どうして天国に行ってしまったの」

と涙ながらに知る人とてない街を彷徨《ほうこう》したあげく、生き別れかなにかになっていた双子の美少女の家の前で倒れ、生死の境をさまよう時の病名ではないか！

「今夜が峠でしょう」

と金持ち美少女の主治医が言い、枕元では改心した継母が泣き伏すという、あれである。

しかし、あれは額にヒョウノウをのっけて、汗をしとどにかきながら、うわごとを言う病気だとばかり思っていた。少なくとも、少女小説のさし絵か、昔の少女漫画かで、そんなような光景を見たような気がする。しかるに、私は別に熱なんかない。

おそるおそる先生にそう申し上げて、お伺いをたててみると、

「それは急性肺炎です」

と笑みを噛《か》み殺しつつ、おっしゃる。

では肺炎も、急性と慢性があるのかとひとつ勉強したが、そんなことがわかったって、へのつっぱりにもなりゃしない。

「ま、レントゲンを撮ってからですな」

先生は無情におっしゃって、看護婦さんに目くばせなさった。

それは単に、レントゲン撮影の準備を命ずるサインだと頭ではわかっていても、もしかしたら医者と看護婦の間だけに通じる合図で、肺炎とは真っ赤ないつわり、肺ガンの疑いがあると伝えてるんじゃないだろうかと勘ぐってしまう。

「明日の午後、来て下さい」

と窓口で言われる頃には、肺炎も肺ガンも区別がつかないほど混乱してしまって、放心状態で家に帰った。

何が何だかわからんが、肺の病気であるのは確からしい。

しかし、肺ガンてのは咳が出るもんなんだろうか。

なかなか咳が止まらず、胸がゼイゼイいって苦しいとなれば、肺ガンというよりはむしろ……むしろ結核じゃあないか。

結核⁉

がが一ん、という漫画の擬音語は正しいと思ったのはこの時で、実に、後頭部を鈍器で殴打されたような衝撃だった。

おりしもその頃、新聞の家庭欄か何かで、結核は過去のものではない、やはりまだ恐しい病気だといったような記事を読んだ、ような気もした。

それに不規則極まりない生活も、なぜか結核を信じる根拠になった。

肺炎か肺結核。

万が一には、肺ガン。

どれをとっても、病名だけで人ひとり殺せそうな雰囲気の病気である。

こんなにあっけなく死ぬのだろうかと思うと、じわじわと涙まで浮かんだ。

親の反対を押し切って家出までして、好き勝手なことをやってきた身である。今さら泣きついても、親を悲しませるだけだ。

万が一、病気がはっきりしても、老父老母には決して言ってくれるなと、先生にお願いしよう。

友達もみな、これからの人ばかりである。

これからの人間は未来しか見ていないし、そういう時に生きるの死ぬのと相談を受けたり、グチをこぼされたりしても、今ひとつ共感というか、感情移入できないかもしれない。正直なところ、当惑して、少し迷惑に感じるかもしれない。

もうすぐ死ぬという時に、友達のそういうつれなさに接するのは、淋《さび》しい。できるなら、きれいな友人関係のまま、旅立ちたい。

とすると、友達にも病気のことは秘しておいた方が良いだろう。

ああでもなしこうでもなしと、これまでの人生で、あれくらい思い悩んだ夜はないというくらい、凄絶な一夜を過ごした。円形脱毛症にならなかったのが不思議なくらいであった。

こうして月日を経て文章にすると、妙に滑稽な感じがしてイヤになっちゃうのだが、あの時は本当に、心底、悩んだのである。

自分でもどうかと思うのだけれども、落ちつかなくっちゃ、冷静にならなくっちゃと思えば思うほど、悪い方へ悪い方へと考えが行っちまうのである。

思えば、この性格ゆえに、私は幾度となくせつない目にあってきた。

数年前、なんとなくイイな、と思っていた男性と、念願かなって冬のドライブとしゃれこんだことがある。

「冬の湖って、いいだろうねえ」

と何かの折に言ったのを覚えていて、さり気なく誘ってくれたのである。

『熊、注意』の標識が立ってる冬の国道を、彼氏は危なげなく運転していた。

外は雪が降りしきり、暖房をつけていても車内は妙に冷え冷えとしている。

「暖房、きいてないなあ。寒いよ」

「あったかく、なりたい？」

とっぽい彼氏としては、一世一代かもしれない気障《きざ》なセリフを吐き、雰囲気はいやがうえにも盛りあがった。

もともと、イイなと思っていた私は、こりゃもしかしたらという気になった。

スンナリいくものなら、いっていただきたい、オマカセしたいという感じである。

と、車がゆるやかに脇道にそれた。

その道のはるか向こうに、なんというか、その、つまりお宿が見えて、オオ、ヤッパリと私も覚悟を決めた。

しかし、ここで妙に平然としているのもスレているようで嫌だ。何か言おう。しかし、イヤイヤと泣き叫ぶのは本意ではない。

ここで女の真価を問われるんだぞと脳ミソを絞って考え抜いたあげく、

「ほんとに、とても寒いわ」

と鼻をすすりながら（ほんとに寒かったのである。今から思うと、暖房が故障してたんじゃないだろうか）、さり気なくキメた。

北海道の恋人どうしらしい、実に純朴なセリフだとわれながらしみじみしたが、次の瞬間、とんでもないことを思い出した。

「まずいっ。ストーブつけっ放しで出てきた」

「え」

彼氏も顔をくもらせた。

本州のポータブルの石油ストーブがどうなっているのか、私は今ひとつわからないのだけれども、北海道のそれはいやに火力が強いのである。

冬の北海道の火事の原因は、ストーブの火の不始末というのが断然多い。

もちろん日進月歩で次々と新しいストーブが出ているし、安全性も高くなってはいるのだが、当時の私は家出した直後で、ストーブも友人からぶん捕った中古品、火力調節もままならない代物だった。

もし、ここで彼氏にオマカセしている間に、ストーブが加熱して火事にでもなったらどうしたらいいのか。

「大丈夫だよ。一晩じゅう、留守にしているわけじゃないし、二、三時間ぐらい、つけっ放しでも」

いつもは優しい紳士である彼氏も、さすがに強気に出て、決めつけるように言う。

そりゃそうだろう、向こうさんもイヨイヨと期待していたに違いないのである。

そこに「ストーブがっ」という横ヤリでは泣いても泣ききれないであろう。

そういう男ゴコロはよくわかるものの、そして私も本音のホンネはストーブなんぞはうっちゃって、ゆるやかにオマカセしたいのではあるけれど、しかし万が一にも火事をひき起こしたら、どうやって責任をとればいいのかと、例によって悪いことばかり考え始めた。

借家だから大家さんへの面目も立たず、勇ましいことを言って家出してきた身であってみれば、親に泣きつくこともできない。

なけなしの身の回り品を失うのはまだしも、飛び火でもして隣家も焼けてしまえば、そして最悪の場合、人が焼け死にでもしたら一生涯、負い目をもたねばならない。

ここまでくると、すでに火事になるのは自明の理のように思い込んでしまっていて、とてもオマカセどころの気分ではない。

ムードなどとうにふっ飛び、今すぐ家に戻ってと騒ぎまくり、彼氏はすっかり鼻白んだ様子で口もきかずに、家へとって返してくれた。

ストーブは加熱するでもなく赤々と燃えており、私はスイッチを消して、やれやれと彼氏をふり返った。心配事もなくなったし、再び、オマカセしたいの続きに移行するつもりであった。

しかるに彼氏は寂しそうに笑って、

「うまい断わり方だな。じゃ」

あっけにとられる私を残して、帰ってしまったのである。

シャイな彼氏は、私がアヤシゲなムードになった時の切り札に、わざとストーブをつけっ放しにしたと誤解したらしいのだ。

あれから今に至るまで、彼氏とは一度も会っていない。

冷静になって考えれば、二時間や三時間、ストーブをつけっ放しにしたからといって、そうそう火事になるもんでもないと納得できるのに、そうはいかないのが情けないというか何というか。

あの時ばかりは、自分の過剰反応の性格が恨めしくて、極端なものの考え方はすまい、冷静な判断力を養おうと固く決意した。

しかし、どうもダメですね。何年たっても直らない。

あれだけ大騒ぎした肺の病気が、なんのことはないペットの猫の毛を吸い込んだことによるアレルギー性喘息《ぜんそく》とわかっても、それでも直らない。

何事も、悪い方へ悪い方へと考えてしまう。

その証拠に、人間ドックに入る準備にと、健康チェック用紙に○×をつけてくうちに、そうだ、最近お腹の調子がよくない、これは直腸ガンかも……目がかすむのは疲れ目とばかり思ってたけど、案外、白内障の前触れかも……と、例によって心乱す今日この頃なのである。

怪物

三島由紀夫

倒れたのが、夕刻の五時すぎである。

五月の海は日没を地峡の山々にゆだねて、引き去られようとする光りへの静かな祈禱《きとう》にも似た薄暮のただよいを、敬虔《けいけん》に捧《ささ》げ持っている。

断崖の岩影から、一羽の鶚《みさご》が飛び立った。

そこに巣を営んでいるらしい。

頂きの赤松の梢《こずえ》に羽を休めたとき、むかし狩猟に凝ったことのある斉茂《なりもち》には鶚とわかった。この猛禽《もうきん》の羽色は松の幹と大差がない。しかし入日が梢をあかあかと照らしているので、怒り肩にすくめた首をうごかしている猛禽の起居《たちい》が見えた。

鶚はふたたび翼をひろげた。不吉なほど暗い長大な翼である。赤松の梢をすりぬけて、天高く飛び翔《た》った。夕空の異常に透明な大気のなかを翔《か》けのぼった。何か切迫したおそろしい衝動を身内に感じているにちがいない。それは天頂のひろがりを貫いて、まばゆい躍動する一点に化身して、もっと高く翔《かけ》り去ってゆくようにみえた。

斉茂は縁先に立っていた。軒とすれすれの天空を見上げるために爪先立った。そのとき無理な姿勢が、硬化していた脳の血管を破ったのである。

伊豆半島の附根《つけね》にある卑俗な温泉地からすこし隔たった高台の上の別荘であった。すぐ下にバス道路の迂回《うかい》して通うトンネルがある。トンネルの背がそのまま断崖になって海の眺めへつづいた。松平斉茂は別荘の三間《みま》の離れを宛《あて》がわれていた。今は世に亡い二度目の妻の娘が身のまわりの世話を焼いた。

一昼夜の昏睡《こんすい》状態から斉茂がさめたとき、まずものうげな、きわめて低いのにうるさい感じのする物音をきいた。藤棚にとび交う蜂の羽音だと気づくには数分を要した。意識が鮮明になると、彼はまずこの当面の疑問、自分が置かれている位置、断絶された意識の背後に起った事件について訊《たず》ねようとした。異常な深い麻痺感《まひかん》があった。言葉が失われていた。左側の内嚢《ないのう》の出血で右半身が不随になるのと同時に、別の個所の小さな出血が言語中枢を侵したのである。

「お気がおつきになった」

「何か言おうとしていらっしゃる」

「私です。檜垣《ひがき》です。おわかりですか」

別荘の持主、小肥《こぶと》りした中年男の檜垣が、斉茂の目の前へ顔をつきだした。それを見ると額に積み重ねた氷嚢の下から年老いた貴族の目は、一瞬恐怖に見ひらかれ、それか

ら戸惑いするように目《ま》ばたきして閉じた。些細《ささい》な盗みの科《とが》で両頬に平手打をくらってい
る少年の顔を、檜垣の顔のなかに見たからであった。
檜垣も斉茂の恐怖を直感した。顔を離して斉茂の娘、斎子《いつこ》に目じらせして、首をすこ
し左右に振った。
斉茂は目を閉じた。怒りが身内にあふれた。一瞬間にもあれ、恐怖を感じたことが腹
立たしい。今まで永い生涯に一度たりと、人間に対する恐怖というものを知らなかった
彼である。
囁《ささや》きがまわりにおこった。立ったり坐《すわ》ったりする衣摺《きぬず》れの音や、足袋の裏が軽く畳を
叩《たた》いて立上る乾いた音や、畳がほのかにきしむ音がした。
「意識は取戻したんだな」――長男の斉顕《なりあき》の声である。冷酷な高調子の声が年よりも若
くきこえる。
「しかし、お口が不自由らしい」――檜垣がいう。
「何も仰言《おつしや》れないのね」
「看護がむつかしゅうござんすよ」
「ええ、でもあたくし」――斎子がいう。「看護婦には任せられませんわ。あたくし一
人でやりますわ。御心配なくってよ」
「口が利けないほうがいいじゃないの」――斎子の姉の耀子《てるこ》はあたりかまわぬ調子で言

った。

「そのほうが斎《いつ》ちゃんだって助かることよ」

「ふふ」――斉顕が笑った。

斉茂は暗い怒りに駆られて起き上ろうとした。大そう熱く倦《だる》かったが左手は動いた。夜具は揺れ、氷嚢の氷が固い角で額をこすりながら頰のほうへ雪崩《なだ》れて来た。唸《うな》り声《ごえ》に四人が駈《か》け寄って、「絶対安静」の病人をとり押えた。

明るい警笛がひびいた。トンネルへ入ってゆくバスである。モオターの音が庭土を伝わって微《かす》かに響き寄った。それが遠ざかると、忘れていたように潮騒《しおさい》が返ってくる。斉茂はふとあの鶚の飛翔を思いうかべた。すでに前生《さきしょう》の記憶のように思われる。空は光りかがやいて、雲の連環は、この世ならぬ壮麗さであった。

松平斉茂子爵はその生涯を、悪魔的な強烈な影響力、というよりは精神的な膂力《りょりょく》のたすけによって送って来た。また、送って来たと信じていた。幼ないころから残酷な悪戯《いたずら》に興味をもち、楊弓《ようきゅう》で猫を射て、その首を斬って梅の古木に梟《さら》した。迷い込んだ雀の子に熱湯を注いで喜んだ。

凡《およ》そ人をひきつける人間的魅力は露ほどもない人柄が、こうまで一生他人を思うままに動かしてきたのは何に依《よ》るのであろう。門地のおかげだと言わば言えるが、もっと門地の高い人々が、斉茂の手にかかってさんざんに籠絡されている。矜《ほこ》りの高さからだとも言わば言えるが、彼はおのが矜りを台なしにするような行動をも、時と場合によっては平気でした。この別荘へ住むようにとの檜垣の申出を、難なく受け入れたのがよい例である。

つねづね多くの人を傷つけ不幸にしているという自覚が斉茂の生きる支えになった。彼はおのれの身にそなわった、生れながらの一種仄暗《ほのぐら》い力を確信していた。たとえばまた、予感や当て物についての天与の才にも、狂的な自負を抱いていた。彼が或《あ》る男を呪う。その男は必ず死ぬか、重患にかかるかした。人の不幸を見ることはつきせぬ慰めであった。中年のころ柄にもなく慈善事業に凝った一時期を持ったが、それはひどい貧乏やひどい悪疫を見ることが目をたのしませたからである。

彼は中傷や誹謗《ひぼう》や離間工作や皮肉や罵詈雑言《ばりぞうごん》や根も葉もない噂《うわさ》や醜聞《しゆうぶん》のたぐいをほとほと愛した。分不相応な出世をした男を失脚させたり、仲の好《よ》すぎる夫婦を破鏡の嘆に陥らしめたりすることには、おどろくばかりの情熱を賭《か》けたが、この情熱は埒《らち》もない復讐《ふくしゆう》の情熱であった。故ない幸福ほど彼の心に侮辱を感じさせるものはなかったのである。

京都帝大を中途退学してのち、華族の子弟の芥捨《ごみす》て場《ば》といわれる宮内省に入った。同僚が女官の一人と恋愛をした。斉茂はこれを大声であばき立てて同僚をおとしいれ、かえって己れの墓穴を掘った。

このころ彼の従妹《いとこ》にさる若宮との縁談があった。若宮は一家の人たちの前で「わたしは童貞なんですよ」と広言した。斉茂はもともと若宮の親友で「殿下、殿下」と立てながら、隠れ遊びの指南をした。しかしこの縁談がある前に、殿下が大へん卑怯《ひきよう》な遣口《やりくち》で斉茂の狎妓《こうぎ》を奪った。これを怨《うら》みに思った斉茂が京都の幾多の茶屋から殿下の遊蕩《ゆうとう》の動かぬ証拠をあつめて従妹の家へ提供したので、縁談は破談になった。宮は「この恨みは一生忘れない」という直筆の絶交状を斉茂に送った。

その年の冬用件があって斉茂が旧領地へかえっていた留守に、宮内省の彼の事務机から、甚だ不敬にわたる文書が発見された。腹いせのように若宮を揶揄《やゆ》する歌の文句があり、陛下の好色の諷刺《ふうし》にまで筆が及んでいた。たまたま明治の末年、幸徳秋水の事件が世間を騒がせていたころである。この戯文のおかげで斉茂は社会主義者と誤認された。ことさらに誤認した人たちがいたのである。同僚をおとしいれた斉茂の振舞を、かねてから憎んでいた人たちであった。

戯文をわざわざ若宮のところへもって行った男がある。若宮が激怒する。宗秩寮《そうちつりよう》総裁が宮家へ参上する。帰京した斉茂は、この事件が世間へ洩《も》れると却《かえ》って若宮の醜聞になるところへ目をつけて、巧みに運動して、戒飭《かいちよく》処分を受けるにとどまった。しかし宮内省の勤めは辞した。

斉茂は殿下を呪った。彼の呪いは甚だ近代的な、プロテスタント的な呪いであって、大がかりな呪文や呪術を必要としない。たえず心に念じて忘れないでいさえすればよいのである。大正三年に、若宮は急患によって薨去《こうきよ》された。

春画、猥《わい》写真のたぐいを蒐《しゆう》集《しゆう》する道楽が斉茂にあった。殊に前大戦後には独逸《ドイツ》製の閨房《けいぼう》百態図のネガが無数に輸入された。彼はまたこのころからカメラに凝った。焼付技術のさまざまなトリックを写真師に習った。憎いと思う男の写真を春画写真の人物の首とすげかえて、この奇怪な創作を他人に見せるでもなく独り愉《たの》しんだ。子爵家の番頭株であり管理人でもあった某銀行の頭取は、何かと金を出し渋ったので、その写真の禿頭《とくとう》を画中の独逸美人の豊かな畝のような腹に押しあてねばならなかった。そんな仕儀とは当人は夢にも知らずに。

『あいつ今ごろ自分で知らずに、文字どおりいい夢を見てるというわけだ』

斉茂はこういう気持を口に出したくて、あくる朝御苦労様にも頭取を訪問して言うのである。

「それはそうと、ゆうべは夢見がよかったでしょう」

「何の事でございますか」

「いい夢を見られたろうと想像したのですよ」

「子爵。おからかいになってはいけません」

前年すでに父子爵が世を去ったので、斉茂は爵位をついでいた。

しかしこの頭取この銀行があったおかげで、子爵家は幾多の名門の倒産を招来した十五銀行の破産からも何らの被害を蒙《こうむ》らなかった。それにもかかわらず、斉茂は作病を構えて、頭取の愛娘《まなむすめ》の結婚式に参列しない。この美しい娘に漠然と初夜権のような権利の行使を夢みていた斉茂は、彼に一言の相談もなく決められた縁談が不快だったのである。人妻になってのち彼女を丹念に口説いて陥落させ、それをわざわざ自分の口から良人《おっと》に吹聴して自慢した。彼女は二人の子をあとに、自ら縊《くび》れた。良人は再婚を肯《がえ》んじなかった。

斉茂は壮年時代おもしろい好敵手にめぐり合った。祇園のお福という芸妓である。一度大阪の紳商に嫁して離別され、帰り新参で出たのを囲ったのである。離別の原因はいろんな風に取沙汰されていた。たとえばこういう噂がある。

先妻の子をお福は誠心誠意憎んだ。しかし表てへ出すような女ではない。姑《しゅうとめ》にも愛される、心のやさしい身ぎれいな後妻という風に見えた。先妻の子は八歳の男児である。継母のお福はしばしば寒夜に継子の夜具を剝いで風邪を引かせようとし、またむりやりに菓子や好物の料理を子供の腹へ詰め込んで胃弱になるように、巧《うま》く行けば中毒症状を起すように取計らった。丈夫な子でこういう微温的な虐待は功を奏さなかった。

ある晩、お福は継子と一緒に風呂へ入った。外で風呂釜を焚《た》いている下男に、もっと熱くするようにと湯殿の中から命じた。たまたまお福に電話がかかったので、伝言のために女中が湯殿へだしぬけに入った。見るとお福が裸体のまま、蓋を密閉した風呂桶《ふろおけ》に腰かけている。継子の姿がない。湯気に当てられて窒息寸前の子供が救い出された。お福が冗談を装いながら、一人で湯桶に浸っている子供の頭上に檜《ひのき》の厚板の蓋を密閉したのである。

女中がこれを主人に告げたので、お福に暇が出たのだという噂があった。

しかし斉茂に囲われてからの彼女にはそういう翳《かげ》は微塵《みじん》もなかった。無口になり、子供を生んだ。斉顕と耀子である。

いずれも生後一カ月で斉茂が本妻の手許《てもと》へ移した。斉茂にとって一石二鳥だと思われたことには、この処置によって同時に二人の女を不幸にすることができたのである。即ち一人は子を奪われた母になり、一人の石女《うまずめ》は嫉妬の徒刑に服した。この本妻の不妊は最初の妊娠の折、斉茂が何事かを怒って妻の腹部をまともに蹴上げてからである。夥《おびただ》しい出血を見、不妊の症状が固定した。本妻はのちに肺結核で死んだ。

――こうしてまた、うつらうつらして一日がすぎた。耳もとでだしぬけに甲高い子供の笑い声がした。つづいて制止する舌の音がきこえる。子供は永く笑わないでいることができない。また笑い出す。斉茂は半眼に目をあいた。庭といい、海上の空といい、五月の日和のみずみずしさが遍満している。よく光る粉薬を展《の》べたような広い雲がある。それが沖のほうから軒先の空までを覆うている。

「おじさま、お目ざめですか。子供たちがうるさくて申訳ありません」

若々しい骨太な声がこう言った。斉茂の軽薄な振舞が原因になって縊死《いし》した夫人の息子であり、今は亡い頭取の孫に当る尚夫《ひさお》であった。母の死の原因に斉茂が介在することを夢にも知らずに育って、祖父につれられて、子供のときから斉茂のところへしばしば遊びに来た。この臆面のない子供が、今は三十五歳のおよそ人の悪意というものを信じることのできない快活な青年になった。結構な成長ぶりだ。

斉茂は顔をもっと深く庭のほうへ向けた。尚夫が縁先に乱暴に腰かけると、海を眺めている妻を呼んだ。

尚夫の着ている背広は、格子縞《こうしじま》の大そう派手なものである。大学時代蹴球《しゅうきゅう》の選手であったので肩幅がひろい。その肩から下げているカメラを外して斉茂に示した。斉茂が知らないアメリカの新しい会社の製品である。口が利けさえすれば、アメリカ出来のカメラなんぞに満足している尚夫を嘲ってやれるのだが、それが出来ないので眉をひそめて苦々しく口を歪《ゆが》めた。しかし尚夫はまた妻の名を呼びかけて、この老人の無精髭《ぶしょうひげ》だらけの醜い顔のほうは見ていなかった。

藤棚には今日も蜂が飛び交わしていた。見えないあたりに巣があるにちがいない。斉茂は辛うじて頭をもたげて見た。すると視界を区切って一条の海がみえた。それがあいまいな茄子《なすび》いろの島影を泛《うか》べていた。

そのとき子供の手を引いた若い夫人の姿が現われた。病人に頓着なく騒ぐ子供を連れて、彼女は断崖のほうへ散歩に出ようとしていたのである。斉茂は庭の芝生を微笑《ほほえ》みながら近づいて来る彼女を見た。流行の服を身につけ、斉茂の遠視の目には、耳輪が揺れて燦《きら》めいているのがみえる。耳輪は黄金の輪と、そのさきに垂らした瑪瑙《めのう》の細工とで出来ているらしい。その燦めきが小さな躍っている朱いろの焔《ほのお》のように見えたからである。言わん方ない嫉妬が老いた貴族に生れた。彼は喋《しゃべ》ろうとした。この歳《とし》でも女の心をとらえ、男の心を傷つける言葉は豊富に貯《たく》わえられていた。しかし口からは意味をもたない呟《つぶや》きが洩れるだけである。口は言おうとする言葉の形を空中にえがく。……しかし形は忽《たちま》ち靄《もや》のようなものになって崩れて消えた。……彼は立上ろうとした。理由もなく人を打擲《ちようちやく》することなど日常茶飯の一生であった。しかるに体は重い庭石のように床《とこ》に埋もれて動かなかった。

斎子はどこへ行ったのであろう。

尚夫夫妻はまるきり屈託がなくて、見舞に来た人のようではなかった。病人扱いにしない段ではなく、斉茂をただの唖《おし》の老人のように扱うのであった。返事を期待しないでしきりに話しかけた。週末旅行の行きがけに見舞に立寄ったと尚夫はいう。妻の睦子《むつこ》は、良人と向い合って縁先に腰かけて、時々斉茂のほうを憐《あわ》れむように、また、憚《はばか》るように見やった。

「留守番をしていただいてどうもありがとう」

斎子が買物袋を下げて庭へ入って来て言った。

「お目ざめになりましたわ。お顔だけ拝見していると、御病気だと思えないわね」

「返事がきけないのが残念だけど、僕、今いろいろおじさまにお話ししていたんですよ」

「どうも恐れ入りました。お茶を容《い》れますから、むこうの部屋へお上りになって頂戴」

夫婦と子供を案内すると斎子は又入ってきて、父の額へ手をあてた。

「お気分はいい？」

ときいた。斉茂はうなずいた。言葉が通じないということはこうまで凡《すべ》てを変えるものであろうか。白粉《おしろい》をつけない京都の尼僧のような斎子の赤い頰、生毛《うぶげ》がまわりに生えた素の唇、その切れ長の目を斉茂は見た。ふだん娘の顔をあまり見たことのない斉茂である。見てもこれほど目近にしげしげと眺めたことはなかった。その顔がこれほど若さの匂いを放っているとは、まして知らなかった。日向《ひなた》を遠くの町まで買物に行ったので、斎子はすこし汗ばんでいた。瞼《まぶた》は赤らみ、頰はほてっていた。吐く息には五月の海の風や草の匂いや雨後の日に照らし出されて陽炎《かげろう》を立てる果樹の木の肌のような匂いが入りまじっていた。覗《のぞ》かれる舌は、引締った桃いろの肉を唾液の潤みの中で狡猾《こうかつ》な生物《いきもの》のように動かしていた。まだ誰の所有にも帰さない若さが、斎子の顔をほとんど鬱陶《うっとう》しいほどのものに見せていた。

斎子の目の中に恐れがない。これが斉茂を絶望させた。憐れみもない。斎子は単純に親切でしていることである。今まで父の傍《そば》で家事を見てきたのも、結婚しないできたのも、決して犠牲のつもりではない。好きでしていることだ。斎子のその親身な「御気分はいい」の中に、斉茂はこれらの感情を見た。やりきれない発見である。向うへ行ってくれというしるしに目を閉じた。

「じっとしていらっしゃいね。お動きになるとよくないわよ」

倒れる前の斉茂に斎子はこんな親しげな物言いをしたことはない。ややあって斉茂が目を薄目にあくと、廊下を客間へかけてゆくその健かな素足が見えた。スカートに素足でいつも無雑作に買物に出る彼女は、かすかに日に焼けてその下に青い白墨のあとのような静脈のうかがわれる美しい脚をもっていた。その脚は磨かれた廊下に映る白い硝子《ガラス》戸《ど》の反映を踏んで、心おきなく客間のほうへ駈け去った。

『あの娘の母親、二度目の妻の死因だけは俺のせいじゃない。俺はあいつの母親に罪を犯したおぼえがない。奇妙なことだ。俺が殺した女は十五人もあるのに。或る女は俺に突きとばされて、庭の土砂降りの雨のなかで一時間の余も泣いていた。引張り上げてやってもよかったが、俺の仕立卸しの洋服が濡《ぬ》れるのも業腹だったからだ。俺はその間退屈して、英字新聞を隅から隅まで読んでいたのだ。あれなら読むのに時間がかかる。あれに出ていた御木本《みきもと》の大きな広告が妙に記憶に残っている。女はそれから三日のちに他《た》愛《わい》もなく急性肺炎で死んじまった。俺は香奠《こうでん》に五円包んだ。赤新聞が暴露記事を書いて、俺を外道《げどう》扱いにした。俺はわざわざその新聞記者を招いて、新橋で大盤振舞をやったのだ。そうすると訂正記事が出た。俺を「肚《はら》の出来た男」と書いてあったな。肚の出来た男。肚の出来た男だとさ。』

笑おうとしたが、笑いは穴のあいた風船のように一向膨れない。口が硬《こわ》ばったまま歪むだけである。彼は氷嚢がまだ額にあるような気がして手をやった。氷嚢はすでに取払われていた。水枕がふてくされたような弾力で斉茂の頭を支えていた。

そのとき彼は自分の顔が翳るのを感じた。障子に片手をあてて、四つ五つの男の子が立ったまま斉茂を見下ろしていたのである。さっき見た尚夫の子供であった。

斉茂は故しらぬ恐怖を感じた。

子供はもう片方の手で半ズボンをまくり上げて腿《もも》のかゆいところを掻《か》いていた。そのまま斉茂を見つめて少し笑った。それから猫のように障子の角へ体をこすりつけるような様子をした。決心してもう少し病床へ近寄って来た。

斉茂は子供が憎い。彼は子供というものをどうして世間で可愛《かわい》がるのか不思議に思っていた。子供の時分の尚夫だって、やましい気持があればこそ款待《かんたい》したのである。

子供は寝床のそばまで来て、しゃがんで老人の顔をじろじろ見た。その表情にも怖《おそ》れはなく、好奇心以外の何もない。斉茂は自分に対する好奇心のうち、嫉妬のまざった好奇心をしか恕《ゆる》さないのだった。しかし四歳の男の児に嫉妬の有りようがない。子供は薄く口をあけて老人をしげしげと見ていたが、そのうちに永い溜息《ためいき》をした。よく溜息をする子があるものだ。そして手をさしだして老人の頭を押えて、糞《くそ》まじめにこう訊《き》いた。

「キイキイわるいの？」

斉茂は必死に首を振って、怖ろしい目で子供を睨《にら》んだ。するとこの豪胆な子供は、にっこりと笑って目をかがやかせた。口の両はじに薄く玉子の黄味が乾いて附《つ》いていた。子供は豹《ひょう》のように蒲団《ふとん》の上へおどりかかり、病人の首にまたがった。そしてたるんだ頬の肉を思い切り両方へ引張って笑った。それから鬚《ひげ》を引張り、白髪を左右に引張り、耳を引張り、耳朶《みみたぶ》をおもちゃにした。斉茂は自由の利く手で取押えようとした。しかし蒲団に入れたままの衰えた手は、四歳の子供の体重をはねかえす力がなかった。そのうちに子供の丸々と肉のついた指が、老人の皺《しわ》だらけの咽喉元《のどもと》にかかった。みるみる斉茂の顔は紅潮した。

『殺される！　殺される！』

漸《ようや》く手を蒲団からぬき出して、つかまえようとする。すると子供は素速くその手をすりぬけて、座敷のむこうに逃げてとめどもなく笑った。そのとき枕元に呼鈴のあったのを思い出した斉茂は、手さぐりして、鉄の鋳物の振鈴をあわただしく振った。

駈けつけて来た斎子と尚夫夫妻はこの様を見て無遠慮に笑った。大人たちが笑うのを見ると、男の子もますます笑った。誰も斉茂の危機を理解するものはなかった。老人の目の鋭い怒りも、救済をねがう切実な表情も、その涎《よだれ》の流れ出した口もとの滑稽な老醜を、何ら裏切るものではなかった。斎子がひざまずいて斉茂の涎をタオルで拭った。無感動に額の汗を拭いた。

「この子が又おじさまに親愛の意を表したんだろう。さっきもおじさまの鼾《いびき》をきいて笑っていたからね。おじさまも子供が笑ったからってお怒りになるのは大人げないですよ」

「どう？　斎子さん。うちの子供とおじさまと仲好くしているお写真をとらせて頂戴な」

「いい思い付きだね。この光線ならまだ撮れる。斎子さん、よございますね」

反対するかと思われた斎子は簡単に賛成した。

「いいことね、お父さま。写真をとられて病気が悪くなったなんて、きいたことございませんもの」

斉茂が懸命に頭をふるので、斎子がその旨を伝えたが、尚夫はとりあわないで準備にかかった。子供を枕もとに坐らせた。斉茂は撮られまいとして頭を枕からのけぞらせた。シャッタアが切られて、喘《あえ》いでいる獣のような口が映った。

斉茂は失神して、それから二日間というもの、模糊《もこ》とした意識のうちにさまよった。医師は新らしい血管が切れたのを認めなかった。それよりもむしろ神経疾患の併発を疑った。

斉茂は幾多の幻影を見た。鶚が翼をひらいて飛ぼうとする。しかし飛べない。悲しげな叫びをあげて、月夜の庭をあがき廻る。そうすると、無数の蟻《あり》が鶚にたかって、生きながらこれを嚙《か》み殺し、腸に黒々と蝟集《いしゆう》する。……

また、月夜の海上に、斉茂に虐《しいた》げられた男女が、一艘《いっそう》の巨大な真黒な貨物船に満載されてこの湾へ向って来るのが見える。貨物船は断崖の下に錨《いかり》をおろす。鞄《かばん》を下げて、かれら船客が、次々と断崖をのぼってくる。爪が延びていて、岩角から岩角へすばやく伝わって、鞄も落さない。多くの顔が断崖の上にならんで斉茂の病室をうかがっている。……

概《おおむ》ねこういう常套的《じょうとうてき》な幻影である。斉茂にはおよそ詩人的な素質が欠けていた。これらの凡庸な幻影にこたえて、彼は真率の、生一本な恐怖のうわ言を発するのであった。

四五日すると、彼は失神前の状態に立戻り、口はきけず、半身は不随なまま、旺盛《おうせい》な食欲が回復していた。

五月を半ばすぎた或る朝であった。

この朝は素晴らしかった。海はおだやかに、空はのこりなく晴れていた。多くの漁船が出て、斉茂の病室からも、そのばらまかれた白帆の数々が、互いに吸い寄せられるように動いたりすれちがったりするのがみえた。赤松の枝には小鳥が群がって囀《さえず》っていたし、庭の泰山木《たいさんぼく》は野暮な造花のような大柄の花をつけた。蜂はいっそう忙しく飛び交い、自動車の警笛もいつもより頻繁にきかれた。トンネルを抜けて温泉地へむかう乗用車やジープが多い。それで気がつくのだが、日曜日であった。失神した日から丁度一週間経《た》っていた。

　檜垣も斉顕も耀子も、責任をいささか感じた尚夫も来て、前の晩から泊っていた。斎子は銀の匙《さじ》でミルクを父の口へ運んでいた。顔の下にタオルが敷いてある。ミルクは屡々《しばしば》こぼれて、顎を伝わってタオルを濡らした。機嫌のよいあまりに細かい心遣いを失った斎子は、匙を乱暴につっこんで入歯を外した軟かい歯齦《はぐき》をついた。斉茂は仕返しに、口からありたけのミルクを吐き出した。

　誰一人としてこの絶えず怒っている幽閉された魂を理解する者はなかった。皆は檜垣の卑俗な冗談を笑い、斎子ですら、たびたびその冗談に吊《つ》られて匙の手を休めた。

「でも、何ですわ、あたくし共がお世話しなくちゃならないお父様を、こんなに面倒を見て下さる御厚意は忘れられないわ。本当に斎子の面倒まで。……檜垣さんはお偉いと思うわ。ふつうの人にはできないことですわ」

　檜垣をおだてあげることが利害関係上有利らしいと気づいた耀子が、こんな見えすいたお上手を言い出した。ところが一向懐《ふとこ》ろを痛めないこの近親が、自分の怠慢は棚に上げて、「お偉いと思うわ」なんて言い方するのは、それこそ「ふつうの人にはできないこと」だった。

お姫様育ちのままますれっからしになった耀子は、兄の斉顕を世間知らずだと謂《い》って軽蔑していたが、五十歩百歩というものであった。

「檜垣君には全く迷惑をかけるね。感謝に堪えないね」

斉顕は斉顕で大風《おおふう》に言った。作曲家になるつもりが怠け癖から何にもなれなくて、父の邸《やしき》の焼跡でアンゴラ兎《うさぎ》を飼って、その収入で喰《た》べているような男が、証券会社の社長ともある者に、こういう口を利くのは奇異な感じを与えた。

「お礼なんか困ります。いやですよ。私はもうただただファンの心理でやってることなんですから。私はお父さまの大ファンなんですから。私はもう殿様のためなら何でもしてあげたいと思っています。封建的なんて仰言っちゃ困りますよ。お父さまが大好きだから、それだけでございますよ」

「どこが好《い》いのかしらん」

「蓼《たで》喰う虫というけど、お父さまなんか、むしろにんにくじゃないの」

「しかしにんにくはとにかくホルモン剤だからね」

斎子は黙っていた。黙っているのが非難のしるしであって、すでに彼女は父を看病されるための愛着のある人形として扱っていたのだが、こういう言葉をきくと、父にも聴く耳、見る眼が残っていることを考えた。父の耳、父の目は肉体とは別のところにあるようであった。それはむしろ、この世へひっそりと向けられている別の世界からの耳や目のようであった。その別世界へ何事が聴かれようと、この世の恥にはならないのだった。この耳、この目の前でだけ、人は無恥厚顔にも有りのままにも振舞うことができるであろう。

「みんな召上りましたか?」

「途中でお止《や》めになっちゃったのよ」

「私が差上げてみましょう」

檜垣が、ズボンの折目に頓着しない律儀な坐り方をして、牛乳の匙をとった。

斉茂は再びそこはかとない恐怖を予感した。しかし恐怖はすでに彼の生活になった。人間に対する恐怖はすでにその信条になった。

檜垣の目と目脂《めやに》に半ば閉ざされた老貴族の目が出会った。檜垣の小さな目、小肥りした顎、丸まっちい鼻、すべてを斉茂は笑うべきものと見たのであった。檜垣の厄介になるようになったのも、畢竟《ひっきょう》すれば、より深く彼を笑おうがためだった。

——檜垣は歯並びのわるい口もとに善意を溢《あふ》れさせ、善意を喰べすぎてゲップの出そうな面持で匙をさしだした。片頬に平手打を喰ったときの鋭い少年の表情をそこに見出《みいだ》すことはもはや困難であった。

——二十五年前のことである。そのころ使っていた執事の息子が、庭の涼亭《ちん》に置きわすれた斉茂のライターを盗んだ。盗んだというよりは、物珍らしさに検分していた最中に、立ち戻った斉茂は、少年をとらえて平手打を喰らわした。小柄な少年で頭がよかった。その頭のよいことは斉茂もみとめたが、顔立の醜いのが気に入らなかった。美しいものにも残酷な斉茂であったが、その酷薄さには愛がまじっていた。しかし醜いものには寸毫《すんごう》も仮借しなかった。

古風な父親にこれが因《もと》で勘当されて、檜垣はある株屋の書生に住み込んだ。主人に見込まれて叩《たた》き上げられた。終戦後のれんをわけてもらう。自ら一証券会社の社長になる。ここの別荘を買って留守番代りに、家を戦災で失った旧主と娘を、客分として迎えたのであった。

——檜垣は匙になみなみとミルクを湛《たた》えた。その匙の底を斉茂の下唇に押しあてた。斉顕たちも顔をさし出して檜垣を応援した。

「お父さまお飲みなさい」と冷酷な命令調で斉顕が言った。こういう物言いをする男は、案外中味は甘いのである。

「お飲みあそばせよ。おいしいわよ」といけぞんざいに耀子が言う。

「檜垣さん頑張れ頑張れ」と無邪気一方の尚夫が言う。

これに対する瞬間の反応で、何事も決るような気持が斉茂にはした。こうした予感は概ねあやまたない。事実人生には下らない外見をもった重要な瞬間がままあるものである。それは大袈裟《おおげさ》な譬《たと》えをすると、群衆にまぎれた暗殺者が一しお目立たぬ身装《みなり》をしているのと似ている。

口を頑《かたく》なに閉じて受けつけないのも一興である。顔をそむけてミルクを溢《こぼ》してしまうのも一興である。また、唇に勢いをつけて匙をはねかえし、檜垣の鼻先が犬のようにミルクに濡れるのを見るのも一興である。

斉茂はちらと瞳を転じて斎子を見た。斎子は父の羽根蒲団によりかかって、体を捩《よじ》って、蒲団の絹の覆いから抜きん出た白い羽根毛の一本をつまんで指に弄んでいた。彼女は斉茂がどんな態度をとろうが関心のなさそうな様子をしていた。しかし彼女が何事かを希《ねが》っている様子は、誰が見ても分明《ぶんみよう》であった。ただ誰も見ていなかったまでである。

斉茂はこれを見て、無意識に何ものかに素直に身を委ねる気持になった。口を素直にあいた。牛乳が半ば痺《しび》れている口の中を滑らかに流れた。

「まあ、お飲みになったわ」

「どうです。巧いもんでしょう」

と檜垣が言った。斉茂は嘘《うそ》のように、彼の匙から何杯も飲んだ。

見飽きた耀子が斎子の手鏡を借りて化粧をするために立上った。鏡は五月の朝の光線を須臾《しゆゆ》のあいだ縦横に室内に走らせた。

斎子が言った。

「この分ならお父さまはすぐ快《よ》くおなりになるわ」

「そうですとも、そうですとも」

と檜垣が言った。

やがて斎子が昼食の仕度に、檜垣と尚夫が散歩に立った。

斉茂は殆《ほと》んど生れてはじめてと謂っていい融和の感情の甘みの中に漂っていた。彼は空を美しい、海を美しいと感じるのであった。鳥の声も蜂の唸りでさえ優しく聴かれた。彼の感情は、半身の麻痺感の内にすら、何かすがすがしい諧和があるように感じた。

耀子は鏡台がないので手鏡を窓框《まどがまち》に立てかけて、立ったまま顔を直していた。化粧がすむ。手鏡はまた彼女の手にとられて部屋のそこかしこを稲妻のように照らした。寝そべって朝刊をよんでいた兄の斉顕が言った。

「よせよ、うるさいな」

「でも今朝からあたくし腹が立って仕様がないのよ。斎子ちゃんなんか子供だと思っていたら、あの通りなんですもの。あたくしたちだけこっちの窄《せま》い部屋に寝かせて、自分一人は檜垣さんと母屋《おもや》へ行って寝るんですもの」

「檜垣もはじめからそれがお目当てだったんだから仕方がないさ」

「でも好加減呆《あき》れ返るわね」

「今度来てみて斎子の様子がちがうんで、俺ははんと思ったよ。檜垣はうまいチャンスを狙ったもんだ」

斉顕は様子ぶった大欠伸《おおあくび》をした。

きくうちに斉茂の感情の偸安《とうあん》は打ち挫《くじ》かれた。

『檜垣なんぞと……事もあろうに、檜垣なんぞと』

彼はさきほど羽根蒲団の白い羽毛をまさぐっていた斎子の異様に真剣な様子を思い出した。あれこそは愛なのであった。その暗示で、事もあろうに檜垣の匙を斉茂がうけたのであった。いっそ毒であったらよかった。毒ですら、与えられるのを待つほかはない。……

斉茂の目は怒りに燃えた。予言の能力、当て物の能力も目前に消滅した。おそらく呪いももう利くまい。このような囹圄《れいご》の身を、このような魂の捕われを、誰が理解しよう。彼自身でさえそれがわかっていない。……彼は死を祈った。しかるに死も、彼の希いとは全く無関係な判断で、或る朝乞食《こじき》に投げ与えられる破れた小額紙幣のようにして、彼の上へ舞い降りて来るに相違なかった。

松平斉茂は悔恨を知らなかった。とは言いながら、嘗《かつ》て彼が人に与えた不幸が力強く成長し、不幸からは不幸の息子が、不幸の孫、不幸の裔《すえ》が目ざましく繁殖することがあるのだったら、斉茂はまだしも悔悟を知ろうと力《つと》める情熱をもったであろう。しかるに彼の蒔《ま》いた不幸の種子は、悉《ことごと》く変形された愛情や、曲りくねった人道主義や、物やわらかな非難の形で育って来たにすぎなかった。何一つ彼に報いを齎《もた》らさなかった。何一つ！　彼が他人の不幸と傷を喜びとしたその力強い判断と同じ力で。彼に報いたものは何一つなかった。ただ受けたものは、あの当りのよい成金がちまちましたみっともない手に匙を握って彼の口に注ぎこんだ少量のミルク、それだけである。彼の生涯の報復はそれだけである。

あれほど口をききたいと希っていた斉茂が、怒りのあまり口をききたくなくなってみると、或る別種の自由が兆すような気持がした。老いと病気と分泌物の匂いに埋もれたこの老人が、梃《てこ》でも動かない巣の中にあって、ひそかに、微妙な復讐に仮託した生き方を夢みていた。斎子をあんな卑俗な豚に委《まか》せておいてはならぬ、と彼は心に思った。せめて斎子だけは俺を離れず、俺にとっての本物の不幸にならねばならぬ。

檜垣の振舞はだんだん露骨になった。

うたたねからさめがてに、

「だめよ、ここではだめ、だめったら」

という斎子の声をきくことがあった。二人は傍若無人になり有頂天になり、しばしば斉茂の存在を忘れた。子爵は振鈴を鳴らす暇も見出《みい》だせずに、粗相をしたことがあった。

それは二時間の余も気づかれなかった。

或る夜停電になった。斎子が斉茂の枕許へ手燭《てしょく》を携えて来た。斉茂はこの機会を待っていた。裸蠟燭《ろうそく》の手燭を置くと、立って母屋へ行こうとした。斉茂は横へ出した左足に躓《つま》ずかせて、顚倒《てんとう》させた。

斎子は冗談だと考えてこう叫んだ。

「およしあそばせ。およしあそばせよ。御病気にさわるわよ」

斉茂は倒れている娘の両足を、自由のきく左足と動かない右足とで押えた。そして左手で手燭をとって、肩で娘の胸を強引に押した。蠟燭の焰で斎子の頬を焙《あぶ》ったのである。左手は熟練していたので、見事にその用を果した。焰は髪の毛を繊《こま》かく丹念に巻くようにして伝わった。彼女は甚だしく抵抗したので、髪の一部にも焰が移った。しかし髪の焰は大事に至らなかった。

——松平斉茂のこの最後の策謀は裏切られた。今時めずらしい人道的な檜垣は、頬一面に醜い引きつりのある女と敢然と結婚した。斉茂は二人の結婚一週間後に再度の脳溢《のういっ》血《けつ》で急逝した。

薔薇連想

渡辺淳一

一

氷見子《ひみこ》の足の裏に湿疹《しっしん》が出来たのは梅雨の盛りの六月半ばであった。氷見子の足は土踏まずがよくくぼみ、小さく締っている。靴は二十三センチで九半を履く。その足の土踏まずの先のふくらんだ部分の皮膚が剝《む》け、亀裂が生じて光っている。よくみると湿疹の一部は土踏まずの間にまで及んでいた。格別痒《かゆ》くもないが搔《か》くと白い表皮が粉のように落ちてくる。

「水虫かしら」

氷見子は劇団「創造」の研究生だが、夜は同じ劇団の先輩のやっている新宿の〝チロル〟という小さなスナックバーでアルバイトをしている。

梅雨で足の裏に汗をかくことが多いうえに、稽古場で仲間とサンダルを履きかえたりしたことがあるから、それでうつったのかも知れなかった。

「ねえ、誰か水虫の人いない」

その日、十時に稽古場に出ると氷見子は早速、仲間達に尋ねた。その日はベケットの戯曲の研究会であったが、団員の主だった人達はまだ現れていなかった。

「どうしたのよ」

「水虫になったみたいなの」

氷見子は坐《すわ》った膝の上に足の裏をのせて見せた。

「うつされたっていうの？」

同期の研究生の一人が顔を近づけて覗《のぞ》き込んだ。

「どうかしら、でも水虫っていうのは誰かにうつされてなるんでしょう」

「全部がそうかしら？」

「よく分んないけど」

「足の裏だし、どうってことないじゃない」

「でも皮膚がかさかさして、そこだけがまるで他人の皮膚みたいよ」

「チンク油を塗ってみたら」

「あれ効く？　私はイクタモールの方がいいと思うな」

「いろいろやってみたけど結局ヨーチンを塗るのが一番だわ」

寄ってきた仲間達がそれぞれに自分の体験を披露し始めた。驚いたことに彼等の半数近くが過去に水虫に悩まされた経験があった。

「足の裏でよかったわ、手なら大変よ」

舞台で躍動する手が水虫に侵されていたのでは興醒《きょうざ》めである。

「薬をつけとけばそのうち治るわ」

「でも治りにくいんでしょう」

「完全に治んなくてもすぐ落ちつくわ」

そんなものだろうと思いながら氷見子は椅子から脚を降ろして靴下をはいた。ミニの下に小ぶりだが形のよい脚がある。

梅雨は過ぎたが氷見子の水虫は一向によくならなかった。妙に長たらしい名の売薬を買ってきて塗った当座だけ、少しよくなったようにみえたが、それは気のせいで、半月もするとそのあたり一帯の皮膚が、かさかさと乾いてミイラの背中のように角化してきた。風呂から上り退屈まぎれに足の裏を眺めると、硬くなった皮膚は光を受けて鉱物のように輝いている。指で圧《お》しても痛くも痒くもない。

「まるで象の肌みたいだわ」

小気味よく伸びた脚の先にそんな部分が隠されているとは誰も知らない。柔らかい足の中で、そこだけは他人の領地のように自分には無縁のものに見えた。

氷見子が病院へ行ってみる気になったのは六月の末である。右の足の裏はさらに硬くなってきているようだが、拡《ひろ》がってくる気配はなかった。だが何気なく見た左足の裏に右と同じような発疹が出来ているのを知って彼女は不思議な気持にとらわれた。二つの足の裏を揃《そろ》えて並べてみると、出来た場所といい、形といい驚くほど似ている。右はやや先輩格で硬さを増しているが、左の足は半月前、右足の湿疹を初めて見た時とそっくりである。

「やんなっちゃう」

氷見子は腹立ちまぎれに足の底で床を二度ほど踏みつけた。

病院は氷見子の住んでいる荻窪《おぎくぼ》の近くの個人病院であった。看板は外科、皮膚科、泌尿器科、肛門科となっていた。最後のところが氷見子には可笑《おか》しかった。

医師は五十を少し越えた恰幅《かっぷく》のいい男だった。初め見てから、「おや」というように眼鏡を外し、改めてしげしげと見直した。足の裏を見られているだけで氷見子はくすぐったくなった。医師は二、三度うなずき、それから腕を組み首を傾けた。氷見子は足をひっこめたかったが医師が見ているので引くわけにもいかない。少時考えたあと、医師は再び手を伸ばし、皮の剝けたあたりを指で撫《な》でたり圧したりをくり返した。

「なんでしょうか」

「………」

医師はまだ見詰めていた。

「この薬をつけたけどさっぱりよくならないのです」

氷見子はハンドバッグから使い古したチューブ入りの薬を取り出して診察机に置いた。

「やっぱり水虫でしょうか」

「似てるがねえ……」

医師は足と氷見子の顔を交互に見較《みくら》べた。皮膚科だもの、見ればすぐ分るはずなのにと氷見子は無遠慮な医師の視線に苛立《いらだ》った。

「すぐ治りますか」

「検査？」

「ひとまず検査をしてみましょう」

「ただの水虫でないかも知れないのでね、少し血を採って調べてみましょう」

「血」

医師の考えていることが氷見子には分らなかった。

「何故《なぜ》？」と尋ねようとした時、看護婦が近づき二の腕をゴムで締めると浮き出た静脈に針をさし、赤い血を一〇ccほど抜き取った。

氷見子が自分の病名を聞いたのはそれから一週間後である。

その時、氷見子は白地のワンピースに黒い羊革のベルトをつけていた。病院は午後で、待合室には買物籠をさげた婦人が一人、薬の調合を待っているだけで閑散としていた。

　診察室で医師は相変らずゆったりと回転椅子に腰を降ろしていた。一週間前に血を採った看護婦が医師の後ろで煮えたった煮沸器から消毒したピンセットを取り出していた。本通りから百メートル入った路地なのに、病院の辺りは時たま子供の声がするだけで静かだった。医師の頭の上の窓に白く厚い夏の雲が出ていたのも氷見子ははっきりと覚えている。雲は暑さを呑《の》み込み青い空から抜けたように輝いていた。

「やはり血の病気でした」

「血の病気？」

「梅毒です」

　医師はいとも簡単に言った。突然のことで氷見子はすぐには医師の言ったことが呑み込めなかった。

「ここに結果が出ています」

　彼は検査結果の報告書を見せた。

「三つの方法で調べてみたのですが、どれも2プラスの陽性です」

　氷見子は机の上に開かれたカルテの中のピンクの紙を見ていた。カーン法、ガラス板法、緒方法と書かれた各法の横に十字が二つ重なった（++）のサインが並んでいた。氷見子はぼんやりしていた。医師の言ったことが、まだ頭に定着していなかった。他人の病気のことを聞いているようであった。

「今日から早速、駆梅《くばい》療法をしましょう」

氷見子が自分の病気の重大さに気付いたのは腕のつけねに注射をされてからのことである。白い溶液が体の中に入っていくのを見ながら、彼女はようやく、自分が大変な病気にかかったのだと知った。一瞬のうちに氷見子は病人になっていた。注射が終りその部位に看護婦が消毒綿をおし当てた。

「どうして、……なったのです」

氷見子の声は低く嗄《しわが》れていた。

「さあ」

医師はハイライトに火を点《つ》け、一服吸い込んでから言った。

「やはり、うつされたのでしょう」

「うつされた？」

「感染して二年ぐらい経っていると思うのですがね、心当りがありませんか」

細面で少しおでこの氷見子の顔に、山型の眼が止ったように見開かれている。看護婦が蛇口へ行き、いま氷見子に注射した注射筒を水で洗い、二度ほど水を切ると煮沸器へ戻した。医師はまだ灰を落すほどになっていない煙草の先を何度も灰皿の縁になでつけた。

「二年前……」と氷見子は口の中で呟《つぶや》いた。二年前、という月日と男の顔がすぐにはつながらない。両者の間にはいくつかのつなぎめがあって邪魔をしているようである。

「とにかくまずペニシリンを一クールやってみましょう」

「治りますか」

「そう、やってみるのです」

医師は別の答え方をした。

「どうなるのですか」

氷見子は自分がかかった病気についてまだ何も知っていないのに気付いた。知っていたように思ったのは、その病名をよく耳にしたことがあるというだけのことであった。

「いまは第二期です、足の発疹はこの第二期に出る梅毒性の乾癬《かんせん》なのです。これは足の裏以外に掌《てのひら》や額の生えぎわにも出来ます」

聞き終ってから氷見子は掌を開いた。左右並べてそろそろと覗き込む。

「貴女《あなた》は足だけです」

氷見子は慌てて医師を見上げた。

「ところでこの一年か一年半くらい前に脇腹や胸の側面に爪の大きさぐらいの淡い赤色の斑点が出ませんでしたか」

医師が探るように目を寄せた。

「見たことがありませんか」

「…………」

「あるでしょう」

医師の目が迫ってきた。氷見子は悲鳴に似た声を上げた。見た憶《おぼ》えがある。風呂に入った時、乳房の後ろからウエストにかけて赤く色づいた斑点が拡がっていた。氷見子の肌は白いというより蒼《あお》ざめていた。浅い静脈が皮膚の上から透けて見える。掻くときまって爪の痕《あと》が赤く筋になって残った。消えるまで人より倍以上の時間がかかった。宇月《うづき》は浮気をできないようにしてやる、といって乳房や下腹を噛《か》んだ。面白いように歯形がついた。そうだ、宇月だ。二年前の男は宇月友一郎であった。氷見子の中で記憶のジョイントがかさかさと音を鳴らしてつながった。

「それを薔薇疹《ばらしん》というのです。大抵は二、三週間で消えますが、それが第二期の始まりです」

とすると姿見にうつして氷見子は薔薇疹を見たことになる。二十一歳になっても少女のままのような硬く小さな乳房の背後から、くびれた胴を越え、軽く脂肪のついた下腹までの両側に、薄雪に紅梅を散らせたように朱色の斑点が拡がっていた。氷見子は見惚《みと》れていた。「おや?」と思ったが不審というより美しさが先に立って目を奪われた。湯に入りすぎて肌が色づいたのかと思った。タオルで体を拭いた。全身の火照《ほて》りがさめても朱色の斑点は残っていた。だが氷見子は気にもとめなかった。第一、痛くも痒くもなかった。

「うつるというのはやはり……」

「稀《まれ》に輸血でということもありますが、それ以外はほとんどが……」

医師は語尾を濁した。氷見子は宇月のことを考えていた。肘を軽く曲げ上体を押し出すように歩くのが男の特徴だった。あの男から私は病気を受けたのだろうか、私の血があの男の血に染まったというのだろうか、血が病気になるとはどういうことだろうか、氷見子はまだ少しも分っていない。

「すると血の中にその病気が……」

城の中にお姫さまが隠れているように、と彼女は妙な譬《たと》えを考えた。

「病原体はトレポネーマ・パリズムという一種の、まあ虫みたいなものです」

「むし……」

氷見子は口を開けたまま医師を見ていた。氷見子のショートカットの髪の下から耳が覗き、鼻が軽く上を向いている。顔だけ見ていると童女と変らなかった。

「それが私の血の中にいるのですか」

「まあそういうことです」

医師がうなずきながら口から煙を出した。煙は無恰好《ぶかっこう》に崩れてすぐ消えた。部屋の湿度が上ってきていた。受付の方で女の話す声がした。

氷見子のなかに不思議な感覚が生れたのはその時であった。どういうわけか氷見子は眼の前に坐っている医師が自分とはまるでかけ離れた人種に見えた。コンピューターで打分けられるように素早く正確に、ばたばたと自分が彼等とは別のグループに組分けされたのだと思った。それは機械的で素っ気なかった。小学校の組分けの時、泣いてせがんでも戻して貰《もら》えなかった、その時の非情さと似ていた。どうもがいても駄目なようであった。

「このまま放っておいたら……」

氷見子の顔は蒼ざめていたが体の芯は火照っていた。体が日向《ひなた》と日陰と二つの部分に割れているようであった。

「第三期になると体のいろいろなところに発疹ができ、硬結《しこり》がふえ、一部は崩れて潰瘍になります。十年以上経《た》って第四期に入ると体の奥の神経や血管や内臓が侵されて死ぬようなこともあります」

「じゃ私もそうなるのですか」

氷見子は祖母から聞いた地獄の亡者の姿を思い出した。祭の時、幕絵で見た奇怪な裸形が一気に寄せてきた。

「いまは治療さえしていればそんな風には進みません、この状態でおさまります」

どんな虫が私の血の中にいるのだろうか、体をごしごしこすったら出て来るのだろうか、どんな顔をし、どんな尻尾《しっぽ》を持っているのか、どんな恰好で動くのか、なめくじのようにか、百足《むかで》のようにか、あるいは本で見た頭でっかちの精子のようにだろうか、動く時、声を上げるだろうか。それは何を食べて生きているのか、そして私の足の裏で巣を作り蛇のようにとぐろを巻いているのだろうか、それを私が養っている。こんな痩せっぽちの私が、そんなに沢山の虫を養っていけるのだろうか、いまに私の体は虫で溢《あふ》れてしまい、すべての毛穴から虫が出る。

「注射をすれば虫は消えるのですね」

「ほとんど失くなります」

「完全には……」

「まずやることです」

医師は眼鏡の底からそれと気付くほどの優しい眼差《まなざ》しを氷見子に向けた。氷見子の眼に医師が映り、空と雲が映った。雲の底は赤い屋根で跡切《とぎ》れていた。煮沸器が煮えたら、中で注射器の筒と外殻がぶつかり合う音がした。

二

氷見子が宇月友一郎を知ったのは、二十歳の夏であった。

その二年前から氷見子は私立の大学に通いながら劇団「創造」の研究生になった。演劇は高校の時から好きだったから望み通りの道に進んだことになる。劇団の稽古や打合せは昼間におこなわれる。休暇の時はいいがそれ以外の時はどうしても学校を休むことになる。秋の公演の時、氷見子は初めて舞台に上った。歩くだけで台詞《せりふ》のない役だったが初めてだけに嬉《うれ》しかった。氷見子が学校より劇団へ身を入れ始めたのはこの時からである。

大学は国文科だったが、大学で型通りの講義を聴くより劇団で体を動かし、話し合っている方が遥《はる》かに充実しているように思えた。俳優になるのに大学は必ずしも必要ではないようであった。二年で氷見子は大学をやめた。

氷見子の家は札幌で比較的大きな雑貨商を営んでいた。月々仕送りをして貰っていたのだが氷見子が退学して劇団に専念したのが知れると両親は怒って仕送りを止めると言ってきた。氷見子は負けていなかった。やる気になれば何でもできると思った。仕送りが止った時のことを考えて劇団の先輩がやっているスナックバーにアルバイトに出た。そのうちにいい役者になって反対した親を見返してやろうと思った。

氷見子が初めて人目を惹《ひ》くチャンスを得たのは大学をやめた翌年の春であった。あるテレビの演出家を通じて氷見子の劇団へ口がかかってきた。仕事は、Yという婦人下着会社のコマーシャルの出演であった。

〈愛くるしいお嬢さん風の女〉というのが先方の条件だった。売っているものが下着だけにスポンサーは女優の方にことさら清潔感を求めたのだった。

氷見子を含めて三人の研究生が候補にあげられた。三人の中で氷見子は一番若く小柄だった。北国育ちの肌の白さに、顔はどこかおっとりした感じがあった。それは軽いおでこと山型の眼に加え、少し上向きの低めの鼻のせいかもしれなかった。

最終審査はテレビ局の小会議室でおこなわれた。担当の花島というプロデューサーの他にスポンサー側から五十年輩の小肥《こぶと》りな男が来ていた。Y社の宣伝部長で宇月というのだと花島が紹介した。宇月は花島の説明に時々うなずきながらメモ用紙と氷見子達三人を交互に見較べた。その態度は何かひどく威厳があった。

簡単な質問があってから、遅いテンポの音楽に合せて体を自由に動かすように命じられた。それはコマーシャルの時、花の野原を下着を着て緩やかに走る仕草につながっていた。

氷見子が採用と決ったのは審査が終った三十分後であった。コマーシャルに出たからといって劇団での地位には無関係だったが、収入があるうえ、多少なりともマスコミで知られることになる。それがきっかけでまたどういう好運が訪れないとは限らなかった。少なくとも田舎の両親には地味な舞台よりテレビのコマーシャルの方が効き目があった。

氷見子の出たコマーシャルは特別話題にはならなかったが、それなりに評判は良かった。小さく均斉のとれた肢体が長いランジェリーに引かれ、軽く上を向いて反り返った顔が、愛らしさの中に妙な艶《なま》めかしさを漂わせていた。氷見子は出演料の三割を規定によって劇団に納めた。劇団を通して得た収入はすべてそういう取決めになっていた。

コマーシャル出演の人選に関して、プロデューサーとスポンサー側との間に意見の食い違いがあったという話を氷見子が聞いたのは、審査の一週間後であった。プロデューサーの花島は氷見子より一つ年上の香月祥子を推《お》したが、スポンサー側が強引に氷見子で通したということであった。

あの人が私を認めてくれたのだ……

氷見子はほとんどものも言わず、机に肘をついたまま黙って見詰めていた初老の男の、鳶色《とびいろ》の眼を思い出していた。

撮影が終って一週間後に氷見子は宇月に夕食を誘われた。「撮影が無事に終った打上げ祝いだ」と聞いた。約束の料理屋に行くと花島と宇月が待っていた。氷見子は花島とはすでに親しく話ができたが宇月とはほとんど口を利いたことがなかった。彼女は少し堅くなり神妙に受け答えをした。ビールを飲み食事が終ったところで花島は「別の仕事がある」と言って帰っていった。

「君はいいのだろう。軽く飲みにいくが、つき合わないかね」

宇月は審査の時と同じ鳶色の眼で氷見子を見詰めた。氷見子に拒む理由はなかった。

車は青山に近いナイトクラブで停った。宇月は時々来るらしく、席に着くとすぐ、知り合いらしいボーイが駆けてきて挨拶をした。

「これからも何か仕事で希望があったら遠慮なく言いなさい。僕でできる範囲のことはしてあげる」

宇月は赤い容器にうつるローソクの火を見ていた。氷見子は初めて近くから宇月を見た。少し肥り気味だが顔にはかつての美男の面影があった。

「今は伯母さんの家から通っているそうだね」

誰に聞いたのか宇月はそんなことまで知っていた。周囲には氷見子が夢に描いたとおりの豪華さと落着きがあった。酔ったのはカクテルだけでなく雰囲気のせいもあった。

「君は好きな人がいるのかね」

宇月が左手でグラスを抱えながら尋ねた。「はい」と言おうとして氷見子は口を噤《つぐ》んだ。宇月の鳶色の眼が輝いていた。スポンサーではなく男の眼のようであった。

「君ほどの美人だ、いてもおかしくないじゃないか」

氷見子は眼を伏せていた。身を堅くして見抜かれるのを防いでいた。思い出さないでおこうと思うと伸吾の顔がかえって浮んできた。劇団「創造」の皆川伸吾は氷見子の四歳上であった。

氷見子は好きだが伸吾も氷見子を好きなはずだった。

「まあいいさ」

微《かす》かに笑うと宇月は横を向いた。鬢《びん》の白さが弱い光の中で輝いた。氷見子は盗むように息をついた。

外の風に吹かれたかったが宇月は出るとすぐ車を拾った。予感はしないでもなかったがまるで本を読んだと同じように氷見子は宇月に奪われた。それは氷見子にとって初めての体験であった。

「悪いようにはしない、安心したまえ」

氷見子の泣き声が力を失うのを待って宇月が言った。すべてが仕組まれていたようであった。

それまで何も知らなかった氷見子の体は日を追って目覚めていった。体の関係が出来て三か月で彼女は伯母の家を出て中野にアパートを借りた。費用は全部宇月が持った。週に三日、宇月は氷見子の処《ところ》へ現れた。夜の時もあり仕事の合間の昼の時もあった。

「いけない」と思いながら氷見子は自分の体の成長に呆《あき》れていた。思考とは別に体だけが走っていた。一人で考えると顔を赤らめることが宇月と二人なら平気でできた。少しずつ恐ろしいことが無くなることが怖かった。

生活には余る金が宇月から毎月渡された。劇団には顔を出さなかった。氷見子は宇月だけを待って過し、彼は新鮮な果汁でも吸い取るように氷見子の若さをむさぼった。伸吾のことは氷見子の頭で生彩を失い、遠のきながら、それでも時々驚くほど鮮やかに甦《よみがえ》った。

宇月が死んだのは、関係ができて一年半経った十一月の末であった。夜、宴会を終えて新橋から氷見子の家へ来る車の中でのことだった。死因は大動脈瘤《だいどうみやくりゆう》破裂と聞いた。氷見子はそのことを翌々日の新聞の死亡広告で知った。葬式が終り初七日が済んでも氷見子はアパートに閉じこもっていた。

お参りに行くわけにもいかなかったが、あるいは宇月がドアのベルを押して現れるのではないかと思い続けた。

四十九日を過ぎて彼女はようやく諦めた。ごそごそと身体を動かし、服を着換えて街に出た。

年が明けていたが街は一向に変りがなかった。日の当る場所と日陰では随分と温度が違った。歩きながら、宇月の発作が起るのがもう三十分遅かったらアパートで死んだと思って身がすくんだ。

二か月たって、氷見子は働かねばならないと知った。忘れていた舞台が思い出された。宇月が死んでみると舞台しかなかった。そのことは舞台を去るのも戻るのも宇月次第だということだった。氷見子はそんな自分に少し腹が立った。

「創造」は氷見子が休んでいる間に分裂して三分の一が脱退していた。皆川伸吾もいなくなっていた。再び氷見子は昼は劇団に顔を出し夜はアルバイトで以前の〝チロル〟というスナックバーに勤めた。氷見子と一緒に入った仲間は皆、団員になっていた。一年半の間に完全に水をあけられていた。惨《みじ》めで淋《さび》しかったがそれも一週間経つと諦めに変った。一か月経つと苦痛や淋しさは無くなった。

「それなりに周りの環境に合せて生きていけるものだわ」氷見子は自分の移ろいに自分で呆れていた。

夏が来た。夏に初めて宇月に体を奪われたことが氷見子に甦った。それは頭が思い出したようでもあり体のようでもあった。

三

氷見子の足の裏の湿疹はその後、大きくなる様子もなく落ちついた。一部の角化したところはそのままだが趾《ゆび》の間まで拡がっていた湿疹はほどなく消えた。水虫の薬でなく駆梅療法をおこなって消えたことに氷見子は無気味さを覚えた。

氷見子は毎日、午後に病院へ行った。午後は空いていて他人にもあまり会わず、すぐ注射をして貰えた。それでも馴染みの顔が出来た。氷見子と同じように毎日ペニシリンを打ちに来ているらしい男がいた。角刈りの六十歳近い男でいつもきちんと和服を着ていた。大家の旦那のようでもあり質屋の主人のようでもあった。男は来ると名前だけを言い、呼ばれるまで黙って待合室で腕を組んでいた。眼は大きく開けていたが、何処《どこ》を見ているのか何を考えているのか分らなかった。男の名前は木本といった。

注射は氷見子が先のことも、木本が先のこともあった。氷見子が腕のつけ根をアルコール綿で撫ぜている時に診察室に入ってくることもあった。男は氷見子を見てすぐ眼を逸《そ》らした。年齢に似合わぬ含羞があった。

氷見子は医師が書き込んでいる木本老人のカルテを見た。

盗み見ただけでよく分らないが病名の欄には横文字が書いてあった。氷見子は自分のカルテを手に持ったことはないが、医師の机の上に載っているのを覗いたことがある。Lが頭文字の同じ綴りのようだった。他の人達のは皆、日本語で病名を書き込まれていた。

二人だけだ……

急に氷見子は老人を身近なものに感じた。年齢も、性も、環境も、すべてが違うのに親しい友達に会ったような気持だった。生れついた時から二人は仲間であったような気がした。

同じ病気だからだろうか……

そうだとしても奇妙である。これまで風邪をひいた時は勿論《もちろん》、小児喘息《ぜんそく》で苦しんだ時も、虫垂炎で手術をした時も同じ病気の人にそんな気持を抱いたことはなかった。原因はもっと深いところにありそうだった。

血が同じだから……

氷見子は老人と自分が血でつながっていることを考えた。血を思うとすぐ宇月の顔が思い出された。本当にあの人がそうだったのだろうか、それはまだ確かめたことではなかった。注射を終ってから氷見子は丸椅子に坐った。

「感染したのは二年前だろうと仰言《おつしや》いましたが」

「発疹の状況からそう推定できるのです。感染後、二年から三年で今の症状がでるのです」

後にも先にも体の関係があったのは宇月しかなかった。

「その人はいま……」

「いいえ」

氷見子は少し考えてから答えた。

「死にました」

「死んだ……なんで？」

「変った名前です。大動脈瘤破裂とか……」

医師はうなずいた。微かに笑ったようでもあった。

「やはり」

「何故……」

何処も悪そうでなかったと氷見子は言いたかった。

「大動脈瘤というと独立した病気のように聞えるけれど、これの九〇パーセントは梅毒によるのです。その人は多分、第四期だったのでしょう」

「………」

「この頃は昔と違って治療をしているから外に症状は出てきません。だが、いくらペニシリンでも時間がたって内臓まで侵されたものにはあまり効きません」

「じゃ……」

「その人は病気のことは知っていて、治療はしていたのでしょう」

「あの人が……」

信じられなかった。宇月は知っていて娘ほど違う三十歳も年下の氷見子の体にうつしていたというのだろうか。

「この病気そのものは慢性でゆっくり進むし以前のように潰瘍になったり鼻が欠けたりするようなことはなくなりました。私でさえ典型的なものは見たことがないのです。痛みも熱もないのだから本人には病気だと言うだけで別にどうということもありません。ただ子供に影響するのが怖いのです。流産したり異常児ができます。戦後一時ペニシリンが出た時には減ったのですが、最近またふえてきたのです。政治家や実業家の偉い人達にも結構いるのです」

氷見子は両手を丸椅子の端に強く当て、倒れそうになる上体を必死に支えていた。宇月が許せなかった。知っててやったことが卑怯《ひきよう》である。人が人にやることではない。だが宇月はいない。

「なぜこんな病気が……」

怒りのやり場がなかった。受け止めてくれる人なら誰でもよかった。

「コロンブスが新大陸に行って持ち帰ってきたのです。島を発見したのはよかったけれど病気も持ってきたのは余計だった」

氷見子は自分の血が十五世紀の新大陸からつながっていると知って眩暈《めまい》を覚えた。気の遠くなる距離だった。風に運ばれたのでもなく、船でもなく、確実に血を通して人から人へ伝えられたということが氷見子には怖かった。

「あまり気にしないことです。貴女は軽いし、まだこれといった症状はないのですから」

だが血を受けたことは伝えたすべての男達と交接したことになるのではないか、黒人も白人も黄色人も、さまざまな男に私は犯されたのではないか。氷見子は眼を閉じた。青い海の果ての緑の島と、黒い肌と、太鼓の音が聞えてくるようであった。

自分だけの血に戻りたい……

その夜、氷見子は初めて店を休んだ。一晩中血を洗うことを考えた。血はどう洗えばいいのか、軽石でこするのか、注射器で血を抜くのか、考えた末にそんなことが可能ならとうにやられている筈《はず》だと気付いた。徒労だった。だがそれは駄目だと知るために必要な道程であったようでもある。疲れ果てたところで氷見子の気持はいくらか安らいだ。

宇月は何を考えていたのだろうか……

昼間、病院で抱いた宇月への憎しみは幾らか色褪《いろあ》せていた。宇月のことは少し優しく考えてやれそうだった。

「結局」と氷見子は闇の中で仰向《あおむ》けのまま呟いた。

「宇月は一人だけで淋しかったのかもしれない」

そう思いながら氷見子は明方、浅い眠りにおちた。

四

小さな台風が過ぎたことで残暑が消えた。朝方、氷見子は急に年をとった夢を見た。目醒《めざ》めるとすぐ自分の鼻と眉に触れてみた。触れたかぎりでは異常はなかった。夢の中の顔は目尻に皺《しわ》が寄り、髪の毛がごっそりと抜けていた。風の残りが雨戸を叩《たた》いていた。氷見子はなお床の中にいて夢の記憶が薄れるのを待った。

周りの部屋の人達はすでに出勤したあとらしく、アパートは静まり返っていた。氷見子は先日の血の検査結果が今日分ることを思い出した。そのことは昨夜眠る前も、眠ってからも思い出していたようであった。

起き上ると十時だった。氷見子はそのまま鏡台の前に坐った。額の生え際に産毛が乱れている。夜の間、乾いた肌に無数の毛穴が見えた。

「新しい発疹はない」そのことを確かめて氷見子は立ち上り雨戸を開けた。眩《まぶ》しいほどの明るさだったが陽光は間違いなく秋のものだった。

遅い朝食を終え洗濯をし、顔を作って病院へ出かけた。病院へ着いたのは午後二時だった。待合室には買物籠を下げた婦人と少年だけがいた。午後二時頃行けばいつも会えた木本老人の姿は今日もなかった。老人と会わなくなって一か月以上経っていた。

「この頃、木本さんは見えないのですか」

診察券を出しながら氷見子は受付の女性に尋ねた。

「あのお爺ちゃん、最近、脚が弱くなってスリッパが脱げたり、ふらつくのでお嫁さんがついてくるのです。その都合でお昼前に見えるんですよ」

「悪くなったのですか」

「お年のせいもあるのでしょうけど、木場《きば》からいらっしゃるのですからね」

「木場？」

「深川の、御存じですか」

「ええ」

一度車で通りすぎたことがある。江戸時代から木材の集積所として賑《にぎ》わった所である。門口まで立てかけた木の並びは当時の面影があった。

「何故そんな遠くから見えるのですか」

「さあ」事務員は瞬間、戸惑ったように氷見子を見返した。

「うちの先生が深川の方の病院に勤めていた時からの患者さんなのです」

それにしてもペニシリンの注射だけにこんな遠くまで来る必要があるだろうか。病院を替え、初めからいろいろ尋ね直されるのが嫌だったのだろうか。氷見子は注射のあと、杖《つえ》に両手を重ねたまま待合室で坐り続けている木本老人の姿を思った。老人は坐ったまま何かを考えているようであった。だがそれは脚に自信がなかったからのようであった。一度使い果した力が再び充《み》ちてくるまで待っていたのかもしれなかった。

あれだけ注射をしても病気は治らず、なお進んでいるのだ。

少しずつ、しかし確実に病が進んでくることが無気味だった。婦人と少年が立ち上って待合室は氷見子だけになった。

「津島さん」

名を呼ばれて氷見子は薄ら寒い思いから覚めた。

「血の検査結果はいかがでしたか」

不安と期待をこめて氷見子は尋ねた。

「そう、そうでしたな」

医師の声は明るかったが、カルテをめくる仕草は妙にゆっくりしていた。医師の手が止って氷見子は唾《つば》を呑んだ。

「大体……前と同じです」

「同じ？」

医師はうなずきピンクの検査用紙を示した。カーン、ガラス板、緒方の各法の横欄には前回と同じく朱色で〈陽性、2〉とある。

「快《よ》くなっていないのですか」

「そう急に快くなるものではありませんよ」

「これだけ注射しているのに……」

すでに五十本近い注射を続けて、氷見子の腕のつけ根の部分はいつも重かった。肩口の個所は硬くなり、薄黒く色づいていた。

「この頃はペニシリンに抵抗力をもっているのもあるのです」

「じゃ、もう完全には……」

「焦ってはいけません」

「で……治るのですか」

そこを氷見子は知りたかった。だが医師は答えず、横に控えていた看護婦に命じた。

「ペニシリン」

「…………」

「とにかく、気長にやることです」

医師と看護婦は呼吸が合い、流れ作業のように素早く注射筒に白い液が満たされた。

このまま治らないのではないだろうか……

午後、かすかに芽生えた怖《おそ》れは夜になるとともに、少しずつ、しかし着実に膨んでいった。

人の群れが雑多に流れていた。灯が点《つ》き始めて街が昼から夜に変ろうとしていた。秋とともに会社の退《ひ》け時《どき》と夕暮が重なってきていた。氷見子の左右を無数の人がすれ違っていく。前を向いて早足でいく人も、喋《しゃべ》りながら腕を組んでいく人もいた。大きなガラス越しの中のボックスが見透せる喫茶店がある。身を乗り出して話しかけている男がいる。それを受けて笑っている女性がいた。話していることは分らないが二人は動いていた。客の間を行くウエイトレスも動いていた。店の角は交差点になっていた。人の波が止り、辺りが人の背で埋まる。氷見子は真ん中に立っていた。皆が素っ気なく見えた。声をかけたら逃げだしていくように思えた。信号が赤から青に変り再び人の群れが動き始めた。

私一人が別に選《よ》り分けられた。

〝チロル〟に出たが店の賑々しさがかえって息苦しかった。いつもより一時間早い十時に氷見子は頭痛がすると言って早退した。妙に気が急《せ》いた。電車を降りると脇も見ず歩いた。何故急ぐのか自分でも分らない。だがとにかく一人にならなければいけないと思った。

十時半に戻ると氷見子は足の裏を見、それからセーターを脱ぎ、スリップを外した。姿見に前をうつし横から背を見る。透けるように白い肌は夜の光の中で翳《かげ》りをもち息をひそめていた。どこも異常なところはなかった。肌には赤い斑点も硬結もなかった。異常がないのに血の検査だけが陽性に出るのが無気味だった。血が体の中で揺れているようであった。陽性を表す十字が殉教者の刻印のように思えた。

わたしだけ血の病にとりつかれたのは何故だろうか……

氷見子はパジャマを着、鏡の前の丸椅子に坐ったまま考えた。宇月を知ったことは勿論だが、さかのぼっていくと花島が劇団へ出演の話をもってきたことも、劇団「創造」に参加したことも、Y社がコマーシャルを企画したことも、すべてが原因のようであった。それらは互いにつながり合い関係し合っているようであった。

でもそれだけだろうか……

まだありそうだった。その先を追っていくと根は別のところに行きつくように思えた。自分がやった程度のふしだらなことは、皆とはいえないが、かなりの人がやっているように思えた。その中から自分だけが選ばれた理由は何であろうか。

間違いなく自分は選ばれたのだ、と氷見子は思った。とてつもない籤《くじ》に当ったようである。それがどういうからくりで自分に訪れたのか分らない。分らないが当ったということだけははっきりしている。そのからくりは誰が操り、誰が命じたのか。自分に当ったのは理にかなっているようで不合理なようでもあった。多くの人の中から自分一人だけ選ばれたことが怖ろしかった。急に孤独感が寄せてきた。

私、一人だけなのは嫌だ。

浮び上った水鳥のように氷見子は顔を振った。誰でもいい、今はただ同じ血の仲間が欲しかった。

五

氷見子が田坂敬介に近づいたのには特別の理由があったわけではない。それはむしろ偶然に近いものだが、あえて理由を探せば宇月に近い年齢で、わけ知りげな様子が原因かもしれなかった。

田坂は私大の英文学の教授で、ときどき戯曲の翻訳をやったり、雑誌に劇評を書いたりしていた。劇団「創造」には演出の村瀬の紹介で作品の検討会や勉強会にオブザーバーの形で出席していた。

年齢は五十を少し越していたが面長で端正な顔立ちであった。〝チロル〟には月に二、三度ぶらりと現れて水割りを飲んでいく。

〝チロル〟は十二時が看板であったが、氷見子の勤めは十一時迄だった。その日、十一時になったのを見届けて氷見子は店を出た。ビルの角を曲り表通りへ出た時、一足先に出て車を探していた田坂に会った。

「君の家はどっちだね」

「中野です」

「中野なら帰《かえ》り路《みち》だ。送ってあげよう」

劇団で氷見子は田坂と二人きりで話したことはなかった。劇団の顧問格の田坂と研究生の氷見子とでは立場が開いていた。研究会などで氷見子は田坂の喋るのを聞いていた。声は低いがイギリス作家の演劇論になると熱っぽく話し続けた。

車はすぐ青梅街道に出た。夜のラッシュにはまだ少し間があった。氷見子は酔いが体に残っているのを知った。この一週間、毎晩のように飲んでいた。飲んだ時だけ病気のことは忘れた。

「君は今度の配役を断わったそうだね」

田坂が前を見たまま言った。

「いけませんか」

「そんなことはない。たまに休んで仲間の舞台を内側から見てみるのも悪いことではない」

劇団の今度の演し物《だしもの》は、ウェスカーの「大麦入りのチキンスープ」で氷見子に与えられた役は主役級のハリーの妹役であった。

「舞台に出るのが急に怖くなったのです」

「役者はそういう時が一度あっていいのだ」

断わったのは血の病気のせいで他に理由はない。濁った血のまま舞台に立つのが怖かったからだ。だが治らないと知った今では、むしろ出て人々を欺いた方がよかったかも知れないと思っている。少なくとも田坂が考えているらしい立派な理由があったわけではない。

「それは根本的な問題だな」

対向車のヘッドライトで田坂の顔が明るく浮び上った。

「たしかに、現代において演劇は何か、演劇で何ができるか、という問いかけを僕達はもう一度しなければならないのだ」

氷見子は病気のことを考えていた。田坂は喋り続けていた。１プラス、２プラスと氷見子は前方から現れる光の波を見ながら数えていた。

「集団としてでなく個としての自分を見直すべきなのだ。個として自分はどこまで純潔でありうるかということだ」

「個として」と氷見子は呟いた。一人は怖い、一人では耐えられないと氷見子は思った。

「個の意識から初めて連帯感が生れる。その連帯感をどう受けとめ、どう発展させるかというところが問題なのだ」

「私は……」

「そうだ、君と僕との間に果してどれだけの連帯感があるか、問題はそこから始まる」

この人にうつしたら……

氷見子の頭に悪魔の思いが浮んだのはこの時であった。

「それは何故プロになるのかという問題にもつながってくる。現代の中で生き、現代とアクティブに関わり、そのことから様々なものを感じる作業が根底になければいけない」

うつしてやる。

氷見子の中で妖精が悪に向って駆けていた。隠微な思いが赤く大きな環《わ》となって拡がっていた。

「私、帰らないわ」

「帰らない、……どうするのだ」

田坂の声が急に現実のものとなった。

「どこかへ連れてって」

「どこかって……」

「どこでも、今夜は離れたくないわ」

田坂は顔を引き、改めて氷見子を見詰めてから言った。

「本気かね」

どこをどう走ったのか氷見子には分らなかった。気付くと眼の高さに石塀をくり貫《ぬ》いたホテルのネオンがあった。自動扉が開き女中が迎えに出た。エレベーターで上り部屋に入ると酔いが急激に覚めた。それは田坂も同じらしかった。

部屋は二間続きで、取っつきの間にはカラーテレビと冷蔵庫が並んでいた。左手の違い棚には白地に朱をぼかした胴長の壺《つぼ》があった。女中が去ると田坂は照れを隠すように壺に触れた。

「釉裏紅《ゆうりこう》かな、いやただの有田だな」

氷見子には壺のことは分らなかった。ただ抜けるような白地に朱が散ったところが不思議だった。垣間《かいま》見た薔薇疹のことが頭に浮んだ。見ているだけで心が和んだ。奥の間のベッドの横には二メートルの細長い鏡があった。横になると側方からベッドの上が映るようになっていた。

「消して」

田坂は部屋の光を消したがスタンドは点けたままであった。光は鏡の辺りまで照らし出した。自分の肢体が鏡の中で見られているのを氷見子は感じた。

「素晴らしい、素晴らしい体だ」

長い愛撫《あいぶ》のあと田坂はようやく氷見子の中に入ってきた。氷見子は闇の中で白地に朱の散った壺の姿を見ていた。

氷見子がプロデューサーの花島と関係したのは田坂との場合ほどの偶然ではなかった。花島は以前から積極的に誘いの手を出していたのだから氷見子はそれに従ったまでである。

「このあと食事につき合わないか」

花島はプレイボーイらしく〝チロル〟の沢山の客の前で平然と声をかけた。多くはテレビ局の仲間と来たが時々眼のさめるような美女を伴って来た。それらはいずれもテレビや映画で名の知られた女優であった。

「どうだ、もうそろそろ宇月のことは忘れたらいいだろう」

花島は同伴の女性を横にそんなことを平気で言った。それはコマーシャルガールの決定を巡って宇月に負けたことの腹癒せのようでもあった。

「左右田《そうだ》さんがいるじゃありませんか」

氷見子は最近花島がよく連れてくるテレビ女優の名を言った。

「あれとはただの付合いだ」

そうは言うが二人の間柄は周知の事実であった。だが氷見子はそれにこだわっていなかった。プレイボーイと寝ればそれだけ仲間が増える理屈だった。左右田のことを言ったのは許す前の手続きでしかなかった。

花島に許したのは田坂と結ばれた二日後であった。遊び人らしく花島は長い前戯を重ねた。それは男が全身を投げ出して奉仕している姿でもあった。花島を受け入れながら氷見子は自分の血が男へ移っていく光景を頭に描いた。想像することで興奮し、興奮したことでその光景は一層鮮明になった。思いがけない愉悦の中で氷見子は果てた。それは宇月との時にはなかった新しい色合いを加えているようだった。

来た道を確かめるように氷見子はゆっくりと戻った。田坂との時に感じたかすかなうしろめたさはもうなかった。むしろ男へうつし終えたという満足感が氷見子の全身に漂っていた。ほどなく花島は軽い鼾《いびき》を立てて寝入った。氷見子は一人で風呂に入りながら、花島から女優の左右田瞳を経て更に拡がっていく黒い血の流れを思った。

六

街だけ見ていると季節の移りが分らない。劇団からの帰り、氷見子は外苑を歩いて冬が近づいているのを知った。茂みが小さくなり空が拡がって見えた。知らぬうちに入りこんでくる季節の移ろいは病気に似ていると氷見子は思った。

夜一人で歩いても、家に帰っても氷見子はさほど淋しさは覚えなかった。床に横になりカレンダーを見上げながら氷見子は医師の言葉を思い返していた。

「最初に現れるのは一般に感染して三週間から七週間くらいまでの間ですが、トレポネーマの感染した個所に、いわゆる接触した部分に大豆《だいず》くらいの大きさの硬結が一、二個できるのです。専門的には初期硬結と言われるものです。でもこれはよく注意してみないと分りません。特に女性の場合はかなり奥の方に出るので、なかなか気付かないのです。これと同時に太腿《ふともも》のつけ根が腫れてきます。横痃《よこね》と言われているものです」

氷見子にはどちらもはっきりした心当りはなかった。いま言われて股に軽い硬結を触れたことがあったような気もするが、確かめた記憶はない。そんなものが出来るとは思ってもいなかったのだから当然のことかもしれなかった。

「第二期は貴女も気付いたようにまず最初に現れてくるのが薔薇疹です。この期は感染後三か月から三年までの期間を言うのです」

男達が薔薇疹を出すのはいつだろうか。十一月から三か月を経て、二月の初めには彼等は薔薇の模様を体に現す。

「一度や二度の関係ででもうつるのですか」

医師にならもう羞《は》ずかしさはなかった。すべて知られているという諦めが氷見子を大胆にしていた。

「うつりますよ、特に第一期の大豆大の硬結が破れて潰瘍ができる頃には一番罹《かか》りやすいのです」

「じゃ第二期は……」

「何期だから大丈夫だということはないのです。血の検査がマイナスでも安心できません。いつだって危険なことは危険なのです」

医師の真剣な表情が瞼《まぶた》に甦った。

「感染すると血の検査はすぐプラスになって現れてくるのですか」

「プラスになるのは大体感染して一か月から一か月半後からです」

氷見子はうなずいた。そのとおりだとすると今月の末で男達は自分と同じ仲間になるはずであった。新しい演劇のあり方を模索している大学教授の田坂も、プレイボーイの花島も、その妻と彼女達もピンクの検査用紙を見る時がやってくる。プラス1か、プラス2か、いずれにせよ彼等は私と血で結ばれた仲間なのだ。氷見子の薄い唇に微かな笑いがこみあげた。

じっとしていると声が出そうだった。思いきり笑って床を転げたい。笑いを嚙み殺して氷見子は眠りに入る。この頃、氷見子は驚くほどぐっすりと眠れる。

田坂と花島に氷見子は各々《おのおの》、週に一度くらいの割で逢《あ》っていた。田坂は優しく執拗《しつよう》で、花島は時に荒々しく、大胆であった。氷見子の体は二人の男の好みに合せてそれぞれに反応した。その時だけ氷見子の体は氷見子を離れて気儘《きまま》に動いているようであった。

行為のあと氷見子は男達の太腿に静かに手を滑らせた。何気なくけだるげに載せる。男達はそれを、すべてを許した女の愛の仕草だと思っている。細くしなやかな指先が軽く圧しながら移動する。

触れる。

瞬間、氷見子の指が止った。花島の股のつけ根に斜め上から下へかけ間違いなく三個の硬結がある。それは山並の三つの主峰のように硬く際立っている。

私の血がうつったのだ。

氷見子は手をそのままに眼を閉じた。じわじわと残忍な喜びが氷見子の心に湧いた。それは体のすみずみまでゆっくりと拡がっていく。

「なにを考えているのだ」

花島が向き直って言った。役者にしてもいいような美しい顔である。

「宇月のことか」

氷見子は小さく首を振った。

「君は可愛い女だ。宇月が放さなかった理由が分ったよ」

「宇月……」と氷見子は思った。宇月が私の病気を確かめた時、彼はどのような顔をしていたのであろうか、征服感か、うつしていく喜びか、あるいは憐《あわ》れみか、それとも私のように男へ拡げ復讐《ふくしゅう》していく快感であろうか。男の腕の中で氷見子は地獄に堕《お》ちた。


田坂の股に同じ硬結を触れたのはそれから一週間あとであった。その時、田坂は今度出す新しい演劇の本について話していた。氷見子はうなずきながらそれに触れていた。

「君とこうなってから書く気になった。新しい意欲が湧いたのだ。君には必ずサイン入りで贈る」

私の贈ったものはもっと奥深く体の中まで残っている。氷見子は冷えた頭で考えた。


舞台の練習は最後の追いこみに入っていた。氷見子は劇団へは週に一、二度しか顔を出さなかったが田坂と花島のことは噂《うわさ》になっているらしかった。二人のことについて氷見子は言ったこともないし素振りに出したこともない。だが感づかれるのは男達の態度が原因のようであった。

「花島さんとはともかく田坂さんとはおやめなさい」店が終って飲みに出た時、ママが言った。

「私、そんなに本気じゃないわ」

「本気かどうかしらないけれど、あの方は私達の先生なのよ、しかも貴女はその劇団の研究生よ」

だからどうなのかと氷見子はママを見た。

「こんな関係は劇団を壊すわ、あるまじき関係よ」

「私はやめてもいいわ、でも……」

「でも先生が承知しないと言うの」

「いいえ」

「このままではどちらかが退団しなければならなくなるわ、それでもいいの？」

もう暫《しばら》く、と氷見子は思った。あと一度だけ田坂と逢って薔薇疹を見届ければ、いつ別れてもいい。

「花島さんのことも、よいとは思わないけど私は干渉しないわ」

ママは舞台のために伸ばした髪を後ろへおしあげて言った。

「でもあまり何人とも関係するのは良くないわ、この世界は狭いのよ」

二人ではまだ不足なのだと氷見子は言いたかった。

「皆川さんが結婚するそうよ」

思い出したようにママが言った。

「伸吾さんが……」

「そう、相手は広告代理店の部長のお嬢さんらしいわ」

「皆川伸吾」と氷見子は口の中で言ってみた。もう随分逢っていなかった。宇月と一緒になった時からだからもう二年半にはなる。伸吾は「創造」を出て「現代劇場」に移ってからめきめきと売り出した。地道に努めてきたのだから当然の結果とも言えた。二年前に一度だけ客席から氷見子は伸吾の舞台を見た。逢ってみようかと思ったが結局逢わずに帰ってきた。自分の噂も伝わっているだろうし、伸吾はもう自分を必要としていないのだと思った。そのまま伸吾のことは避けるようにして通ってきた。だが避けてきたということは忘れていない証拠でもあった。

「どこで会ったのですか」

「協会の会合よ、貴女のことを聞いてたわ」

「………」

ママはウイスキーをお代りした。カウンターの前に洋酒壜《ようしゅびん》がある。それが鏡に二重写しになっていた。

「伸吾が結婚する」

追われる気持で氷見子は壜の合間に映った自分の白い顔に呟いた。

七

時雨《しぐ》れて夕方になった。冷雨であった。アパートの階段の上り口に菊の大輪が二鉢並べてある。暮れなずんだ廊下に花の黄だけが浮いている。上り口の夫婦者か、下の管理人あたりが作ったものかもしれない。それにしてもアパートに大輪の菊はそぐわなかった。

氷見子は白のレインコートを着て外へ出た。十二月の五時はすでに夜の匂いがした。公演は今日が初日だった。

小さな劇場は雨を含んだ客で満ちていた。廊下を歩き、客席に坐りながら素早く眼を配った。二、三度行き来するだけで客席はすべて見通せた。

やはり伸吾はいた。客席の中程で長い脚を重ねて隣の男と話している。見届けてから氷見子は後ろの自分の席へ戻った。

舞台は熱を帯びていた。だが氷見子はほとんど見ていなかった。見ていたのは五つ前の伸吾の顔であった。

終演間近に氷見子は立ち上り、手洗いの鏡に向った。透けるように蒼ざめた顔だ。白さは体の虫が血を食べているせいかもしれなかった。軽く白粉《おしろい》を叩き、口紅を薄く塗る。

舌で舐《な》めて唇はようやく生気づいた。
仲吾と寝るのだ。氷見子は鏡の中のもう一人の自分に確かめた。
すべては氷見子の思いどおりであった。仲吾の中にはまだ氷見子への余韻が残ってい
た。それは男の果てることのない好き心のせいかもしれなかった。しかし氷見子はどち
らでもよかった。
「本当は君と一緒になりたかったのだ」
終えてから仲吾は氷見子の髪に手をやりながら言った。
「あのままなら一緒になれたのだ」
「いいのよ」
氷見子は子供をあやすように仲吾の背を撫でた。悔いはなかった。氷見子のすべてが
仲吾に移ることは分っていた。しなやかな仲吾の体を通してそれが幼い新妻に達し、子
へ繋《つな》がっていく。血が生きているかぎりそれは続く筈だった。私は黒い虫になって仲吾
の中に入った。仲吾が生きているかぎり私は忘れ去られることはない。それを思うだけ
で氷見子の心は満ちた。
「この部屋にはいつからいるの」
夜の明るさの中で仲吾は部屋を見廻《みまわ》した。

「泊っていったら」

「でも今日は突然だから」

それ以上強いる気持は氷見子にはなかった。

「こんなことになるとは思わなかった」

伸吾は頭に手を当て、窓の端を見ていた。

「後悔してる？」

「いや、それよりまた逢ってくれる？」

「いいわ、貴方《あなた》が欲しい時はいつでも」

伸吾はもう一度接吻《せっぷん》をしてから服を着始めた。氷見子は床の中から帰り支度をする男を見ていた。

「また来る」

伸吾は軽く頭を下げて部屋を出ていった。跫音《あしおと》が階段の半ばで跡切れて消えた。去っていくと思いながら氷見子の気持は安らぎ、満たされていた。

八

新しい年が明けた。松の内も氷見子は田舎へ帰らず東京で過した。アパートの一室で潜んだように生きていた。潜んだままさまざまな夢を見た。どの夢も赤い輪で繋がり、その中に氷見子がいた。

四日から〝チロル〟は再び始まった。

一月の半ばに伸吾の結婚式があった。氷見子は祝電だけを打ち、その夜花島と寝た。

「とっても可愛いお嬢さんだったわ」披露宴に出たママが一言だけ言った。

朝から雪の来そうな空だった。その日、氷見子は三度目の血の検査の結果を聞きに行くつもりだった。すでに二月の末になっていた。

来るかと思われた雪は来ないままに午前十時になっていた。

午前中に病院へ行ってみようか。

昼前なら木本老人に会えるかもしれない。氷見子は簡単な化粧をして外へ出た。空気は冷たく乾いていた。

病院には十人近い患者が待っていたが木本老人はいなかった。

検査結果は前と同じ2プラスであった。

「諦めずに治療するのです」

医師は慰めるように言ったが氷見子は驚かなかった。それはある程度覚悟していたことだし、治らなくても前のように一人ではないのだと氷見子は自分に言いきかせた。

「木本さんは今日見えないのですか」

注射を終ってから氷見子は受付の女に尋ねた。

「木本さんは亡くなりましたよ」

「死んだ?」

「ええ、十日ほど前に」

「何で……」

「肺炎とか聞きましたが」

「じゃ、木場で」

「そうだと思います」

氷見子は支払いを終ると逃げるように病院を出た。十日前というと二月の半ばである。本当だろうか、木場に行ってみようかと思った。生きている間に何故話しておかなかったのかと悔まれた。待合室ででも廊下ででも、いくらでも話す機会はあった。あの時は話すことはないと思ったが今死なれてみると言い残したことが沢山あったように思った。親しい仲間を失った気持だった。一度通ったことのある木場の香りが思い出された。老人の体はあの白い木肌に囲まれて焼かれたのだろうか。焼けて老人の薔薇疹は完全に消えたのだと氷見子は思った。

夕方、いつもより少し派手な化粧をして氷見子は店に出た。老人の死がかえって化粧を派手にさせたのだ。

誰も来ていない店へ、裏木戸を開けて入るのは淋しい。灯りを点けると店の中は洞窟のように静まり返り、その中に昨夜の乱雑さがそのまま残っていた。氷見子の動く分だけ店は動き出す。ガスに火を点け、皿を洗う。空壜を整理し終ったのを待ったように初めて客が現れた。そのまま続いて十一時まで特別のこともなかった。

十一時半、店を終えると喫茶店で待っていた田坂に逢った。

「ねえ初めに行った処に行きたいわ」

「初め……」

「壺のあるお部屋があったでしょう」

「そうか」車に乗ってから田坂が尋ねた。

「しかしどうしてあそこへ行きたいのだ」

「別に理由はないわ」

「壺が気に入ったのか」

「…………」

「でもあの部屋空《あ》いてるかな」

何人もの人が同じ部屋の同じ床を使っているのだと知って氷見子は一瞬、気持が白けた。明るい光が跡切《とぎ》れて小路に入り二つ曲った処で車は停った。やはり前に見た壺の部屋はふさがっていた。新しく通された部屋は前と同じ造りだが棚には灰色にくすんだ円い壺が置かれていた。

「李朝《りちょう》かな」

ワイシャツのボタンを外しながら田坂は壺を手にとった。

「でもこんな処にそんな高いものを置くわけはないな」

色はくすんでいたが壺の表面は釉《うわぐすり》で光っていた。だが氷見子は好きになれなかった。

風呂は田坂が先に入った。花島はきまって一緒に入ろうと言うが田坂は言わない。明るい光の中で若い氷見子と裸像を競い合うのは気が進まないのかもしれなかった。氷見子が風呂を上り、寝巻で戻った時、田坂はすでに床に入っていた。枕元のスタンドを点け、隠し鏡を開いている。

「おいで」

氷見子は無表情に田坂の横に滑り込んだ。すぐ裸にされた。田坂も寝巻を脱いだ。

「明かりをつけるよ」

氷見子は黙っていた。駄目と言っても点けるに決っていた。ある意味では花島より田坂の方が淫らであった。長く執拗な愛撫のあとで二人は果てた。田坂は裸のまま仰向けになっていた。行為の間、点いていたせいか部屋の明るさは苦にならなかった。

氷見子は体を退き田坂の方へ向き直った。眼の高さに田坂の書斎人らしい白い裸体があった。

「眠るの？」

「いや」答える時だけ目を開いたが、田坂はまたすぐ睡気《ねむけ》に誘われたように眼を閉じた。光の中に男の裸身が横たわっていた。氷見子は田坂の体と平行に並んでいる右腕を上へ移動した。田坂はされるままになっていた。腋《わき》から胴を経て腰へ男の右半身が露出した。

出ている……

白地に紅梅散らしそのままに、右の脇腹から背へ、爪の先ほどの赤い斑が点々と続いている。名のとおり、それはまさしく肌に縫いこまれた薔薇であった。現れることを知っていながらその確かさに氷見子は震えた。そこには間違いなく氷見子から引き継がれたものがあった。

「どうしたのだ」

田坂が薄く眼を開けて尋ねた。

「………」

「風邪をひくぞ」

突然、氷見子は田坂へ言いようもない愛《いと》しさを覚えた。それは正確には田坂へというより薔薇疹を出した体へであったかもしれない。

「どうしたのだ、おい、どうしたのだ」

「好き、好きよ、本当に好きよ」

譫言《うわごと》のように叫ぶと氷見子は訝《いぶか》る田坂の胸元へ、その白く柔らかい体を力一杯おしつけた。

氷見子が花島の薔薇疹を見たのは、それから三日あとである。花島はそれを明るい光の風呂の中で見せた。

二人は向い合い直立して両手を頭の後ろに組んだ。風呂で裸体を見せ合うのは花島の希望だったが、手を頭の後ろに組むのは氷見子が提案した。手を上げると体のすべての線が余すところなく現れた。

「素晴らしい。陶器のように白い」

花島は言葉を尽して賞《ほ》めた。それは彼の偽りない心のようであった。

「美しいわ」

「僕が……」

うなずきながら氷見子は花島の脇腹を見ていた。まだ若さの残っている裸形に、紅潮した少年の頬を思わせる朱が点々と胸から腹へ続いていた。

「死んだ宇月ともあんなことをしたのか」

部屋へ戻ってからきいた。

「しないわ」

「本当か」

宇月はどこかで私の薔薇疹を見ていたに違いないと氷見子は思った。

「もう誰にも見せないで呉《く》れ」

裸体を見詰め合ったせいか、花島はいつになく激しく抱いた。氷見子は薔薇疹の拡がる夢を見ながら羞ずかしい程燃えた。

九

春が終り、再び梅雨の季節が訪れた。氷見子が病気に気付いて一年の歳月が経っていた。六月の初めの検査はやはり陽性であった。足の湿疹はかさかさと乾いた状態のまま快くもならず悪くもなっていない。足だけでなく体のすべてが一年前と変らず止っていた。当分進まないままに病気はどっしりと腰を落ちつけたようである。

冬から春にかけて田坂と花島の薔薇疹は鮮やかな花を咲かせて消えた。二人の男の薔薇疹が消えるのを待っていたように夏の初めに伸吾の体に同じ斑点が浮び上った。氷見子はそれをアパートの午後の光の中で見た。伸吾の薔薇疹を見ながら氷見子は春から夏にかけて新しく関係した三人の男、ママの愛している脚本家の村野と、一か月前にスナックで知ったフーテンと、アパートの下水工事に来た労働者の顔を思い出していた。

フーテンとは一度きりだったが他は二度、三度とくり返した。次々と男達は氷見子の前で花を開き散らしていく。氷見子は花を楽しむ老人のようにその日を待っていた。花の咲く度に環は一つずつ着実に拡がっていく。それは性をこえ、年齢をこえ、身分や地位をこえ、確かで誰も壊せない。

夏が来て〝チロル〞は少し静かになった。あと二日で七月は終りだった。

「二人だけで話があるから残っていなさい」

十一時にママが近づいてきて言った。ママの声は鋭く冷えていた。

客が帰ったあと店は二人だけになった。

「あなた、村野とも関係したのね」

ママがスタンドの端に肘を置いて言った。

「答えなさい」

ママが叫んだ時、氷見子はかすかにうなずいた。

「やっぱり……」

蒼ざめた長い顔が氷見子の顔に付くほどに寄せられた。

「あんたはふしだらな、男好きの、売女《ばいた》よ」

ママの言うことはなかば本当で、なかば嘘のように思えた。

「今日かぎり店は辞めて貰うわ、劇団もね。明日私が劇団の会議にかけてやるわ」

ママは震える手で煙草に火をつけた。

「伸吾さんとも付き合っていたのね、貴女は一体誰が好きなの。愛ということを知ってるの、人を愛したことがあるの」

氷見子の頭に大儀そうに伸吾が甦った。

「あの人、子供が生れるのよ。あんたがどうしようと、あの人はあの人の家庭を作っていくのよ、あんたに入り込める隙などないわ」

「………」

「出ていって頂戴、もうあんたのような女は見たくもないわ。もう私とも、店とも、劇団とも無関係よ。何の繋がりもないわ、知人でも団員でもない、赤の他人よ。決していれてやらない。さあ出ていって」

ママは裏木戸を開け外を指差した。氷見子はバッグを持ち今一度ママの方を振り向いた。

「お金はあとで計算して送ってあげるわ」

人通りの絶えたビルの小路を氷見子はゆっくりと歩いた。堅く小さな跫音だけが氷見子に従《つ》いてきた。行手の空がネオンで赤く灼《や》けていた。

氷見子はママの言ったことを思い出していた。

「無関係で、無縁で、何の繋がりもないわ」

そこまで呟いて氷見子は立ち止った。

伸吾の子供は本当に生れるだろうか……

氷見子は少し考え、それから独りでうなずくと、薔薇の環のように見える明るい空の方角へ確かな足取りで歩き始めた。

編者の事情について

山田裕樹

人の人生を変える一冊、という本があるそうな。

私には、なかった。というより、人生変わったと思ったけれども別の本を読んだらまた変わってしまい、結局、なにがどうなったのかわからんうちに、馬齢を重ねてしまった、というのが正しいのかもしれない。

もっとささいなものを変えてしまった作品は、確かにいくつか存在した。

たとえば、渡辺淳一「薔薇連想」である。

高校生の時にこの短編を読んで、衝撃を受けた。渡辺先生の文学的な創作意図がどこにあったかはさておき、私にとってはホラー小説以外の何ものでもなかった。

ネタばらしをしてしまえば、梅毒という性病に感染した女性が、そのある段階で脇腹に現れる薔薇疹、という症状に美しさを感じて、寄ってくる男たちに移して回る、という恐るべき作品であった。

女性は、こわい。

梅毒そのものについて、正しい知識があったわけではない。ただ、戦国時代の武将たちの間で流行し、鼻が欠けたり指が取れたりしてやがて死に至る病気、という程度で、ひたすら「怖い怖い病気」であった。

そもそも、梅毒は、鉄砲とともにポルトガル人が種子島《たねがしま》に持ちこんだという説があった。鉄砲が西日本でうろうろしている間に梅毒は東北地方にまで行った、当時の俗説ではそうなっていた。梅毒のほうが拡《ひろ》まる速度が速かったのは、忍者とくノいちのせいだろう、というのは俗説ではなく、白土三平《しらとさんぺい》の忍者漫画を読み過ぎた私の妄想である。

現在では、梅毒は重篤な病気ではなく、また鉄砲を日本に伝えたのは、王直《おうちょく》という倭寇《わこう》か偽倭寇の親分だったといわれている。

ともあれ、私の「純潔」を失うのが人並みよりも遅れて悲惨な青春時代をおくったのは、この作品のせいである。ま、今から思うにごく一部の人を除けば、青春時代などは、将来、社会に適応できるか、という不安におびえる悲惨な時代だったのではなかろうか。

いやいや、また前置きが長くなってしまった。

今回の『患者の事情』を編むに当たって、「医学もの」を、という集英社文庫編集部の意向を頭の片隅でひねり回しているうちに、この渡辺ホラー作品を思いだしてしまい、これをトリにする、と決めてしまった。すると、病気とか医者とか看護師とか手術とか誤診とかではなく、ドクターXだのドクター・ヘリとかではさらになく「患者」をどーんと中心に持ってくればよかろう、というささか不純な動機から、このアンソロジーの収録作品は選出された、というわけです。

さて、この雑文を書くために、ゲラを読み直していたら、またしても大切な作品を欠落させてしまったことに気がついて愕然《がくぜん》とした。

星新一のショートショートである。

この作品が冒頭に入っていれば、全体が締まっていたはずなのである。

それは「殺し屋ですのよ」という初期の有名な作品である。

六十年くらい前に書かれた有名すぎる作品なので、ネタばれ承知で、ストーリーを紹介する。

社会的に地位の高い初老の男に「殺し屋」を名のる女性が現れ、彼の敵を殺してさしあげる、と言う。あいつが死んだらいいな、と思っていた男は依頼に応じ、しばらく経《た》ってから敵の男は「病死」する。実は、その女性は、殺し屋ではなく大病院の女性看護師。カルテから末期がんの患者の存在を知り、その政敵のところへ行って取引を申し出たのであった。

とまあ、こういう作品だが、実にエスプリのきいたテーマを簡潔な文体で書かれている。

そして、この作品には、「患者の事情なんかどうでもいいもんね」という深いテーマが隠されている。

「患者の事情など知らんもんね」で始めて、「患者の事情」そのものの渡辺作品で締めるのが、私のアンソロジーの造り方だったことまで思いだしてしまった。

いつもながら、いい考えというものは、手遅れになってから、思いつくものなのである。

（やまだ・ひろき　編集者）

解説

香山二三郎

二〇一五年五月から一年半余にわたって刊行された集英社創業90周年記念企画『冒険の森へ　傑作小説大全』全二〇巻はエンタテインメント小説のファンにとってまさに金字塔ともいうべきアンソロジーであった。

どこが凄《すご》いって、まず二〇〇〇年以前に刊行されたミステリー系の冒険、ハードボイルドものを基軸としながらも、さらにSF、ホラー、時代小説に純文学と、文芸ジャンルの垣根を取っ払って物語小説の醍醐味《だいごみ》を味わわせてくれる作品が選ばれていること。しかもその数が半端じゃない。古今の傑作の中から長編三六本に短掌編を加えた全二五四作が精選されているのだ。

むろん作品の基礎選定に当たった編集者・山田裕樹とそのチームはさらにその何倍もの量を読み込んでいて、傑作なのだが諸般の事情で収録に洩《も》れてしまった作品も少なくなかった。集英社文庫編集部は山田を編者にそうした作品を再検討して、さらなるアンソロジーを組んだ。それが「短編伝説」シリーズの『めぐりあい』『愛を語れば』『旅路はるか』『別れる理由』と、『短編アンソロジー　味覚の冒険』である。本書はその続刊であり、いちおうの最終巻となる。

表題の「患者」とはもちろん様々な病気に罹《かか》って治療を必要とする人々を指すが、病気とひと口にいってもその数は計り知れないし、未発見のものもある。してみると、病気の数だけ患者もいるというか、中には聞いたこともないような症状を示す者もいるはず。本書に収録されている一四編にはどんな患者が登場するのか、これからひもとこうとしている方々はご期待あれ。

といっても、出だしから前代未聞の患者が出てくるわけではない。山本文緒「彼女の冷蔵庫」はヒロインの「私」が娘の未矢が両足首を骨折して入院したという知らせを受ける場面から始まる。空路東京へ飛んだ「私」は入院先の大学病院へ未央を見舞うが、そこで彼女の勤め先の上司から意外な骨折原因を知らされる。その根底には母娘の複雑な関係があった——というわけで、今やお馴染《なじ》みになった骨折原因それ自体への興味もさることながら、やがて浮かび上がってくるのは古典的ともいうべき家族小説の構図。ラストではねじれてしまった母娘関係の修復が呈示され、心地よい読後感を与えてくれる一編である。

しかし全編この調子だと思ったら大間違い。そこからはＳＦ系作品が続くのだが、初《しょ》っ端《ぱな》が筒井康隆「顔面崩壊」というのが編者・山田流。物語は、仕事でこれからシャラク星という星に就任しようとしている者が先輩らしき者から現地事情をレクチャーされる。その星では奇妙な現象が多いが、何より気を付けなくてはいけないのはドド豆の料理の仕方だということから始まり、次第にエスカレートしていく。この著者らしい黒い笑いに満ち満ちた細部描写に注目だが、グロい描写が苦手な向きはご用心。

筒井作品は医師と患者の対話を髣髴《ほうふつ》させるが、椎名誠「パンツをはいたウルトラマン」はアルバイトでウルトラマンの服を着た男が脱げなくなり医師のもとに駆け付ける。だが服と皮膚が一体化し、それが剝がせるかどうか、最低三ヶ月の様子見が必要といわれる。彼はその扮装《ふんそう》のまま本業の会社勤めにも出なくてはならなくなるが、ウルトラマンの服にはとんでもない装備が施されていた。これまたこの著者らしい奇想に富んだ一編で、下ネタもあり。特撮もののファン必読といいたいところだが、怒り出す人もいるかも……。

北杜夫「買物」の主人公は精神科病院の医師の「私」。患者のひとりにタイム・マシンをこしらえ得るという妄想に憑《つ》かれた物理学研究者がおり、彼に興味を抱いた発明家気質の「私」はその製造に力を貸すことになる。お話それ自体が妄想的だが、著者はもともとSFファン。精神科医でもある氏はインターンの時代に暇を見つけてはSFをむさぼり読んでいたらしいが、本編も一定方向にしか戻れないという縛りのある時間旅行でどんな利益を得ることが出来るのかという至極リアルなテーマが追求される。

小松左京「くだんのはは」は和テイストのSFホラー。第二次世界大戦末の昭和二〇年六月、中学三年生の「僕」、良夫は阪神間大空襲で芦屋の家を焼かれ、父親ともども呆然《ぼうぜん》とする。そんなふたりを助けてくれたのが、かつての家政婦お咲さん。彼女は今自分が勤めるお邸《やしき》の奥さまにお願いして、ふたりを裏の離れに住めるようにしてくれた。その最初の夜、良夫は邸のどこからか赤ン坊のようなすすり泣きがするのを耳にする。空襲が激しさを増す中、邸の中は別世界のように平穏だった。終戦間際の切羽詰まった状況下で、その秘密が徐々に明かされていくくだりの異様な緊迫感。不気味なラストまで一気読みの傑作だ。ちなみに関東人に「くだん」というと、靖国神社のある東京・九段を連想される方が多いと思うが、本編の「くだん」はまったく関係ありません。

時代小説が二作続く。白石一郎「庖丁ざむらい」は福岡・黒田藩を舞台にした『十時半睡事件帖』の一編。主人公の半睡はいったん隠居したが、再登用され総目付に就いた大物。本編ではしかし、彼の息子・弥七郎が事件に巻き込まれる。弥七郎の同僚で料理自慢の伊丹市之進が自宅で慰労会を催し、自慢の腕を振るうが、選んだ素材がご禁制のふぐだった。弥七郎たちは次々と倒れ、半睡を動転させる。そんな騒動があったにもかかわらず、伊丹はふぐの調理を止《や》めようとしない……。ここでの患者はその伊丹で、ふぐ調理に取り憑かれたあげく、左遷されてもへこたれない彼のような輩《やから》を、病膏肓《こうこう》に入るなどという。

隆慶一郎「跛行の剣」は一転して剣豪小説。柳生宗厳の嫡男・新次郎厳勝はもともと俊足だったが一六歳の初陣のとき左腰骨を射《う》たれ、躰《からだ》を大きく傾けずには歩けなくなった。それでも血を吐くような修練の結果、人並みの速さで走れるようになり、次の戦でも徒歩《かち》部隊の隊長として獅子《しし》奮迅《ふんじん》の活躍をするが、以前射たれたところに再び被弾、坐《すわ》ることも出来なくなる。だがあることをきっかけに坐れるようになった新次郎は再び厳しい歩行訓練を始め、やがて独自の剣法を生み出す。柳生家の軌跡を縦軸に、宗厳と新次郎の屈折した親子関係を横軸に描いた異色編だが、リハビリの大切さもひしひしと伝わってこよう。

続いては、犯罪小説系が三編。久坂部羊「シリコン」は不運の星のもとに生まれた女、柘植夕子の物語。不運の根源は貧乳コンプレックスにあり、と思いつめた彼女は豊胸手術に挑み、いちどは生活改善が叶《かな》う。だが時間とともに胸は劣化を始め、修復を余儀なくさせられる。どこへいってもシリコンの除去は至難といわれ、たどりついたのが某大学病院。そこで理想の医師とめぐり会えたかと思われたのだが。不運や肉体的コンプレックスに苛《さいな》まれる方は世に多いはず。著者はその屈折した心理をヴィヴィッドに描き出してみせた。そして悩める者をもてあそぶ者には、痛いしっぺ返しが来るという因果応報劇の妙！

藤田宜永「特殊治療」は台風が近づいた日、医師が患者に奇妙な体験談を始める。かつて「私」は都内の大学病院で研修医として働いていたが、閉鎖的な医者の世界に辟易《へきえき》していた。唯一の慰めは吹田澪という美人研修医の存在で、ある晩「私」は車で澪を家に送ることになるが、その途中で事故にあい、彼女の実家の外科病院に入院する。「私」はしょっちゅう自分を眠らせる治療法に疑問を抱くが、やがて怪我《けが》をした様子もない澪と院長が立ち話をしているのを目撃する。一見ストレートな医療小説調だが、「私」が受けようとしていたのは表題通り、特殊な治療であった。スティーヴン・キングの『ミザリー』的なホラー演出ながら、その実グロテスクなファンタジー乗りの医療サスペンス。

遠藤周作「共犯者」は密通サスペンス。大井健三と満智子は結婚七年の夫婦。健三の胃の調子がおかしくなり、医者にいくと癌《がん》の可能性もあるという。健三は検査入院することになり、満智子は複雑な思いに駆られる。そんなある日、健三の同僚の夏川が見舞いにやってくる。病院からの帰途、途中まで夏川と一緒だったが、そこで満智子は彼の誘いを受ける。満智子は結婚した当時から夫に愛を感じておらず、入院騒ぎにさすがに自分のそれまでの態度を反省するが、さりとてショックを感じたわけでもなかった。そんな心の隙を突くように夏川の口説きが始まるが、ふたりの関係には意外な結末が待ち受けていた。ミステリー&サスペンス作品も少なくない著者のウェルメイドな一作。

馳星周「長い夜」は東京・新宿歌舞伎町に隣接した大久保界隈《かいわい》が舞台のノワール作品。涼子はアジア人が集うその地域に入り浸り、知り合いも多かった。そのひとりアセンから、ミーナが血を吐いたと知らされる。ミーナはミャンマー人でフリーの娼婦《しょうふ》。日本人の男に騙されては金を取られていて、それを涼子が説教して以来、ふたりは絶交していた。ミーナの住まいにはおカマのリサがいて面倒を見ていたが、ミーナは瀕死《ひんし》の状態ですぐにでも医者に診てもらう必要があった。涼子たちの医者探しが始まる。日本的なしがらみから解き放たれたパラダイスと思われた大久保界隈だが、アジア人の様々な悩みを抱え込むうちに、涼子はいつしか疲弊していた。だが困窮した者を見捨てるわけにはいかず、涼子たちは犯罪組織にも頼ろうとする。ブレイク作『不夜城』の世界を髣髴させるが、こちらはより日常的で深刻だ。突き放すようなエンディングもこの著者ならでは。

氷室冴子「病は気から」は体調を崩した「私」が医者嫌いを抑えて人間ドックに入る。医者の意味ありげな態度に重病疑惑を抱き、悶々《もんもん》とする「私」。そこからさらにかつての男とのデート話へと膨らんでいく患者の妄想あるあるを描いた一編。もともとはエッセイとして書かれた話だが、私小説としても読むことが出来よう。

氷室作品で箸休めをした後は括《くく》りのブンガク系二作。三島由紀夫「怪物」は著者二〇代の作品で、実の祖母の伯父をモデルにしたという作品。といっても主人公の松平斉茂子爵は偉人どころか「幼ないころから残酷な悪戯《いたずら》に興味をもち、楊弓《ようきゅう》で猫を射て、その首を斬って梅の古木に梟《さら》した」ようなサイコパス。「彼は中傷や誹謗《ひぼう》や離間工作や皮肉や罵詈《ばり》雑言《ぞうごん》や根も葉もない噂《うわさ》や醜聞のたぐいをほとほと愛した」。だがそんな怪物も脳出血で体の自由がきかなくなり、家族に面倒を見てもらうことに。若かりし頃の著者は芸術家たるもののありかたに煩悶《はんもん》、斉茂にかくあるべき姿を見たともいわれる。すなわち究極のエゴイスト。現代の読者にとっても、ブラックなサイコパス譚《たん》としての面白さに富んでいよう。

最終編、渡辺淳一「薔薇連想」のヒロイン氷見子は二一歳の劇団員。梅雨のある日、彼女の足の裏に湿疹が出来る。水虫かと思って売薬を使ってはみたけど一向に治らない。半月後、病院に診てもらいにいくと、検査の要ありといわれる。一週間後、下されたのは思いも寄らない病名だった。以前つきあっていた男からうつったものらしく、投薬治療が始まるがなかなか治癒しない。そうしているうち、いつしか彼女の男遍歴が始まる。「怪物」の松平子爵は生まれついてのサイコだったが、氷見子は普通の女性。だが病気に罹ったことで、彼女の中に不思議な血の継承欲が宿り始める。男遍歴の異様な動機。吸血鬼ホラーやパンデミックものにも通じる異色の恋愛サスペンスだ。

（かやま・ふみろう　コラムニスト）

一部の作品には不適切と思われる表現や用語が含まれておりますが、作家独自の世界観や作品が発表された時代性を考慮し、原文のままといたしました。これらの表現にみられるような差別や偏見が過去にあったことを真摯に受け止め、今日そして未来における人権問題を考える一助としたいと存じます。

（集英社　文庫編集部）

著者紹介（収録順）

山本文緒　やまもと・ふみお
一九六二年神奈川県生まれ。八七年コバルト・ノベル大賞佳作の「プレミアム・プールの日々」でデビュー。九九年『恋愛中毒』で吉川英治文学新人賞を受賞。二〇〇一年『プラナリア』で直木賞を受賞。ほかに『ファースト・プライオリティー』『アカペラ』『カウントダウン』『なぎさ』『落花流水』などがある。

筒井康隆　つつい・やすたか
一九三四年大阪府生まれ。八一年『虚人たち』で泉鏡花賞、八七年『夢の木坂分岐点』で谷崎潤一郎賞、八九年「ヨッパ谷への降下」で川端康成文学賞、九二年『朝のガスパール』で日本SF大賞、二〇〇〇年『わたしのグランパ』で読売文学賞を受賞。〇二年紫綬褒章を受章。一〇年菊池寛賞、一七年毎日芸術賞を受賞。

椎名　誠　しいな・まこと
一九四四年東京都生まれ。七九年、エッセイ『さらば国分寺書店のオババ』でデビュー。八九年『犬の系譜』で吉川英治文学新人賞、九〇年『アド・バード』で日本SF大賞を受賞。ほかに『岳物語』『大きな約束』『旅先のオバケ』「あやしい探検隊」シリーズ、「ナマコのからえばり」シリーズなど著書多数。

北　杜夫　きた・もりお

一九二七年東京生まれ。二〇一一年逝去。一九六〇年『どくとるマンボウ航海記』がベストセラーに。同年『夜と霧の隅で』で芥川賞、六四年『楡家の人びと』で毎日出版文化賞、八六年『輝ける碧き空の下で』で日本文学大賞、九八年茂吉評伝四部作で大仏次郎賞を受賞。ほかに『白きたおやかな峰』『酔いどれ船』などがある。

小松左京　こまつ・さきょう

一九三一年大阪府生まれ。二〇一一年逝去。日本にSF小説を定着させた作家のひとり。一九七四年『日本沈没』で日本推理作家協会賞、八五年『首都消失』日本SF大賞を受賞。二〇一二年、生前の功績に対して日本SF大賞特別功労賞を贈られる。ほかに『日本アパッチ族』『復活の日』『エスパイ』などがある。

白石一郎　しらいし・いちろう

一九三一年釜山生まれ。二〇〇四年逝去。一九五七年「雑兵」で講談倶楽部賞を受賞しデビュー。八七年『海狼伝』で直木賞、九二年『戦鬼たちの海—織田水軍の将・九鬼嘉隆』で柴田錬三郎賞、九九年『怒濤のごとく』で吉川英治文学賞を受賞。ほかに『鷹ノ羽の城』『サムライの海』『南海放浪記』など。

隆　慶一郎　りゅう・けいいちろう

一九二三年東京生まれ。八九年逝去。本名の池田一朗で脚本家としても活躍。五九年、今村昌平監督の映画「にあんちゃん」でシナリオ作家協会主催のシナリオ賞を受賞。八六年『吉原御免状』で作家デビュー。八九年『一夢庵風流記』で柴田錬三郎賞を受賞。ほかに『影武者徳川家康』『駆込寺蔭始末』『かぶいて候』など。

久坂部　羊　くさかべ・よう

一九五五年大阪府生まれ。サウジアラビアなどの在外公館で医務官として勤務後帰国。二〇〇三年『廃用身』でデビュー。一四年『悪医』で日本医療小説大賞、一五年『移植屋さん』で上方落語台本優秀賞を受賞。ほかに『破裂』『無痛』『神の手』『第五番』や、『ブラック・ジャックは遠かった　阪大医学生ふらふら青春記』など。

藤田宜永　ふじた・よしなが

一九五〇年福井県生まれ。八〇年までパリ在住。帰国後、執筆活動を開始。九五年『鋼鉄の騎士』で日本推理作家協会賞、九九年『求愛』で島清恋愛文学賞、二〇〇一年『愛の領分』で直木賞、一七年『大雪物語』で吉川英治文学賞を受賞。ほかに『リミックス』『子宮の記憶』『戦力外通告』『わかって下さい』『彼女の恐喝』など。

遠藤周作　えんどう・しゅうさく

一九二三年東京生まれ。九六年逝去。五五年「白い人」で芥川賞、五八年『海と毒薬』で新潮社文学賞と毎日出版文化賞、六六年『沈黙』で谷崎潤一郎賞、七九年『キリストの誕生』で読売文学賞評論・伝記賞、八〇年『侍』で野間文芸賞を受賞。ほかに『死海のほとり』『深い河』『イエスの生涯』など。

馳　星周　はせ・せいしゅう

一九六五年北海道生まれ。九六年、デビュー作『不夜城』で吉川英治文学新人賞、九八年『鎮魂歌』で日本推理作家協会賞、九九年『漂流街』で大藪春彦賞を受賞。ほかに『約束の地で』『ソウルメイト』『神奈備』『雪炎』『蒼き山嶺』『パーフェクト・ワールド』『雨降る森の犬』『陽だまりの天使たち　ソウルメイトⅡ』など。

氷室冴子　ひむろ・さえこ

一九五七年北海道生まれ。二〇〇八年逝去。「さよならアルルカン」で集英社の青春小説新人賞に佳作入選しデビュー。「なんて素敵にジャパネスク」シリーズなどのヒットにより少女小説ブームの立役者となる。ほかに『雑居時代』『いもうと物語』『海がきこえる』『ホンの幸せ』など。

三島由紀夫　みしま・ゆきお

一九二五年東京生まれ。七〇年逝去。四一年「花ざかりの森」でデビュー。戦後の日本文学を代表する作家の一人。五四年『潮騒』で新潮社文学賞、五七年『金閣寺』、六二年『十日の菊』で読売文学賞、六五年『絹と明察』で毎日芸術賞を受賞。ほかに『仮面の告白』『沈める滝』『鏡子の家』『豊饒の海』など。

渡辺淳一　わたなべ・じゅんいち

一九三三年北海道生まれ。二〇一四年逝去。札幌医科大学卒業後、医療のかたわら小説を執筆。一九七〇年『光と影』で直木賞、八〇年『遠き落日』『長崎ロシア遊女館』で吉川英治文学賞を受賞。二〇〇三年紫綬褒章を受章。ほかに『花埋み』『無影燈』『ひとひらの雪』『化身』『失楽園』『鈍感力』『孤舟』『医師たちの独白』など。

本書は、集英社文庫のために編まれたオリジナル文庫です。

初出／底本一覧

「彼女の冷蔵庫」山本文緒
「小説すばる」一九九五年六月号／『シュガーレス・ラヴ』
二〇〇〇年六月　集英社文庫
「顔面崩壊」筒井康隆
「小説現代」一九七八年三月号／『懲戒の部屋　自選ホラー傑作集1』
二〇〇二年十一月　新潮文庫
「パンツをはいたウルトラマン」椎名　誠
「小説現代」一九八八年四月号／『ねじのかいてん』一九九二年二月
講談社文庫
「買物」北　杜夫
「オール讀物」一九六四年五月号（原題「タイム・マシン」）／『人工の星』
一九八四年六月　集英社文庫

「くだんのはは」小松左京
「話の特集」一九六八年一月／『くだんのはは』一九九九年九月
ハルキ文庫

「庖丁ざむらい」白石一郎
「週刊小説」一九七六年九月十三日号／『庖丁ざむらい　十時半睡事件帖』
一九八七年十月　講談社文庫

「跛行の剣」隆　慶一郎
「週刊小説」一九八八年七月二十二日号／『新装版　柳生非情剣』
二〇一四年一月　講談社文庫

「シリコン」久坂部　羊
「小説すばる」二〇一一年五月号／『嗤う名医』二〇一六年八月
集英社文庫

「特殊治療」藤田宜永
「小説すばる」一九九二年十一月号／『鼓動を盗む女』二〇〇〇年五月
集英社文庫

「共犯者」遠藤周作
「オール讀物」一九六一年十月／『第二怪奇小説集』一九七七年九月
講談社文庫
「長い夜」馳　星周
「問題小説」一九九九年九月号／『古惑仔』二〇〇五年二月　徳間文庫
「病は気から」氷室冴子
「青春と読書」一九八五年四月号／『冴子の東京物語』一九九〇年十月
集英社文庫
「怪物」三島由紀夫
「別冊文芸春秋」一九四九年十二月号／『鍵のかかる部屋』
二〇〇三年九月　新潮文庫
「薔薇連想」渡辺淳一
「小説新潮」一九七〇年八月号／『光と影』一九七五年六月　文春文庫

集英社文庫

短編《たんぺん》アンソロジー 患者《かんじゃ》の事情《じじょう》

2018年12月25日 第1刷　　定価はカバーに表示してあります。

編　者　集英社文庫編集部《しゅうえいしゃぶんこへんしゅうぶ》

著　者　遠藤周作《えんどうしゅうさく》　北《きた》 杜夫《もりお》　久坂部《くさかべ》 羊《よう》　小松左京《こまつさきょう》

椎名《しいな》 誠《まこと》　白石一郎《しらいしいちろう》　筒井康隆《つついやすたか》　馳《はせ》 星周《せいしゅう》

氷室冴子《ひむろさえこ》　藤田宜永《ふじたよしなが》　三島由紀夫《みしまゆきお》　山本文緒《やまもとふみお》

隆《りゅう》 慶一郎《けいいちろう》　渡辺淳一《わたなべじゅんいち》

発行者　徳永　真

発行所　株式会社 集英社

東京都千代田区一ツ橋2-5-10　〒101-8050

電話　【編集部】03-3230-6095

【読者係】03-3230-6080

【販売部】03-3230-6393（書店専用）

印　刷　凸版印刷株式会社

製　本　加藤製本株式会社

フォーマットデザイン　アリヤマデザインストア　　マークデザイン　居山浩二

ISBN978-4-08-745821-3 C0193